李蓉 主编

春天来人

武汉文学院作家年度（2018）作品选

长江出版传媒 | 长江文艺出版社

阿毛 卷

目录

田天 卷

池莉 卷

李修文 卷

张执浩 卷

目录

胡坚 卷

阿毛·卷

海边生活

他不用海水刷牙洗脸
不借大海的气势和波浪的行距
辩论和作文章

但聚会、恋爱时
一定用海上日月、帆船的背景

他爱风浪中的海
与携着大海气息的人和事

所以，他常做一件事：
向大海扔一颗石子
然后离开

关于雪

人们多么欢喜
就像它是他们梦想的一切

而另一些人，绕过冰雪
不看白的对面

不欣赏冰包裹的花蕊
不混淆雪和雪的温差

而心疼风霜塑形的
穷孩子的头发

反差

下大雪了

朋友圈晒的图
似人间仙境

我不禁受惑
外出赏雪

禅寺的雪很白
梅很香

而时代广场的人太多
雪太脏

沈园

老墙上的两行手写体

夕阳西下时
必须离去的背影

风拽着别赋里
表兄妹的空衣袖

但缄默的荒草中
有更苍茫的人世

愉景渡

她坐在旅馆
不断由手机返乡

指屏滑在
高速铁轨上

网速的急刹
把咳嗽抛出八千里外

母亲刚学会用老人机
整天寻找消失的电话线

国家地理

由北而南，一路看尽

北极村冰花、北京月季
乌鲁木齐和拉萨的玫瑰
上海玉兰
武汉梅花、广州木棉
福州迎春
台北杜鹃花
香港紫荆花澳门荷花

粉紫地丁开遍南沙
五湖四海的浪花溅湿我的头发

现在，我在一个界碑处
看到我衣服上的印花牡丹
忽然悲伤

英雄主义

持续高温一周后
今天的早晨比夜晚还黑

这表明：
雷暴雨要来了

果然，雷电大作
暴雨也来了

我冲出去
像电闪雷鸣那样

当然
我比不过它们

但我年轻时的
英雄主义回来了

紫阳湖长廊记

我们在第一个长廊里
相识

我们在第二个长廊里
相拥

我们第三个、第四个长廊里
争吵又和好

然后是接下来的几个长廊外
碰碰车、跳跳床上的童颜

现在是第九个长廊
我们坐在湖边看夕阳

我知道
月亮在等着我们

我很担心身边的年轻情侣
一下子用完他们的爱情

花园的下午

花园这边我在看书
花园那边一个女孩在唱戏

她的唱腔和身段
牢牢吸住了我的目光

我突然听到自己
胸腔里的啜泣声

像疯狂跳过沙滩的
海浪

不是她，是光影和微风
从不同的方向抚慰我

带出我身体里一群美丽的
姐妹和儿女

纸飞机

它在小孩子的欢叫中
越过我的头顶

落在另一个顽童的
军火库里

一只蜻蜓坐上去
给它配上了轰隆声

“你看我
飞得多远！”

过来一个女飞行员
用一只手

送它到了
她想坐上的树梢

口红记

他在树下编了花环
她在河边涂了口红

两人过家家

后来
一个上了大学
一个参了军

山高水长
各枕白云

前些天她回故乡
他已住进了一座新坟

她对着四十年前的河
最后一次涂了口红

忧郁症

那年
她反复

画木框玻璃门
面向大海

未见帆船
只有沉溺的诗句

成为她狂躁生活的
镇静剂

找灵魂

轮椅吱嘎吱嘎
她在花园里

紫色的皂角树下
光影扫着老年斑

她自言自语了一下午:
“这肉体不中用了。

我要找回出走的灵魂。
她会让我重新站起来！”

我家在哪

午夜了
我在等要来我家的花语

她在一个饭局和KTV之后
送一个朋友回家

那人喝高了
说不清自己家在哪

花语坐的士带他找家
找遍了整个武昌城

直到他酒醒后解开手机锁
找到他妻子的电话

男书法家

光头，或长发
或胡子飘飘

粗布衫
加几分仙风道骨

我远之
我追寻

不见于江湖的
俊朗书生

绿皮火车

坐在窗边的乘客
在火车开动时发了张图片

我对铺是一位
穿着牛仔装的女子

她勾腰整理床铺时
撅起的屁股沟

对着我翻开的
后垮掉派诗选

灵光即预言

出地铁口时
两个词跑进她的脑海里

它们是阳光和暴雨

进高铁站时
一对情侣拥堵在路中间

他们是张三和李四

她一落座
外面就下起了暴雨

一致性

他拍她和花
“你站在花的后面！”

她拍他和塔
“我的头要高于塔！”

他要她是古典的
自己是后现代的

他们的教育观
有时可以相反

只是在两人的厨房和床上
他们达到了绝对的一致性

偏见

我们会无故喜爱一个人
或者讨厌一个人

就像我一直以为：
黑桃皇后是寡妇

是黑郁金香的小姨
神秘优雅，放荡又拘束

而风总想要吹开
她们的头巾和面纱

少年伸到河对岸的竹竿网
捕捉的也一定是外省的蝴蝶

信仰在某些人那里

吃晚饭时
听到邻居在他家餐厅怒吼：

“别一天到晚拿神压着我，
你是基督徒，我也是。”

我想起年轻时的一位朋友
自从信主后

她的眼睛就长到天上去了
再不屑看人间一眼

再教育

早晨在花园
有人打太极拳有人做回春操

我坐在一旁的靠椅上
看香奈儿传记

做完操的张老师
走过来对我说：

—— 你的衣服破了

原来，我红色欧根纱外披的
腋下有一处脱线

这件我穿在黑色吊带裙外的风衣
有着蕾丝窗帘的朦胧质感
和公主裙的纯真气质

但老师还是抓住了它的漏洞
就像当年抓住我
妙文里的一处让人脸红的错误

图书城

自语者众，沉默者众
古籍众，灰尘众

电子书边的霓裳
抄袭了图书馆门前

紫色花椰菜的裙裾
“我的现在

记录了她的从前”

这儿有排书
头顶细雪和蓝天

从书店出发

每个书店都有
一只可爱的猫

和几段并不
符合调性的音乐

我揭下终将
换下的新书海报

在黄昏的
鸡尾酒会开始时离开

步行下楼
向东走三个小时

去看了郊外
一处废弃的火车头

翻越学府围墙

飞鸟和树叶
任意越过学府围墙的上方

安置在围墙上
高压线旁的镜头

360度旋转

而被遥控的无人机
并不能进入任何领域

你写出格的字特别醒目
它会被追为最美的字体

我记得一张张探出墙外的脸

从西藏回来的人

有的滔滔不绝
有的一言不发

更多的人凝望高处
略有所思

都像到天上
经历了一场奇恋

关于西藏
真得亲自去一趟

才会明白为什么去过的人
都有自己的七夕

货币博物馆所见

一个着火红吊带裙的女孩

从贝币、金币、布币……
到铸币、纸钞、手票的N个展厅

一会吃冰淇淋一会玩自拍
更多时候隔着玻璃

把各种材质、形状的货币
移到头顶、耳旁、胸前、手腕

最后抚了几下女王的头像
才蹬着松糕鞋慢慢离开

在东湖的一次朗读

泛蓝的胶片放出高音喇叭里的
语录、誓言、戏曲

地平线涌来的汽笛声、惊涛骇浪
和随你而至的风暴

时间过滤了高亢的朗诵体
而转向轻言细语

经湖心桥过爱情岛
我一路电瓶车至离骚碑

不用湿润喉咙，直接上台朗读

灯光打亮我的身影
和喉咙里的诗句

我一直怀念你的跟随
和杂草丛生的庭院

风听见了

没说出的，风都听见了

庆典仪式的背后
有一张愤世嫉俗的脸

极力避开美女经济学
和企业家广告词

在坍废的墙面
涂上后现代的指纹

有人叼着塑料管子，走上自行车道
背影碰响乡愁

悲恸被剪裁，压在书底下

而我只能反复编折毛衣
看着收留的猫反复进出巷子

据说

现在的大学生恋爱
首秀是发朋友圈

以此宣告
自己已脱单

像极了民国名流
登报婚约

有那么几对学霸
从不秀合影

任你怎么追
也只是追进他的近视圈

在武汉站送一语返校

风吹过你吹过我
吹去不同的方向

我喜欢吹过站前长椅上的风
和曾经吹过你肩上的风霜与雪

我反复按下快门都没拍下
你开启的安检门和出发的车次

我坐在武汉站
看不断出发或返回的人

你已经过长沙南、广州南、深圳北
再过关去香港

明天你将开始暑假项目
我又回到书桌旁

写没多少人看的文字
和全人类的相聚别离

亲爱的宝贝
风雨兼程，我们各自安好

她传记（组诗）

仪式感

用手机拍下
夸张的美感或荒诞的真实

出门前正衣
重点摸顺头发抿匀口红

不管随后的风或拥吻
是不是令它们零乱或褪色

光给它照耀之物
留下影子的证据

我每天都在镜前
向自己的滴泪痣致敬

内宇宙

她是葵花，又是太阳
是不眠的眼睛，是安静的湖水

是我五脏六腑里的
群山和大海

是天真敏感
与神经质

是全方位的爱
与崩溃

是我须臾不能释怀的
内宇宙与全人类

我一直是少年

我一直在屋子里
看光斑和阴影

大雪纷飞的时节
我出来

打开鸟笼
整个世界都是我们的

听外甥女谈读诗

小姨，我不怎么看书
更不看诗

但你发在朋友圈的诗
我偶尔读一读

东一句西一句的
我读不太懂
但我还是会读一读

就像血缘
总是拉我回到亲人的身边

现代秀才

我有段时间没出门了

但我知道张家长、李家短
和天下大事

听说不久
机器人要进家门了

我真替就要被机器
占据的人类担心

备用钥匙与避孕套

家里的钥匙磨损了
好不容易开门进屋

到处找备用钥匙
书柜、保险柜找遍了

最后，找了床头柜
钥匙没找到

却翻出一打
过期的避孕套

女邮差

用自行车驮着邮包
送来群山和大海

花香、鸟鸣
香吻和利器

为了长发和衣衫
顺着风的不同形状

为了每天在不同的街角
遇到荷马

为了经常望见
或开或闭的门窗

成就个体的情史
或集体的理智

我做了个女邮差

她传记

看到自己的名字
被安在一个虚构的人身上

她咯咯地笑了

生活从此像施了魔法
成了传奇

千万个她此起彼伏
又形单影只

我揣着她传记
转身消失在夜幕里

南方诗章（组诗）

开往春天的列车

小孩在卧铺车厢
哼哼唧唧一晚上

年轻的母亲没办法
拿手机让孩子打发时间

孩子说要看照片
看他小时候

给雪人穿衣
装眼睛装鼻子嘴巴

火车到站时
他说没油了

南方真暖啊
我脱下厚重的外套

只穿春秋裙，就能过关

反自然

我有几个冬夜
在南方的海边

等待日出
有温暖和繁星陪护

而旭日却被北方陆地
飘过来的雾霾遮住了

我唯一能做的是
写诗

写大海是被弃的床单
钢铁丛林高于繁星和书籍

奢侈品

朋友圈都在晒
北京蓝、深圳蓝
或其他地方的蓝

看到这些照片
我不禁瞧了一眼窗外

白云飘浮
天美如图

我想用这蓝天
去盖住污浊的湖与海

我想把天上的白
拥入怀中，放进嘴里

终是徒劳：
昔日的自然之物
已成今日之奢侈品

阿樱家的瓷

经过棕榈岛的时候，一群洁白的姐妹
飞在我们的头顶和车窗前

天空同时有太阳和月亮
没有我极力要躲避的北方雾霾

从东方新城的车库到阿樱家的阳台
我见到许多说着密语的瓷

但所有的瓷
都没有阿樱家的静谧和干净

给阿樱

全天下姓阿的女子
都有隐秘的疼痛

都有牵挂的亲人
和担心的身体

昨晚我咳嗽你失眠
西湖盛满不安的灯火

直到清凉的晨风
送来肠粉的香味

我们出了宾馆
走到湖边

洒水车呼啸而来
我们侧身而过

亲爱的阿樱
一切都只是一场惊吓

在惠州淡澳河畔

在陌生的城市
听熟悉的歌

看月亮这颗大眼泪
掉进淡澳河

然后经过
跳广场舞的人群

走进
偏僻的小巷

云吞

在彩虹城的顶层露台
看到动车挂着月亮射向彩虹

突然发现
和我一起上楼的食物

她不叫北方的馄饨
不叫中原的清汤、包面、抄手

而叫云吞

水艺方

每个小区
都有一个蓝色游泳池

在南方
冬天的游泳池没有水

当我从窗口看到她的时候
她依然是天下最美的游泳池

因为我用诗句里的水
填满了她

砸金蛋

有人砸了一个金蛋
有人砸了两个金蛋

我和朋友
从一个楼盘到另一个楼盘
不断有人砸金蛋

我们砸不起金蛋
砸个金蛋要一百甚至几百万

到海角

一个度假村把她引到了海角

她靠着样板房的观景阳台
从东边的海看到西边的海

她遇到了年轻时的梦
和将要写下的诗

毛孔和海面上闪动的金光
都带着咸味儿

再来海市蜃楼
最好出使梦游的灵魂

牵出消失的马匹

碧桂园

有山有海
有假山有蓝色游泳池

有紫荆有异木棉
有塑料满天星

东南是游艇会
西南是海滨公园

这些都在销售中心
昂贵楼盘的仿真图里

我想我还是掏出香烟
去看野海

深圳湾

海浪亲吻
石头和花朵

野鸭和白鹭
在沙滩漫步

泥虫和沙蟹
钻进钻出

八百米的高楼和它们的阴影
来不及覆盖

这些将被潮汐
淹没的时光

美术生在速写
湾对面的香港

大梅沙

海湾伸出观景房的
玻璃手臂

拥抱大海、快艇
和帆船

波浪之中是人浪
和刺绣沙滩的太阳伞

孩子和海浪都跳得欢啊

老人只是掬了一捧海浪
我也只是湿了双脚

看了看手腕上的北京时间
摸了摸口袋里的港澳通行证

向更美的海岸出发

大亚湾

自然是面朝大海
但我却紧张不安

右边是核电站
左边是石化厂

我不想让后工业的烟蒂
点燃大海的蓝丝巾

还是去西区吧
至少那里离坪山近

女人可用她们的披头散发
铸一道屏障

富力湾

她由最西的一头
走到最东的一头

浪花跳跃的海岸线
阅海度假村

和她的头发风衣一样
都是异乡的气味

无人漫步的海上栈道
像多年前

她写在蓝色稿子上的
一句诗

传诵星空（组诗）

雾中马场

刺破迷雾的马蹄、刀剑
和若有若无的雨点

雾中有双出神的眼睛
望着白茫茫的镜头

和无边无际的飞沙
与走石

闪光灯撕开迷雾
重现古战场上的三国

时代的多重曝光反复定义
疆域与国土、英雄与美

雾散去
老年的女诗人说：

“此生最大的遗憾
是没能生养一位英雄！”

山楂树

见证爱情的那棵
在水下拉手风琴

演绎爱情的那棵
在雾里接外来音

你哼唱的民歌谣
你歌颂的英雄树

开白花，开红花
一律结红色小果

山楂树下白衣少年的怀抱
令少女局促不安又留恋不已

她随身携带的脸盆
盛满相爱时的满天星斗

牧羊马

每天和一群羊厮混之后
它会不会问自己：
“姓什名谁，来自哪里？”

在羊群归栏之后
它在夕阳下的草场上
走走停停，引颈嘶鸣

一尊移动的雕塑
自言自语：
“今晚我会梦到哪片疆场？

无论在哪，我可以放弃爱情
但不可放弃美！”

白里荒雾夜

黄昏出来的星星和月亮
天一黑就睡了

夜灯盖着浓雾的厚棉被
夜歌乘着风婉转的翅膀

栖在被冰镇的
五脏六腑里

风再起时，古英雄骑战马
穿雾而来

传诵星空

都市人养成了
在异地望星空的习惯

高山、大海、戈壁、浅滩
这次是百里荒的高山草原

高山草原的红叶客栈
红叶客栈的天顶露台

重雾以包裹星空之势
幻成仙境本身

观天象的诗人
成为天上人

她的喃喃自语
是秘密天书的传诵声

牧羊青年的将来

职校毕业的小谭
在富士康打了两年工后
回乡做了牧羊人
住群山之心，过鲜花山谷

我用可以显示日期的相机
拍摄了构图绝佳的跨页照

小谭将是新时代的章节中
英俊而富有的牧场主

城里人追求的浪漫事业
小谭即将拥有——

他到时只需吹口哨刷微信
晒蜘蛛的水晶跳床
和温顺动物嗅花吃草

蓝天白云儿女成群
将刷爆微信圈

雨后

五颜六色的花叶
和一刻不停的鸟语与蝉鸣

令我变成
异常灵敏的接收器

像闪光的蛛网
网住群山和群山的倒影

一阵大雨溢出的晶莹——
雨点落在雨点上

在火炉武汉之郊的花乡茶谷
可以写出整个夏季最清凉的诗句

山水

在水边，看山的倒影
在山顶，望水的心房

花在身边，风在风中
鱼与鸟各居其所

有人唱歌有人跳舞
有人又歌又舞

他们只是沉浸其中
就拥有全人类的幸福

风光

为了看得更远更接近星空
他们把房子筑在山巅
再修有下山的石板路

青梨在枝
部分毛桃、板栗恰到好处
落到地面
成为居山者最自然的特写

在银薇树下小栖之后
我走捷径下山
穿过花园和茶谷
拍石屋和藤条秋千上的风光

天黑之前
在云水湖掬一捧青山的倒影
和全身的自己

夏日山居

夏日傍晚以长廊的
一排木桌椅为界
西边太阳东边大雨
一刻不到，彩虹出现

太阳还未下山
月亮就出来了
夜色降临后
蝉静鸟眠，蛙开始喧哗

萤火虫提着灯笼
四处游荡
直到晨光熄灭它们

晨风叫醒丛鸟和蝉
并嘱咐早起者

以甘露清洗
头发和面颊

山上的哲学家

登山者在小径的拐角
被迎面撞来的蜜蜂蜇叮

因眼角红肿而折回住处
养蜂人正喝着新鲜的蜂蜜

“不碍事。每周都有飞类
以行动解释：痛快，甘苦。

要怪你
是你把花园披在身。

不要怪蜜蜂，
它因自卫而自毁。”

像秋水仙这样的植物

湖边格桑花旁
有一片秋水仙

她们钻出地面时
就顶着花骨朵

笔直地站在天地之间

没有枝叶的烘托
与陪伴

无须为阳光或雨露
弯腰，鼓掌

一生就一杆身躯
顶着紫红的花冠

凋谢前结一圈
圆形排列的球形绿果

以三种形式望星空

一种是在红岗山顶
一种是在云水湖边

在山顶，伸手就可摘星
在湖边，弯腰就能捞月

而在天鹅潭山居的
夜蓝色露台上

月亮戴在头顶
繁星栖在身上

萤火虫闪闪烁烁
游走在我们静卧的河床

紫薇都市田园

紫薇树被修整成各种精致的形状
站在处处匠心的都市田园

红的，紫的花朵热烈
笑傲室外40多度的气温

不过两小时的光景
公知的白皮肤被晒成古铜色

缭绕紫薇树的人工水汽
像老年人使用美颜相机

——阳光过于毒烈
致使自欺他欺的幻术成空

更多的人在有冷气的会议室
陪着坐势与掌声

而少数者
在高温下坚持写长长的诗

贝加尔湖（组诗）

世界大美，而不同

在花乡茶谷的荷塘
住了一晚的紫色眼镜

一周后掉在首都机场的
国际出发厅

没有眼镜来矫正
诗人的老花眼

接下来的一周旅行将延续
远方清晰身边模糊的视野

她得习惯
这视力这角度

世界大美，而不同

贝加尔湖之旅

旅行者在每一处胜景
旋转三个360度
来表达她的敬意

原住民面对辽阔的
草原，湖泊，山川，森林
寂静如雕塑

对对恋人相拥
在贝加尔湖畔
望水中天空

度假的越野车泊在萨满岩下
顶着西伯利亚的银河系

朝圣者的摄影机拍满了内存
进帐篷手持电筒
速写万籁俱寂中的异域

与几个世纪的乡愁

一个人走在荒原

一个人走在荒原
走在天地之间

一只狗
在贝加尔湖的那边

海鸥栖在彩虹上

风中
有慢慢移动的黑点

陌生人为了
环绕你的云山雾海

请熄灭手中的烟

在奥利洪岛的两天

一个人坐在岩石上
坐在云雾与湖水之间的岩石上
不说话。一动不动

一群人坐在岩石上
坐在云雾与湖水之间的岩石上
不说话。一动不动

鸟站在岩石上，或云雾、湖水之上
不叫。一动不动

白桦树哗哗作响时
樟子松也一动不动

我们从鳄鱼岛出发的早晨
到由爱情山回来的下午

他们还是一动不动
像天然的雕像
在人世不做他事，只是发呆

我和所有的小木屋
被寂静的风声充满

悬崖之下有彩虹

我把镜头带到悬崖上
让风扬起头发和风衣

看悬崖之下的贝加尔湖
居然有白色的彩虹

太阳光和多变的雾气
让一个恐高者

迷恋幻境，和幻境之中的
白色拱桥和骇人心率

贝加尔湖的石子

她们把帐篷或小木屋
安置在贝加尔湖畔

晚上看星星陪伴月亮
早晨观太阳跃出水面

她们的小黑狗追着水潮
看我捡石子

这些住在贝加尔湖的小宝贝啊

在华夏的书柜里
用汉水养着会发什么光?

塔荔茨卡娃

表哥的桦树木屋里
住着十个依次变小的表妹

在塔荔茨民俗博物馆
两个中国诗人同时爱上
一个蓝花衣的俄罗斯女娃

爱她的满天星头饰、蕾丝边裙裾
和白布额头上的小眼睛

染号教室的女主梁玲
如愿做了她的养母

为了助产更多的混血布娃娃
她动用全世界的女手工
穿针引线
巧制一个布衣方阵

我只要她亲手缝制的第一个
因第一个才是真正的俄中混血

田天·卷

武大，大武汉之门

天池口

第一次到武汉是1979年。

那年我16岁。身高刚过一米六，体重不足一百斤。从没穿过衬衣，身上是一件俗称咔叽布、背上染有大片地图似的白色汗迹的厚厚的外套，脚上是一双俗称解放鞋的前后裂口的破球鞋，而且根本没有袜子。

实话说吧，是武汉大学的一纸录取通知书，把我从千里之外万山丛中，一个名叫“天池口”的土家族小山村招来了。

天池口。地图上肯定没有。那时候没有网络，即使有，你也找不到它的踪影。

天池口很小，也很偏僻，距县城就有一百多公里崎岖山路，距最近的集镇也有十多里，还隔山隔水隔着一江一河；几十户人家种地养猪、打鱼背脚为生，烧柴就到四周高山上去砍，吃水要到山下水井或溪河里去背；不通公路，许多老人一辈子没坐过汽车；不通电，家家户户煤油灯；也不通电话，不通邮——镇上的邮递员一年到头难得来一趟，据他说，很少有人给这里写信——即使偶尔有封信，也只要托个什么人顺带捎回村来就是了……

可是，如果站在我家百年老屋前举目眺望，哪怕只看一眼，你就会发现一个奇特的自然景观：一边是八百里清江穿云破雾夺路而来，满江澄碧浩浩汤汤——我们管它叫“大河”；另一方向，则是发源于邻县的天池河一路欢歌逶迤而至，浅滩深潭一步一景——我们管它叫“小溪”；最为稀奇有趣的，则是这大河、这小溪，本来从不同方向绕山而行，各走各道互不相扰，可是忽然之间，它们就在你眼前投怀送抱，就在你脚下交汇合流！

于是，就在这孤岛似的天池口，你看到了“第三条江”——不，清江还是叫清江，只不过接纳吞没了一条天池河，它将继续奔流一百多公里，最后在一个名叫陆城的地方注入长江……

想必你早已看出来了，天池口的地理格局，竟和长江汉江两江交汇的武汉市一模一样！

是的，天池口，汉口，地名都带一个“口”字；一个是天池河注入清江之口，一个是汉江注入长江之口。都是两江交汇之地，只不过一个是默默无名小山村，一个是闻名遐迩大都市，有个大小之别罢了。

四十年以后，我在汉口居室里想起1979年夏天我在天池口收到武大通知书的往事。时值正午，那是八月中下旬一个火烧火燎的日子。在满天满地的蝉鸣声中，在一片热烘烘的阴凉里，我正蹲在我家老屋的宽大屋檐下，赤脚赤膊，弯腰曲背，只穿一条打满补疤的短裤衩，脑袋埋在两腿之间，手拿一个名叫“刮子”的小玩意儿，一边大汗淋漓刮洋芋，一边哄赶那些像芝麻一样落在腿上的“沙蚊子”。

我说的“刮洋芋”，你们叫“削土豆”。你们削三五个土豆，不过是做一盘酸辣土豆丝或土豆烧牛肉而已；我刮的洋芋，则是我们土家人的“当家主食”，一年里要吃几个月（另外几个月吃红苕、苞谷）——或蒸或煮，或烧或炕，有时也切片切块晒干之后再吃——那时我们家四代同堂，全体到齐时总共九口人，一日三餐都吃，天天都吃，你算算，这一天我要刮多少斤洋芋？

当时，恰逢爷爷积劳成疾卧病在床，一个多月不能下地走动——早晨谁去背水？奶奶和母亲每天要起早贪黑参加生产队的集体劳动，迟到早退要“扣工分”——谁去刮洋芋，准备一家人一日三餐的饭食？

自然就是我了。我在县城参加高考后就背着铺盖打道回府，一边等通知，一边做点力所能及的家务事。生产队暂时没通知我参加集体劳动，因为他们知道我是全县“状元”，可能要吃商品粮当干部了，似乎得罪不起。我在高考前的全县统考中考了理科第一名，有一部收音机奖品为证，确实是县长亲自颁发的。

每天天一亮，我就背起一只背篓形状的大木桶去背水。背水要到山下，那里有口水井，清清亮亮的山泉水，你拿一把葫芦瓢舀水起来，将木桶装满，再将水瓢反扣水桶面上，以此减少晃荡——不过，因山路实在陡峭，都是“杵鼻子”的上坡，我的个子又太矮，难以掌握平衡，每走一步都会晃荡一下，荡出的水立刻灌进脖子里——因此，每每到家时，满满一桶水便只剩下半桶或者小半桶了。一家人的吃喝用水都指望它了。虽然清江和天池河绕村而行，村子却在陡峭的山崖上，祖祖辈辈就是这么吃水的。什么自来水，从来没听说过。有个外地嫁来的新媳妇学背水，哪知道路上晃晃荡荡，满桶水变成半桶水，泼出的都在你背上、身上，可是到了家门口又摔一跤，连人带桶滚下山去……她上吊自杀了。好在我生于斯长于斯，打小训练，已是行家，尽管那时候个子还没有水桶高！

从大清早忙到中午，现在你看，我面前的大木盆已经盛满我一上午的劳动成果，少说也有十几斤吧，泡在我清早从山下水井背回的清水里，一个个滚圆溜滑，格外晶莹可爱……

就在这时，我被一声“送恭贺”的喊叫声惊醒，一抬头,看见一个男人爬上我家道场坎，他背着竹背篓，背篓上耸起一个大邮包……嗨嗨，那不是邮递员吗？

于是我一跃而起，一步跳下家门口那一丈多高的五级石阶，像只猴子似的，几步飞蹿到邮递员面前，恨不得抢夺他的大邮包！

“是不是武汉大学？”

他笑而不答。

“华中师范学院？”

当年实行“估分填志愿”，大大小小五个志愿，所以并不知道哪所学校录取你，不知道它是大学、大专甚或中专——甚至可能就是我们县一中隔壁的县师范哪！

我迫不及待，他却含糊其辞卖个关子，也不放下背篓，而是穿过青石板铺成的道场，直接走进了我家堂屋；我奶奶笑脸相迎，帮他接下背篓，又拿身上的围裙擦了擦椅子，又奉上热茶和两匹尺把长的烟叶。

我眼睁睁看着邮递员喝了几口茶，不是从邮包里而是从他裤子口袋里掏出一个皱巴巴的信封，高声大气地恭维着：天池口这回真的出天子啦！

这是天池口的一个古老传说：这里原本叫“天子口”，据说历史上出过“土天子”（土司），但被朝廷视为大忌，于是就改称“天池口”了。因此我奶奶也不谦虚：天子我们不敢当，当个状元也就差不多了！

这时，一件神奇的事情发生了：爷爷的卧室里有了动静……

我举着通知书冲进卧室，不禁大惊失色，只见爷爷挣扎着病体正在起床，要知道他一病不起辗转病榻已经一个多月了！每天疼痛难熬，呻吟不止，数次病危，奄奄一息……最后连医术高明的村医也束手无策了，说，不行了，准备后事吧！于是，家人便瞒着爷爷，把他的装殓寿衣洗净晒干，给他的柏木棺材重新刷漆，购买各种丧事用品，甚至把“跳丧”（又称撒叶儿嗬，土家族祭祀舞蹈）的“响匠班子”（民间乐队）也约请好了……

我说，爷爷，通知书来了！

哪个学校？

我打开一个印有毛体“武汉大学”封缄的牛皮纸信封，朗声大喊：武汉大学！是武汉大学，爷爷！

其实根本不用你打开，而是早就被人拆开了，信封和内囊都皱巴巴的，也不知被多少双好奇的粗手抚摸过，被多少双羡慕的眼睛传阅过、欣赏过。

爷爷戴上老花镜，先是默念通知书——“你已被录取到武汉大学生物系植物遗传学专业学习……学制四年……”，然后喜不自胜地说：我心里有把握，第一志愿录取了！

这一段度日如年的“等通知”的日子里，对于我究竟能不能考取大学，特别是能不能录取“第一志愿”，爷爷和父亲看法不一，时有争论。我父亲那时在镇上中学当校长，他的学生也参加高考，但他知道几乎要“剃光头”——他麾下老师的最高学历是师专，还能指望学生考上大学？他自己的学历只是高中肄业，谁能保证他的儿子考中“第一志愿”？高考之后，他几乎每天都到镇邮政所去查询，开始几次还笑眯眯的，开开玩笑掩饰自己的焦急，后来再不敢笑了。首先是怪罪邮路不畅，因为县城到镇上相距近百里，所有邮件都要搭乘长途班车翻山越岭，是不是什么人工作失职，把那个装着录取通知书的宝贝邮包给弄丢了呢？接着就是责怪我好高骛远胆大包天，可能把“第一志愿”填高了；甚至打算安排我“复读”了——他的条件是如果县师范都不要我才能复读，因为复读费昂贵，他每月三十四块五角的微薄工资承担不起。

只有我和重病卧床的爷爷心里有数：我在志愿表上填写的地址是天池口，不是父亲的学校；收信人也不是父亲，而是我爷爷！

在我们家，由于父亲常年工作在外，山高路远难以顾家，甚至难得回家一趟，因此爷爷成为家中唯一的男劳力，一直担当着一家之主的重任。

爷爷对我真是信心满满。他说，看到我带回家的那个奖品收音机他就心里有底了，听着收音机他就更踏实了，第一名也许考成第二、第三名，但绝对不可能考成落榜生。因此他始终有个信念，就是坚信我一定考上了，而且考了全县第一名！

他说，只要你的通知书来了，我看一眼再死不迟！

他对我说，人是要有点精神的，精神不倒，你就不会死！他以一台写有“奖品”红字的收音机做伴——那是我获得全县统考第一名时，县政府颁发的奖品（当时算奢侈品）——可是又舍不得收听（节约电池），只有在痛苦难耐万不得已时，才让奶奶帮他打开，而且随便哪个台都一样……

他之所以不被病魔击倒，强撑着，坚持着，日里夜里还不敢轻易睡着了，是担心阎王趁机“拿魂”，总之要千方百计留住那一缕游丝般的生命，就为了看一眼孙子的入学通知书，哪怕是此生最后一眼……

不管你是否相信，一张武大通知书，确实在我爷爷身上创造了一个生命奇迹。通知书进门，爷爷竟然转眼之间起死回生了，可谓无药病除，不治而愈：不但当场爬起床，而且摇摇晃晃走到堂屋里，坐在一把椅子上迎来送往，谈笑风生；日落时分，他带我到屋后竹园里给祖坟烧纸祭奠，完全是靠自己的微弱力量，一步一停、一步一喘地摸到祖宗面前的；而且要在几天之后，亲自送我去武汉，上大学！

生命奥秘神奇莫测，我这个学过两年生物学的人，至今也没想明白。

“送恭贺”

一张武汉大学的通知书，轰动了整个山村，百十户人家仿佛一下子迎来了共同的节日。不必任何人发出通知，整个村子（生产大队）的父老乡亲都到我家“送恭贺”来了。有的送来一只鸡、一条鱼、一块腊肉、一只猪蹄，有的送来一斤白糖、一包红糖、一斤挂面、五个鸡蛋……我奶奶热情笑纳来者不拒，然后好酒好饭盛情招待，临走再给客人以同等价值甚至远远超过的“打发”（礼物），比如几斤橘子、几个大柚子，比如把这家送的白糖，“打发”给另一家送来红糖的。

也有“送人”来的：一个家住高山的远方亲戚，把他辍学在家的15岁女儿送来了，穿得干干净净，头发梳得油光水滑的，恳求我把她带到城里去找一个工作，万一找不到工作，就给我未来的孩子当保姆。

也有“告状”的：某个亲戚曾经是国家干部，但是因为贪污10块钱人民币被粗暴开除了，他要求平反昭雪，恢复工作并补发二十年工资。他把数万字的申诉材料交给我，让我方便时转交省委书记或省长，最好是直接交给小平同志或者先念同志。

别看一张皱巴巴的入学通知书，但对于我们家，对于这个藏匿在大山深处的土家山村，都是开天辟地第一回。武汉？武汉大学？大家纷纷传看我的通知书，揣测武汉大学是位于武汉市的随便一所大学呢，还是某所大学的专称；揣测遗传学专业是干吗的，是不是专门研究媳妇们生男生女的科学秘诀……

不过，在一片喜气洋洋的道贺声中，我也遇到了麻烦：根据通知书的要求，我到村里一个负责人家里“转户口”，他只瞟一眼通知书就一口拒绝了，厉声说，党支部不同意你去读大学！

为什么？因为你家出身不好！我说我家成分是中农，比上不足比下有余，有什么不好？他说，你爷爷是国民党，有历史问题！我说，你为什么不说我父亲是共产党呢？不但是共产党，而且是省劳模！而且从一个民办老师转正，提拔为小学校长、中学校长！再说，我爷爷是因为抗战时期主动要求当兵打日本鬼子，当时的县长口头批准他加入国民党的，1949年后早就调查清楚了，为什么现在拿这个说事？

然而，无论你怎样恳求，怎样辩驳，怎样通知在手理直气壮，他就是不同意，坚决不在户口迁移表上盖上村里的大印。出师不利，我只得噙着眼泪灰溜溜地回家了。我父亲一听“转户口”受阻，便气不打一处来，连骂三声“愚昧”，拿过通知书就要自己去办。但被我爷爷阻止了。他说你去只能吵架，说不定要打起来，还是我去靠得住。他找出一斤白糖、一瓶苞谷酒，想了想又加上一盒饼干、一斤茶叶，装在背篓里就匆匆出门了。前几天他还病得直不起腰，此刻却昂首挺胸，扬眉吐气。不到一个钟头，他就满面春风回来了，不但盖了章，主人还留他吃了一碗面，面里还埋着两个荷包蛋……

爷爷说，我们不怪人家，还要感谢人家帮忙，人家的孩子连镇上的高中都没读过，你却读了县一中，还要去武汉读大学，还要迁到大城市，哪能没意见？放在你身上，你也可能不愿盖那个章啊！

我说，爷爷，您说得对，放在我身上，我可能也需要您送我一瓶酒才给办。

爷爷笑了：人是你好我好，千万记住！

武汉牌手表

天池口是个弹丸之地，在我收到这个来自武汉的入学通知书之前，全村没一个人读过大学，没一个人去过武汉，没一个人在“一桥飞架南北”的武汉长江大桥上照过相！

比如我父亲。他17岁开始当教师，算是当地见多识广的，可他也没到过武汉。更没能站在长江大桥上，斜背挎包照个相——这是他向往多年也唠叨多年的一个梦想。他一辈子只坐过一次火车——某一年上级组织优秀教师到河南省林县参观“红旗渠”，却是从宜昌经襄樊直接入豫，省城武汉竟被绕开了。真是懊悔不已。

我爷爷？他也没去过武汉。抗战时期他在长江中上游当过几年“国军”，曾随部队到过宜昌一两次，但没到过武汉——他说，武汉早在1938年就沦陷了。

对于他们，对于天池口，无论武大与武汉，“武汉的大学”与武汉大学，其实都是一码事，都是一个远在天边的梦幻，是一个做梦也不会梦到的大地方！

现在我要去那个做梦也不会梦到的大地方！

第一天，我从天池口出发，首先蹚水过天池河，然后坐渡船过清江，再翻山越岭走到镇上，半天时间足够了；第二天坐长途班车，继续翻山越岭到县城；第三天，先坐汽车到宜昌的长江南岸，人和行李同时扔下车，然后坐轮渡到北岸，你背上行李穿过整个城市就看见火车站了；如果买票顺利，晚上十点多就能坐上火车，天一亮就抵达梦幻般的大武汉了。

这个路线图，是我父亲拿块木火炭画在我家墙上的。白墙黑字，一目了然。

现在，行李已经搬出来，奶奶和母亲忙乎一夜制作的各种“吃货”也摆满一桌子，我就要去武汉了，可是谁送我？

爷爷送我。

临行之前，爷爷看我还穿着父亲的旧衣服，手腕上也没有一块光闪闪的手表，他打量我一眼，又生气地瞪父亲一眼，背过脸去不再吭声。

高考前不久，父亲曾经半开玩笑地对我“悬赏”：如果我考取大学，他就买一件新衬衣给我。结果没有兑现。父亲也曾答应给我买一块手表，那是他听说我高考前四处找人借手表，而没有一个人舍得借我时，气冲冲地拍着桌子发誓许诺的。

我不抱怨父亲。他每个月仅有三十四元五角工资，这点钱要养活全家老小，哪够？据说这回为了给我筹集六十元路费、书本费，还找他同事借了十元。

所以，当父亲撸下他的手表要给我时，我拒绝了，我说你一个校长，每天要按时打铃上课下课，没个手表哪成？

不过，当他脱掉身上那件他最体面的咔叽布上衣时，我要了，而且当场穿上，一直穿到武汉，穿到武大的阶梯形教室里，多天之后似乎还带着他的体温和汗味。

告别父母和奶奶，告别哭哭啼啼的三个弟弟，并一一叫过所有为我送行的乡亲们之后，我和爷爷从天池口出发了。大病初愈的爷爷背着背篓，背着行李——包括一口装满各种“吃货”的沉甸甸的木箱和两床棉被窝，大约七八十斤重，他一耸一耸走在前头；我则拎着一个黑皮包，也是鼓鼓囊囊的，亦步亦趋跟在他身后。

爷爷的这个形象——背着背篓弯腰驼背永远负重永远前行——其实从我们出生不久就开始了，就映入心底，刻进记忆。

对背篓，家乡有支山歌曾这样唱道：父母把我背成人，我把父母背下土！

意思是说，你是在父母的背篓里长大的，你也应该感恩回报，直至父母告别这个世界。

但我们家有点特殊，这个歌词应该将父母改为祖父母，因为父亲是个教师，长年在外地，山高路远难以顾家，加上一辈子兢兢业业忠于党的教育事业，甚至难得回家一趟；实际上，我们兄弟四个，主要是在爷爷奶奶的背篓里长大的。

我七岁发蒙，村小五年；初中两年，到一个离家五里路的小集镇寄读，常常是爷爷背起满满一背篓“吃货”走在前面，我跟在他身后拎着书包；高中也是两年，也是寄读，但是分为两半——高一在公社中学就读，高二却到了全县“最高学府”县一中，一年之后，就走进了1979年高考考场。

1977年我在家乡一所“公社中学”读高一。中学实际上是两栋土墙瓦屋，孤零零地矗立在一座海拔千米以上的大山上，一到阴天就云遮雾绕，一到深秋就是冰天雪地，而且压根儿无火可烤，且不说手上脚跟长满冻疮，单是那个铺着高粱梗子（玉米秸）的大通铺——几十个人就那样横七竖八睡在地上“抱团取暖”——也让人不寒而栗，至今想起来仍然心有余悸。

名为读书，其实根本无书可读，每天天不亮就背起背篓，不是背土背石头砌墙盖教室，就是到山下一个煤窑背炭——煤窑与学校相距十多里，都是所谓“杵鼻子的”陡峭山路，而且规定你的每趟定量不少于五十斤；而那时候我的体重甚至还不满五十斤！

实际上，我们从小学到初中到高一，都是在“以学为主、兼学别样”的“五七道路”上走过来的：种过“试验田”，办过“学农农场”，到三山五岭的生产队里帮贫下中农割麦子、挖红苕、栽种柑橘树……只是从来就没有真正落实过“以学为主”这四个字罢了。

到了高二，在国家恢复高考的背景下，县里也要恢复县一中，让每个乡镇推荐几个“表现好、成绩好的”，于是我便成为全县两个“高考预备班”的100名学生之一。到了县一中，才真正是“以学为主”，而且决不“兼学别样”了。

跟着爷爷的背篓亦步亦趋，我不禁想起高考前半年那个寒假。春节之后我要回到县一中去上学，也是爷爷送我，祖孙俩也是这样，他背着背篓走在前头，我尾随在后亦步亦趋，也是沿着这条路一步一步、跋山涉水走到县城的。

当时恰逢大雪封山，汽车不通，又不能误了我的开学日期，爷爷便陪着我天不亮就从家里出发，他背着我半个学期的酱菜炒面之类，走在前头探路，我拎着一捆复习资料，沿着他的脚印紧紧跟随，一路风雪，一路泥泞，我的脚都走肿了，几次走哭了，他却不叫一声苦，而是一路鼓励我，呵护我！整个行程大约八十公里，又是爬山又是过渡，我们不到二十个小时走到了；就是汽车，也要走个大半天哪！

不过，祖孙俩这回不必徒步走到县城了。到了镇上如果购票顺利，次日凌晨就有班车可坐。

我记得那天到了镇上，爷爷带我先去一个堂叔家，请他帮忙“开后门”买车票——不认识司机你是买不到座位票的，只有“站票”打发你。哪知道堂叔正好第二天要去县城开会，顺路可以带我，我爷爷不禁大喜过望，他立刻改变主意，说他不必送我去武汉了：一可以节省一笔路费花销，二可以早日给我买一块手表——“武汉牌”的。他说，我父亲家大口阔，没有能力给我买手表，但一个大学生说什么也需要一块手表，他要想方设法实现孙子的愿望，争取在我放寒假期间就可以戴上手表。

“我算了一下，我不去武汉就可以节约三十元，一去一回就是六十元，那不就是半块手表了？”

听爷爷计算手表账，堂叔很感动，但是也担心：您到哪里弄那么多钱啊？

爷爷说，到五峰卖橘子，卖的钱换点茶叶，积少成多……

而且说干就干，当晚他就回天池口了，次日他就下地摘橘子。三天后，他就背着橘子上路了。这是爷爷说话算数、雷厉风行的老脾气。

当时的“武汉牌”手表120元一块，相当于一般干部近四个月工资总额，但爷爷就是凭着每天贩卖橘子，一个橘子一个橘子地给我买到了。每天天没亮，他就背着一百多斤橘子从天池口出发，沿着通往五峰县城的天池河两岸，跋山涉水一百多里山路，这会儿下河，那会儿爬坡，赶在中午时分抵达五峰城。上馆子那是绝对舍不得，就吃几个自带的冷洋芋冷红苕或者苞谷粑粑就对付了；然后就在街边蹲下，在严酷的太阳底下守着一个麻布袋子，点头哈腰兜售自产的蜜橘——除开被有关管理部门“揩油”（通常就是拿走几个橘子不给钱吧），一天总有5元多人民币的收入！5元！等到卖完橘子回家，常常都是披星戴月夜半三更了。

村人问，吃了什么药病就好了？他笑呵呵地回答：我也不大明白，反正是孙子的通知书一到，我就浑身轻松，浑身来劲，我看是“武汉大学”把我的病给治愈了！

半年之后，爷爷寄钱给我，我在武汉商场买了一块手表，“武汉牌”的；戴了五年，转赠二弟，这年他考取了大学；他戴了三年，再转赠三弟，三弟又转赠四弟。他们都相继考取大学。虽然在不同的大学校园，但兄弟四个都戴着同一块手表——爷爷用一个一个橘子、一个一个梨子换来的“武汉牌”手表。四弟还写了一篇文章，题名《手表的故事》，发表在一本著名文学刊物上以志纪念。

2006年，到了我的孩子考上大学时，我爷爷已经不在了，手表也被时代淘汰了，可是我对儿子说，手表可以不要，但是手表的故事还是要讲给你听！而且你也要讲给你未来的孩子！

县一中

1979年考取武汉大学之前，我没到过武汉市，也没见过任何一个冠以“市”字地名的大小城市。最远只到过家乡县城，在县一中读过一年高二。

我不知道县城算不算城市。尤其是我们这样的山区小县城。即使勉强算得上，可县一中也不真在县城——我们的学校距县城三里路，所以又称“三里店中学”——校园其实是两山之间的一道山谷，以及它的两面山坡，山坡上几间漏雨透风的土坯瓦屋便是教室，山脚下一块“梯田”，砍掉苞谷林子便是操场；要去县城，你得沿着一条潜伏在荆棘草丛中的陡峭山路，气喘吁吁翻越一座大山。

这就是县一中。

就是我在这里起早贪黑苦读一年，最终考取武汉大学——“武大”的地方。

武大？是的，开学第一节课，我们就将武汉大学简称为“武大”了。只说武大，武大，从来不说什么武汉大学。这是昵称、美称，就像你总以小名称呼童年伙伴，总以省掉尊长亲友的姓氏表达亲近；其实也是一个心灵暗号，就像你向最亲爱的人撒娇！

县一中第一节课，上来一个满口汉腔的老师。上来就问，听说你们都是各个乡镇中学推荐选拔来的“尖子”呀，有没有想考武大的？如果有，把你的手举起来！

大家初来乍到，破衣烂衫的战战兢兢，关键是听不懂他把读书念成“斗嘘”，把数学叫作“瘦学”，也不懂武大是个什么学校，只有面面相觑，或者垂下眼帘，总之无人举手。

于是他只好自个把手举起来，举得高高的。他说：我算一个，我想考武大！

他说得一脸认真。

他告诉我们，他是武汉人，祖籍汉口，是个标准“武汉伢”，大学毕业时一腔热血，主动要求“到祖国最需要的地方去”，从此就告别都市，扎根山区，带着一口他的家乡话，在我们的穷山恶水的家乡安家落户了。

他说，所有武汉孩子都有一个“武大梦”。还在读幼儿园时，就被父母和老师带往武大校园参观游览，回家还要写作文、记日记；你以为那些父母大人真是带你春游、看樱花呀？他严肃地说，不，那是在教育你从小树立远大志向，从小就有伟大理想——读书就要上武大，有本事你就考武大，是骡子是马拉出来遛遛，王侯将相宁有种乎！

然后，他摇晃着脑袋，夸张地长叹道：高中毕业考武大，可是武大不要我，遗憾终生啊！接着，他在教室走道里缓缓踱步，拍拍这个肩膀，摸摸那个脑袋：同学们！今天我仍然想考武大，我的梦想没有破灭，本想明年七月和你们一起考，再考一次，可惜年龄大了，比不得你们青春年少，武大还是不得要我哟！

他告诉我们，“武大”就是武汉大学。也许早在1928年，当它被正式定名为“国立武汉大学”时，就开始使用“武大”这个简称了。其他学校也有自己的简称，比如，“华工”就是华中工学院、“华师”就是华中师范学院、“武师”就是武汉师范学院，还有武水、武测、武体、武音、华农、中南民院等等，大的小的应有尽有，高的低的一应俱全……

记得他还多次说，在我们武汉——在“武汉”之前，他一定要加上“我们”二字——可是什么大学都有，你们放心，绝对能满足咱们班五十个同学的升学愿望！你们最好每个人独霸一所，然后等我退休了回汉口老家养老，随便逛到哪所大学，都能讨一碗饭吃！

我们在县一中只读一年高二，只有短短两个学期，可是只要轮到他上课，“武大”就一定挂在嘴边。

比如，有一天教室漏雨，屋里屋外稀泥烂浆，同学们抱怨不迭，他却笑声朗朗，显得十分开心。

他说，今天你们坐在这里，嫌弃这个破烂教室，不能遮风挡雨，是的，条件是艰苦一点儿；可是昨天你们在哪里呀？在农村，在农村学校的教室，那里不是更加歪歪倒倒、破破烂烂吗？我常说，自古雄才多磨难，从来纨绔少伟男！在我眼里，你们这些磨难的山里娃，个个都是未来的雄才啊！吃点苦是有回报的。我希望明天，也就是明年这个时候，你们都给我坐在武大的阶梯教室里！听一流的教授上课！大家有信心吗？

没有谁回答。我们知道自己几斤几两，到了高二才开始正经读书，谁敢大喊大叫我要考武大？对于我们，武大不过是被老师高高举起的一只画饼罢了，几乎没人当真。

但我是当真的。只是偷偷埋在心里，不敢大声说出来罢了。有时和同学们聊天谈论理想，我也只说我的理想是能像父亲一样，做个乡村教师就心满意足了。同学安慰我，不能自暴自弃，还是要奋斗一把，无论如何得到镇上教初中，甚至高中，山沟沟里的小学老师太苦了。

记得，第一次入学测试，我的各科综合成绩是全年级“倒数第一”——因为我没学过物理，五分；只学过一点化学，零分；就连一贯自以为是的语文，竟然也没考及格。在镇上中学我是校学生会学习委员，到了这里，就只能担任主管教室扫地的班级生活委员了；而且按照“班规”，你的成绩只能坐在最后一排座位上，饱受老师冷眼和女同学歧视，你在每堂课的主要任务，便是反复欣赏那些个女同学那么曲线那么优美的后背。

但是我在暗暗努力。我比别人起得早，我比任何同学都睡得晚。甚至脸也不洗，我几个星期不动一下漱口杯，任其在窗台上积满厚厚的灰尘。三个月之后，我已偷偷自学了所有初中和高一的课程，并从最后一排前进到前五排；半年后期末考试，我终于坐到第二排，可以看清老师脸上的皱纹或者下巴上的短髭，当然有时也免不了溅来一点唾沫——那也是幸福的；第二学期开学，老师终于发现我除了会扫地之外，也能写点诗歌散文啥的，于是升任“团支书”，一些没入团的同学也得求我“开后门”了；高考之前一个月，县教育局举办全县统考，实际上就是一次模拟高考，我考了第一名，比第二名高出二三十分，县政府隆重召开颁奖大会，奖励我一台收音机。

可是，可是当我从县长手里领取奖品，高一脚低一脚回到座位上时，一个老师忽然凑过来，不冷不热地对我说，收音机固然不错，但只能说明你运气好哇！

当然，当然我知道，他们心目中的“状元”早就另有其人，早就在举全校之力“开小灶”精心培养；而我，要么是工作人员统计考试成绩时计算错误，要么是憨人憨福，瞎猫子撞了个死老鼠罢了。

第一志愿

转眼之间就是1979年高考。这年高考是在7月7日、8日、9日三天举行。

本县考场设在县城，县一中却隐藏在郊外一个山谷里，因此，考前一天，我们就在老师带领下，步行三里路，翻过一座山，一路都是屏息静气默默无语，如同上战场一般，然后在县城找家廉价旅馆住下来，紧紧张张参加高考。

我记得，住宿费是由县政府和学校承担的。为了节约经费，我们每人带了一张竹席，铺在地上就睡觉了，并不占用旅馆的床铺。也可能是怕我们这些连每月六元生活费都难以筹措的山区考生，不讲卫生弄脏了旅馆的床单。

高考在县城半山腰一间年久失修的平房教室里举行。我们住在山下，每次考试之前，都需要你攀爬数十级陡峭台阶，然后气喘吁吁走进考场。教室里别说空调，电扇也没有。也没有什么家长陪考。因为从家乡到县城多半路途遥远，即使父母有心陪考，也买不起车票，旅社更是住不起，哪怕是最便宜的。

考前，老师要求大家戴手表考试，以便掌握时间，可是我没有，于是慌慌张张找亲友去借，恳求他们临时摘下心爱的手表借用三天；甚至两天也可以，因为最后一门考英语，我恐怕要交白卷，有没有手表实在是无所谓的。

你猜怎么着？没有一个人愿意借我，并且都有婉拒的理由。什么正巧坏了呀，明天要出差赶火车呀，等等，其实我明白，不过是怕你弄坏了或者弄丢了，你一个学生赔不起，而又不好意思找你家里索赔罢了。

第二天，我的所有课本和复习资料被盗了。谁叫你是统考状元呢？都盯着哪！老师闻讯后大发雷霆，要我去公安局“报案”，我说算了，有没复习资料我无所谓，反正明天就要考试，有人偷去我的资料“临时抱佛脚”，也来不及了。

对于我这个打小喜欢写点“五句子”、享有“全县最小业余作者”外号、到了县一中才突击学习初中理科课程的人来说，语文、政治算是强项，数、理、化，则是无法逾越的三道难关。

然而事有凑巧。那天考数学，这是我的最大弱项，可是一拿到考卷我就兴奋起来，庆幸起来，因为这些题目似曾相识，感觉太亲切了，在海量复习时我几乎都见过，都做过！

考试顺顺当当，一气呵成，提前半小时就交卷了。出了考场，我一题一题核对贴在墙上的“标准答案”，竟然发现全都做对了——是的，连我自己都惊讶不已，根本不敢相信——不但各个答案别无二致，就是解题步骤，也一环一环丝毫不差！

帮我核对答案的数学老师根本不相信。他亲热地拍拍我的脸蛋，笑着说，如果是真的，——当然我希望是真的哟，你就凭着这一个单科满分，上个北大清华都没问题！

然后又拿食指点着我的鼻子：你那点数学底子……我还不清楚？

总之就是不相信我这个“状元”的真实实力，特别是数理化，毕竟基础太差，因此对我高考也没多少期待。

“如果考文科，估计孩子还行；但考理科，能考个一般本科就该烧高香了！”

考前几天，在回答我父亲咨询时，他曾经如此预测。而现在，我却不知天高地厚，声称数学题全都做对了，如此高难度题目，及格都困难，竟敢大言不惭，自吹自擂，这和他考前公开进行的数学名次预测，可是出入太大了！

我父亲也不相信我的数学几乎考了满分。他认为我提前交卷是因为没有手表，急急慌慌就溜掉了，怪罪我当时没让他把手表从镇上送到考场；“估分”一定有错，水分太大，不但数学不可能得满分，其他科目——物理化学仅仅学了一年——也自以为是自我膨胀估高了！

那年高考后实行所谓“估分填志愿”。你可以填写五个志愿，包括重点大学、普通院校、专科，直到省中专、地市中专，楼梯似的排列下来，你可以在每个梯阶选一个；甚至还有县师范——我们县一中跟它只隔着一个操场——每当老师谆谆教诲我们好好学习不要偷懒时，便说，再不努力，我看你们被窝也不必搬回家，直接拎那边去就是了。

“估分填志愿”那天，我们被学校集中在一间教室里，比高考还要戒备森严。首先，你要正确预估各科分数，要估计得一分不差很罕见，估高估低却常见，有时竟有几十分、上百分之差；而且你也不知道某所学校的录取线，而同一批次，事实上也有高低之分。

第一志愿自然是“武汉大学”。老师不是经常号召我们要考就考武大吗？《湖北日报》在刊登招生院校名单时把它排在第一位，又是省内唯一一所叫作“大学”的大学，而我正是高考前“全县统考第一名”……武大再厉害，它连第一名也不要吗？不免有点虚荣心，于是就稀里糊涂给填了。

不用说，五个志愿我全填了。即使录到第五个，读个中专，我也会老老实实风风光光去上学——不管怎么着，总归有书可读，总是可以“跳农门”，从此就拥有国家干部身份了，戴手表，穿皮鞋，一切都是自然而然、顺理成章的，谁也不能笑话你。

然而，当我磨磨蹭蹭最后一个交上“志愿表”时，老师才看一眼，就对我的“第一志愿”大摇其头，不由分说断然否决。

他从口袋里取出一张纸，指点我看上面的数字：晓得今年武大招多少人吗？本科生935人，研究生113人。这可是面向全国招生。全国有一千六百个县，一个县还轮不到一个。这就是我不主张你报武大的理由。根据我的经验，像我们这样的山区小县，“剃光头”属正常，考个一个两个就是奇迹，就是祖坟冒青烟了！

我不服气。心想，没填北大清华就算我谦虚了。后来我知道，七七、七八、七九这三届，武大和北大清华以及南开等几所名校是联合招生的，起分线完全一样。只不过当时我不知道，不能拿它增加自信罢了。

他建议我立即改填“华中工学院”。

“都是重点大学，同在武汉，‘取乎其上得乎其中’，稳健最重要，你干吗选个最难的？”

我不敢不同意老师的建议，更不能当面顶撞，只能另找说辞：老师，“志愿表”是钢笔填的，都填好了，怎么改呀？

见我忽然放软语气，老师高兴了，顿时满面笑容。只见他抓起我的“志愿表”往旁边一丢，同时啪地打开提包，拿出一张新的“志愿表”。

咱们另起炉灶，他笑眯眯地说。华工在湖北省内招生多，不像武大那么“物以稀为贵”；你填华工，不敢说百发百中，但录取机会大多了。

可我还是不愿放弃武大。我说，华工我也喜欢，可是……

可是什么？

光是我们班，就有七八个同学已经填了华工，他们平常的成绩都很优秀，“估分”也蛮高的……

老师脸色陡变，冷冷地说：哪个有你高啊？你不是吹嘘数学几乎考了满分吗？

我早已习惯老师对待我的这种冷嘲热讽，那种漠视、轻视乃至鄙夷，因此并不计较他的态度：我真是不想和他们争啊抢的，老师！都是同学，都是好伙计，闹出矛盾不好；再说，华工也不可能在我们县录取那么多人吧？顶多录个一两个，本来僧多粥少，再加上我，那不是要打世界大战啦？

见我固执己见，根本不听劝阻，甚至有点顽固不化，老师发火了，他拿一支铅笔敲打着“志愿表”，神色特别严峻，口气特别急促，吐出的每个字都像子弹呼呼飞来：

你要挖个坑往里面跳，自作主张自以为是，当然我没意见，那是你自毁前途自找苦吃；但我跟你父亲熟悉，他那么辛辛苦苦供你读一中，一个月三十几块钱工资，还要养活一大家子，容易吗？你征求了他的意见吗？我们是同行，我要对他负责！

我低眉顺眼，怯怯地说，我父亲不管这些，他也没读过大学，我考任何大学他都满意，只要我不复读就行。

是啊是啊，不能复读，供养不起！再说一中也不准备招复读生了，你到哪里复读？在你爸爸当校长的那个学校，那行吗？他们的老师自己都考不取大学，你想想，能教出什么大学生来？成绩最好的考个专科，到顶。我说过多次，想考大学，你就到县一中，这是本县唯一一个生产大学生的地方！你在这里读了一年高二，进步很大，虽然只有短短一年，只有两个学期，但是考个一般院校，应该没问题吧？但是你也不能好高骛远，狂妄自负，以为武大，以为武大也能手到擒来了……

话不投机，不欢而散。无论老师怎么强硬，怎么严厉，我还是坚持填武大，定了，我不改变！万一落榜，我也心甘情愿，决不后悔，也是我罪有应得，自作自受，保证决不怪罪老师，或者家长。

武大，我的青春之火、生命之光……我的“第一志愿”！

是的，你是我的“第一志愿”，武大！

不是父母之命，也非老师之言，百分之百是我的自作主张，是我16岁那年独立做出的第一个人生选择。

喊你回家过年

年关逼近，对于我们这些拥有“老家”而且老家有亲人的人来讲，一个难题又跨进家门：你到哪里过年？你和妻子都有自己的老家，回哪一个老家过年？

我四十年前落籍武汉，算是“汉一代”，如今“汉三代”也满5岁了。可是我年近八旬的老母亲仍在千里之外的鄂西老家，她不愿随子女进城，在我家从来没有住满一星期，就那一星期，她也笑说是“坐牢”。她有四个儿子四个儿媳四个孙子孙女，可是他们分布在北京、武汉和宜昌三个城市。自从父亲和爷爷奶奶相继去世后，她就一年四季独守空巢，身边连个说话的人也没有。甚至没有一个顶事的邻居。同一个屋场有个93岁的老太太，同样也是儿孙满堂但全在外地工作，倒是需要我母亲每天喊她几声听听动静——有动静就是还活着。大年将至，我作为家中长子，是不是应该率领我麾下的祖孙三代，赶车搭船回到老母亲身边过个年呢？

然而与此同时，在鄂东黄石市一幢老旧居民楼里，我的岳父岳母也在期待着我们回家团年。岳父89岁，岳母86岁，86岁的岳母伺候着身体没病但是严重健忘的89岁的岳父——比如说，他们明明刚刚吃了晚餐，可他一转身又忘了，嚷嚷着饿死了饿死了，声色俱厉地要求岳母立刻下厨再做。怎么解释他也不信，岳母万般无奈，只能重起炉灶从头再来。可是，当你忙乎半天终于把他最喜爱的几个菜品摆上桌子，我的天，老爷子却已在震耳欲聋的红歌伴奏下呼呼打鼾了。岳父的世界已经缩小为三个小小的房间，几年没下楼了，但几乎每天都在上演种种令人啼笑皆非的故事。幸亏岳母身体尚好，一辈子勤扒苦做都习惯了，而且百般迁就岳父，基本上百依百顺精心照顾，否则，我们做子女的怎么放心？现在要过年了，你说，我这个做女婿的，是不是应该让独守空巢整整一年的老岳父老岳母，至少获得三五天的儿孙满堂的欢乐？

当然，我知道，二者必居其一，我们应该到鄂西或者鄂东过年，因为你没办法将几个耄耋老人颠颠簸簸弄到武汉来，有个三长两短谁也受不了。我和妻子商量，今年我们回黄石过年，因为按照两家老人的年龄排序，我妈更年轻一些。

于是我给岳父岳母打电话。因为岳父耳朵不好，接电话的总是岳母。我把我们到黄石过年的决定告诉她，还以为是通报喜讯呢！可她没有立即表示高兴，而是愣了一会儿，才平平静静地说："我看，你们还是回鄂西过年吧！听我的话，你们过年之后再来黄石不晚。你妈妈一个人，孤孤单单不容易，毕竟我们这里还有两个人！"

是的，岳父岳母还有两个人相依为命，因此她牵挂我母亲……为了让岳母放心，我告诉她，我二弟二弟媳全家今年要回鄂西老家过年，刚娶的博士儿媳也要带回去。岳母说那太好了，那太好了！并且针对我弟是厅级干部、弟媳是某区副区长，顺口说了一句朴实至极的至理名言：一个人当再大的官，也有自己的亲妈呀！

我又给母亲打电话，想把我们的决定以及岳母的"名言"告诉她，可是电话没人接，连打四次也没人接。我一下子就慌了神，赶紧给村支书打电话询问。支书说，他刚刚看见我母亲在地里干活，精神着呢！晚上他又专程去我家看望。他知道我母亲只会接电话，却不会打，所以现场帮母亲拨通我的电话。

我还没开口，母亲就问我们几时回家过年？她说我们家的"年猪"已经杀了，腊肉腊蹄子猪脑壳也熏好了，买了五十斤上好的苞谷酒，买了最贵的鞭炮纸钱，总之一切"年货"都已置办齐备，只等我们回来享用和操持了。

我说，鉴于岳父母年事已高，我妻子又是两老最疼爱的女儿，今年我们打算去黄石过年。母亲说："到他们家跟到我们家是一样的。"她满口赞成，又说：

“如果不是晕车晕船，我真想给亲家送点年货去！”她特别愿意天下人一道分享她养猪养鸡的劳动成果。“他俩巴心巴肝疼你们，你们不能忘本。”她千叮万嘱，让我要像孝敬自己的父母一样孝敬岳父岳母。

最后，母亲说她有个小要求，能否在春节期间让她见一见重孙子？也就是正月初几或者十五以前……并说，她当年把孙子一把屎一把尿养到三岁，现在年纪大了，没有能力再养重孙子，实在对不住孙子孙媳和重孙子……

我喉咙一哽，说：我们一定正月初几早点回来，给您把重孙子带回来！

每到年关时节，我总在想，我这个人怎么就如此幸运、如此有福呢？在一些家庭常常发生的关于回哪里过年的争论和困扰，喜剧和悲剧，到了我这里怎么就风平浪静、无影无踪呢？

答案很简单：我们夫妻两边的父母都是善良宽厚、通情达理的好人，从来都是将心比心、以心换心，从来都是与人为善、先人后己……

轮到我们自己做了父母，父母就是我们的楷模；孩子们做了父母，我们又是他们的榜样。

宁愿我们的生活没有戏剧性，没有任何矛盾冲突，宁愿我写的一个名叫《喊你回家过年》的小品在最后关头被央视春晚淘汰出局，我们也不能慢待父母，慢待子女，更不能为了一己之私而伤害亲人，伤害他人！

日暮乡关何处是

——《乡愁长阳》序言

我在哪里？噢，我回长阳了，回家了，这是在母校长阳一中新建成的宽广气派又感觉满目陌生的校园里……

我甚至以为走错了门，因为它不是我心中那个“天鹅抱蛋”的年迈母校。四十年过去了，在我心中它从没改变模样。我们的校园不在津洋口，而是在三里店，在两边山坡组成的一道峡谷里。校园中心有一座小山突兀而起——那就是“天鹅抱蛋”——山顶是谭老头管理的校图书室，你要是顺着长满青苔的石阶一步步登上山去，首先大喊三声引来山鸣谷应，然后俯瞰眼皮底下一座孤零零的三层教学楼，还有坡上坎下那些坐落在梯田里、被苞谷林环绕的教室和宿舍，你很容易找到“一览众山小”的登临绝顶之感。

1978年，也就是四十年前，停办多年的县一中恢复招生，我从桃山中学高一年级里被选拔上来，有幸成为当时一中仅有的两个高二毕业班的学生之一。只在这里苦读一年，就参加1979年全国高考，全部考理科。一年前我连初中的物理化学都没学过，英语更是闻所未闻，高考时完全靠蒙填空才蒙对5分，尽管如此，但由于有“天鹅抱蛋”的神奇护佑，有这片风水宝地阳光雨露的滋养，我和二班的吕学锋同学竟然“范进中举”，双双考取武汉大学生物系。我们两个班，一个不落全部考取省内外大中专院校，近百名毕业生去了宜昌、武汉、北京等山外都市……

当年十五六岁的少男少女，一口长阳话一身洋芋香的“巴人后裔”，怀揣一张入学通知书告别父母，告别乡亲们期望的目光，告别清江，像清江那样冲出大山，寻找长江与大海，从此踏上背井离乡四海漂泊的“诗和远方”！

今天我回来了，我们回来了，我们赶集来了。我说的是2018年9月30日，长阳县委县政府在崭新的县一中大礼堂隆重举办“宜才宜用·我爱长阳——2018招商引资、招才引智赶集会”，许多一中、二中的校友怀揣着乡情乡愁回来了，300多名在外打拼创业功成名就的“天下长阳人”，带着他们的百万千万甚至上亿的合作项目回来了……

这里，不说县委赵书记的一封邀请信多么情真意挚，李县长满口长阳话的县情介绍如何撼动人心，也不说县人大田主任的“少年白”怎么不染一下（**应该向我学习**），县政协李主席还是像十八年前我在县里挂职时那般年轻、那般爽朗大气；不说现场签约项目达到33个，协议总投资额破天荒高达75.74亿元——我们不与大武汉的“双招双引”动不动百亿千亿相比，但在小小长阳，确实堪称史无前例；甚至也不说41名长阳籍在外优秀人才被聘任为首批“高级专家顾问”和长阳“招商招才大使”，50名在本地创业的优秀人才被授予长阳首批“产业扶贫拔尖人才”称号，37名优秀人才被聘为“名誉村第一书记、名誉村主任”，更不说县委县政府颁发给我的那个沉甸甸的“高级专家顾问”匾牌，已经堂而皇之挂在我的“田天工作室”里……

只说一个细节。

我说的是县一中校友，湖北清江水电开发有限责任公司总经理、党委副书记王小君。

那天，王小君代表回乡的长阳人在盛会上登台发言，倾诉乡情，表达乡愁。当时他就坐在我旁边，我看着他一路箭步走到灯火辉煌流光溢彩的舞台中央。说什么呢？他开始讲话时，我也跟着紧张起来。因为他已经不知道该说什么，顿时脑子一片空白，真的不知道该说什么，心里酝酿了千百遍的台词忘光了——当你面对从前的老同学（**包括女同学**）、面对一个个看着你长大成人的父老乡亲们！

当他终于掏出讲稿，终于展开讲稿，可是他突然抖动起来，一抖再抖，一刻不停地上下颤抖，自然是手抖，而他的心早已不能控制他的手，越想不抖越要抖，那页纸轻飘飘的顿时抓都抓不住了，眼看就要飞起来……

全场屏住呼吸。坐在第一排的县领导格外紧张。你想想，一个厅级干部、一个掌管清江上三座梯级大坝的省属国企老总，王小君，一个经常面对他的数千员工发号施令口若悬河的人，怎么回到家乡就变了，竟然变成一个紧紧张张哆哆嗦嗦仿佛初出茅庐的发言人？

当时，几乎所有朋友都捏了一把汗，都在为他担心：手上那个颤颤悠悠的稿子，你们为什么不能写得短一点？本来一张纸的事情，还要麻烦他极其艰难地翻页，再翻页？

事后，我对县一中的学弟王小君说，我理解你，百分之百理解你经历的那一幕。因为我也有过类似的“下不来台”的体验。2001年我在县里挂职时，有一次要带广州军区的一群校官们去资丘凉水寺希望小学，他们要给孩子们捐赠五十台电脑，我要代表县政府致答谢辞，然而，还在从县城前往资丘的清江船上，我就出状况了，感到紧张不安、手脚冰凉，甚至头脑恍惚了，因为我想起了主持捐建这所希望学校的大学校友张世黎中校，因为张世黎已经英年早逝，不能再来长阳……

我想起我陪着他在长阳几个乡镇翻山越岭寻觅建校点的一幕幕，想起他在资丘下令工作人员拆掉招待宴席上的所有酒水（苞谷酒）的情景——他说，我是军人，不能刚刚拜祭了七十七烈士马上就来喝酒，要喝我们回县城喝……

记得那次县政府办公室也为我起草了一个讲话稿，但我把“今天风和日丽”等句子画掉了，因为那天细雨蒙蒙；我们的船在烟波江上默默行进，切合我当时触景生情思念故人的忧伤心境……

那天，我没有致答谢辞，而是请聂德媛老县长代劳。我害怕站在台上情绪失控，未语泪先流。

有过这种与王小君类似的情感体验，所以我对他说，你不是胆怯，不是怯场，而是“近乡情更怯，不敢问来人”，而是“回望灯如花，未语人先羞”，而是“日暮乡关何处是，烟波江上使人愁”！

在微信上，王小君曾经询问我这个长阳一中的学兄——这，你说算不算“乡愁”？

我立即回复亲爱的学弟：这叫乡愁，长阳乡愁！或者干脆就叫《乡愁长阳》，和一本荟萃“天下长阳人”乡情乡愁的散文集同名。

在长阳土家族自治县政协委托周碧麟老师主编的《乡愁长阳》正式出版发行之前，写上上面几句话，就算是我这个“老长阳”写给《乡愁长阳》的一篇序言吧！

冬天来了，春天还会远吗？
——《走过冬季》序言

2018年4月24日，习近平总书记前往长江沿岸考察调研长江经济带建设，把脉长江生态环境修复工作，再一次要求“共抓大保护，不搞大开发”，要把治理长江生态污染放在首位。

那天，当总书记视察宜昌兴发集团的画面和声音通过媒体传遍大江南北时，居住在宜昌一个江边小城的作家杨启福便打电话告诉我，他打磨多年的长篇小说《走过冬季》看来出版有望了，因为他关注的主题正与新时代“长江大保护”的历史性决策不谋而合，也可以说，走过了山瘦水枯寒风凛冽的漫长冬季，中国环保的春天已经呼之欲出，为期不远了！

大约十年前，杨启福就告诉我，作为一个专业“环保人”，他正在筹划写一部环保主题的长篇小说。既要为职业生涯做一个文学总结，也要为一辈子的小说写作树立一个“高峰”。但当时我并不看好，倒不是怀疑他的素材积累或者长篇驾驭能力，而是对这种“逆势而上”的题材选择多少有一点不乐观。尽管环境污染已是每个中国人每天24小时必须面对的严峻现实，吃的、喝的、住的、用的，在家你很多时候不敢打开窗户，出门戴个口罩也不是多此一举……但是，在文学界，除了有少数几个报告文学偶尔触及一下这种“人人平等”的环境生存现状，你很难看到一部真正文学意义上的环保题材作品，尤其是现实主义的，或者说批判现实主义的环保题材长篇小说。

对大多数作家而言，环保题材小说难写，其原因不言而喻。除了环境工程、环境治理、环境法律法规等专业性知识的局限外，另一个因素，我想，也可能是作家们大都缺乏直面现实的勇气，不愿触及环保潜规则，更不敢深入“行业黑洞”，即使写一写，也是避难就易、避实就虚、避重就轻，蜻蜓点水，皆大欢喜，无法从社会历史的根源教训上为我们的读者提供哪怕只是一点点根治污染、回归天朗气清的苦口良药。所以，写出来的作品难免一般化、概念化，把一个“比泰山还重”的题材弄得“比鸿毛还轻”。

杨启福并不是一个吃文学饭的专业作家，他不过是个立足本职工作但一辈子对文学痴心不改的业余爱好者，但他雄心勃勃，下决心打破环保题材文学创作的多年沉寂，要以一个“环保人”的责任担当，做一件被“文学人”冷待已久的大事情。这就有了这部至少在题材上“首开先河”的沉甸甸的长篇小说《走过冬季》。

《走过冬季》以2008年全国首次污染源普查和汶川大地震作为大背景，以长江边上一个农业县在环境保护工作和经济发展转型中所发生的生死冲撞切入人与自然的矛盾冲突，对地方保护主义和行业腐败进行了痛切批判，以艺术形式唤醒人们对长江母亲河所面临的严峻环境形势的真诚担忧，演绎出“天人合一科学发展”这一时代命题。我想，这便是作品的思想价值所在。

读了《走过冬季》，我觉得这部作品从艺术上看也多有收获，主要体现在以下几个方面。

一是作品的宏观构架颇具特点。对于长篇小说来说，结构统领人物事件，就像一幢大厦的主梁主柱，往往决定作品成败。这部作品通过对新旧两代人在不同历史时期、不同社会背景下爱情遭遇的揭示，艺术地再现了人们为理想而奋斗的不同的人生选择、不同的命运归宿，突出塑造和歌颂了以戴东成、张光进、刘金虎、尉强等一批为了人民的利益而努力改变家乡贫穷落后面貌、为开创可持续发展道路而鞠躬尽瘁的优秀代表人物。在生死博弈、恩怨情仇的酣畅书写中，作者毫不留情地批判和鞭挞了种种社会丑恶现象，而对代表未来的年青一代所面临的现实挣扎不遮不掩，而是真实再现，并寄予了深厚同情。具体来说，故事是以经济发展、环境保护、爱情三条平行线从容展开的，三条线中故事情节互为联系，各自都有一个主角的“独唱”来表现人物特征，但又互为依赖，同步推进，时分时合，集中而统一，为增强作品的可读性创造了前提条件。作品的可读性，往往依赖于故事性，除了取决于事件的波澜起伏峰回路转之外，又离不开人物形象的生动刻画、人物命运的巧妙安排、人与人之间复杂关系的合理设置等等，这部作品在这方面做了最大努力。在错综复杂的人物设置中，人物角色及分工准确到位，人物所处时空位置清楚明晰，充分体现了作者娴熟驾驭文学人物的结构能力，避免了人物形象面目模糊千人一面，甚至“萝卜白菜一锅煮”。能做到这一点其实并不是一件很容易的事。

二是用传统写作手法演绎当代社会。杨启福运用多种艺术手法，截取泉河县2008年所发生的悲情故事，灵活应用时空跨越转换等技巧，艺术地囊括、再现了我国基层环境保护工作20多年来艰苦卓绝的不凡历程。但与如今流行文坛的现代、后现代写作手法相比，我们承认，杨启福的写法是传统的、古典的、一点也不时尚的。而这正是他的文学自信，也是值得赞赏之处。他固守中国传统文学“文以载道”的价值取向，怀着“为天地立心，为生民立命，为往圣继绝学，为万世开太平”的雄心壮志，以严肃认真的现实主义态度，以几十年积累修炼的写作技巧，以朴实无华的个性化语言，真实书写错综复杂不乏严酷的现实生活，讲述了长江边上一群中国环保人的“中国故事”——他们身处基层，位卑职小，但这是一个没有硝烟的战场，处处需要面对忠诚与背叛的考验，需要你“位卑未敢忘忧国”！我觉得杨启福这部小说的成功是传统现实主义的成功，就在于他坚守中国文学优良传统，自觉摒弃了眼下那种严重脱离现实生活、自以为“为艺术而艺术”的所谓“成功之道”，不跟风，不从众，捍卫了老一辈文学工作者的文学理想和道德操守。

三是对当代中国生存环境的冷色营造。确实如此，当代中国人的生存环境无疑是冷色的，因为我们每一个人都身在其中，我们无时无刻不在呼吸环境的雾霾与冰冷。随便看一眼《走过冬季》，你就知道它营造的环境气氛多么真实！作品自始至终散发出一股严冬袭人的寒气，让人心情沉重、压抑，甚至窒息。在故事情节的发展过程中，人物往往历尽波折，结果却出人意料，正面人物或势单力薄，或生命脆弱，并非善有善报、恶有恶报，正义的力量始终是被动者，是输家，似乎很难成为社会的主宰者、真理的胜利者。比如刘金虎破冰行动和环境执法屡遭失败、张光进遭受病魔缠身和亲情背离双重打击等，并非偶然。反面人物或嚣张狂妄，或诡计多端，比如胡邦军、孙万策、钱向坤之流始终占上风，成为阻碍经济发展和社会进步的最大障碍。这就看出，我们的环境保护向来是春寒料峭，向来任重道远，而作者在一个严寒的冬季里呼唤春天，给人一种“杜鹃啼血”的悲壮之感，在他笔下，似乎走过了冬季就要进入春天了，真希望我们的现实不要辜负他善良美好的主观愿望！

四是环保专业性与文学艺术性的统一。作者在一个环保部门担任环境工程师，从事环保专业17年之久。因此，作品自始至终注重作品艺术性与环保知识性的融会贯通，让读者在欣赏小说之余，也能间接地、形象化地学习掌握环境保护基本知识、环境监管基本程序、环境诉求基本渠道、环保人工作的艰难曲折等，激发全社会环保意识，让大众积极参与到环境保护的行列。从保护环境人人有责的角度来说，《走过冬季》也是一本环保科普书。

我认识杨启福多年。早在1989年6月，武汉市文联《芳草》杂志在宜昌市举办笔会，当时我是编辑，杨启福是笔会邀请的数名颇有潜力的中青年作者之一，就这样我们认识了。记得，他在笔会期间写了一个短篇小说《天国之梦》，我和主编都大呼“优秀”，准备在当年《芳草》第九期发表，而且是头条。可是不久，这篇稿子在编辑部和印刷厂之间的某个环节给弄丢了，通过多方寻找，还是无济于事。当年都是钢笔书写，不曾留底，也无打字复印，我只得让他凭记忆重写一遍、两遍，但终归未能起死回生。《天国之梦》神秘地走进天国消失了。

在我曾经经历的二十多年的编辑生涯中，这虽然是个少有的偶然，但对一个青年作者的打击不能说小，真是罪莫大焉！这个失误我是有责任的，即使今天也应该再次向杨启福表达歉意。因为按照当年那种“一文成名”的普遍情况，说不定我耽误了或者说推迟了一个著名小说家的横空出世呢！

好在杨启福老兄并没就此止步，而是继续勤奋写作，写短篇，写中篇，写散文随笔，写调研报告，几十年一如既往坚忍不拔地行走在文学小路上，经常有文学作品在报刊问世，还出版了一本中短篇小说集……

时隔28年，在一个略有寒意的早晨，我从微信收到杨启福发来他潜伏十多年精心创作的环保题材长篇小说《走过冬季》电子版，并且获知此书将由湖北人民出版社正式出版，此时此刻，我以“序言”的名义写下我对老友杨启福的祝贺、祝福。

如今，中国已经进入改革开放新时代，环保也进入“绿水青山就是金山银山”的新时代。近几年，我国真正加大了环保工作力度，施行“以日计罚”、环境犯罪追究、污染治理等环境监管重大决策，治霾、江河治理由国家层面进行垂直查处、问责，我们有理由说，环境保护正在“走过冬季”，此时正是春江水暖，此刻正在万物复苏，一个姹紫嫣红百鸟朝凤的春天，应该离我们不会太远了。

这里，我想套用英国著名诗人雪莱那句著名的诗：冬天到了，春天还会远吗？

是啊，冬天到了，期待杨启福兄潇洒“走过冬季”，春天来临时，再写一个新的“春天的故事”！

来到汉阳就是知音
（3集电视纪录片）

第一集
知音·汉阳城

引言——

（字幕）：汉阳渡口兰为舟，汉阳楼下多酒楼。千秋知音梦，梦圆汉阳城！

不尽长江滚滚西来，滔滔汉江飞流而至，两条大江如同一对“他乡遇故知”的多年老友，相聚在一个“龟蛇锁大江”的地方，然后江汉朝宗，浩荡东去……

没错，这里就是武汉三镇之一的汉阳区，正处于长江与汉江交汇地带的古老汉阳，“晴川历历汉阳树，芳草萋萋鹦鹉洲”的汉阳，“高山流水觅知音”的汉阳！

你到汉阳，可以登临龟山，可以徜徉月湖，但是，位于龟山西麓月湖之滨的古琴台，往往是最令人心动的游览首选。

古琴台导游：

各位游客朋友们大家好，欢迎大家来到古琴台！我们古琴台记载的这个高山流水遇知音的故事相信大家都是听过的，这个故事流传了两千多年，古琴台这个景点，历史其实可以追溯到南北朝时期……

是的，在中国，谁不知道那个流传千古的知音故事呢？而古琴台，则是中国古人为知音故事安排的一个纪念载体。

清朝乾隆嘉庆之交，大学问家毕沅出任湖广总督。他抵达武汉后的第一件大事，就是踏勘龟山，访问汉阳故老，谋划重修古琴台。

他给著名史学家、文学家汪中写信，信中写到，自己驻节汉阳期间，深感知音遗音犹在，不应令琴台荒废，希望能修复琴台，传颂高山流水之乐曲，纪念知音文化之品德。并请汪中代笔撰写《汉上琴台之铭并序》和《伯牙事考》两篇文章，既以文学语言描绘千古琴台如画美景，又以史学家的科学精神，综合考证了伯牙、钟子期知音故事的严谨史实。

实际上，最早的有记录的琴台，可以一直追溯到南北朝南朝时期。南朝的梁简文帝萧纲在公元420—479年间就曾到汉阳登临琴台，并写下《登琴台》一诗：“芜街残昔径，复想鸣琴游。音容万春在，高明千载留……”

麻建雄（汉阳民俗专家、汉商集团原董事长）：

琴台碑，这是1957年武汉市人民政府在此立石镌刻的。1953年政府应该就在这个地方建立了汉阳工人文化宫，成为武汉市劳动人民的一个乐园，中华人民共和国成立的时候啊，琴台已经是断墙残壁、满目沧桑了。一个新的时代，应该又给了我们琴台一个崭新的面貌。

麻建雄，在汉阳生活了一辈子，也是远近闻名的商业文化专家。平日里若有时间，他便会来古琴台转一转，拍拍照片，听听音乐。

麻建雄：

中国古代早期就有礼乐文化，礼和乐是相通的，古人啊，他用于治理国家，保持这种社会的安定与和谐，应该说，礼乐文化是我们中国古代，传统文化的一个重要的特色。中国古代的这种文人雅士们，都喜欢用琴声来进行心灵的这种交融。琴、棋、书、画，第一就是琴，所以“知音”，它实际上就是一种心灵的沟通和情感的交融。

汉阳是楚国隐贤钟子期的故乡。《吕氏春秋·精通》中，曾记载了一个关于钟子期的故事。当时钟子期还是楚国的一位乐官，一天夜里钟子期闻得磬声,他听出了击磬人心中的悲凉哀伤，便唤来了击磬者,关怀地询问你为何敲磬敲得如此悲伤啊？那人含泪悲诉自己与父母的不幸遭遇，钟子期听罢慨叹：声出于心，心应感而动之。

由此可知，当时身为楚国乐官的钟子期不但极为精通乐律，而且十分善于洞察人心。

春秋时期的楚国音乐盛行、诗歌繁荣。今天，从大量的出土文物和众多的历史陈迹中,我们仍可窥见那个时期楚国异彩纷呈的社会面貌。楚人通过音律表达对生活的热爱，对生命的尊崇，正是在这样的文化沃土里，孕育了“知音文化”。

严昌洪（华中师范大学教授）：

……这个知音文化啊，应该是楚文化的重要组成部分，因为古代讲究礼乐，礼和乐是分不开的，要有乐才能成礼，楚国那个(春秋)时候正是受到中原文化和南方的蛮族文化的影响，形成了这样一个包容并蓄的文化。

麻建雄：

……我们现在站的这个地方是汉商集团的钟楼，这是汉阳区钟家村最繁华的地带，小时候我就听到老人们讲，这里呢，在汉阳建城之前就有一个小村庄，这个村庄因为姓钟的人最多，所以就称为钟家村，钟家村这个地方有一个最著名的祖先，那就是钟子期。

2000多年前，贵为晋国重臣的伯牙，带着重要使命出访楚国，行至汉阳。但见龟蛇苍苍，江汉汤汤，兴之所至，伯牙不禁抚琴一曲，竟然觅得当地村野樵夫钟子期为知音，两人畅谈不舍，相知、相契，并约定来年八月十五再次相会。

然而，感人的故事总是有遗憾。当伯牙次年赴约来到汉阳时，钟子期早已病重去世，而且在临终之时，还嘱咐父母把他埋在能眺望江水的地方，等待老友重逢……

刘守华（华中师范大学教授、湖北省民间文艺家协会名誉主席）：

……后来呢，当钟子期去世之后，他（俞伯牙）从此摔琴谢知音，因为没有知音可以欣赏他美妙的乐曲，从此就不弹琴了。它（知音）强调的一个思想，就是朋友之间心心相印、心灵沟通。诚信到达生死不渝的这个程度，因此它（知音）有一种特殊的内涵，这个内涵是非常深厚的。

高山流水，琴台知音。武汉三镇中心城区中，汉阳建城最早，可追溯到春秋时期；汉代一位戴监军曾在龟山修建一座“却月城”；东汉时期，汉阳即已成为江夏郡的首府。可以说，是汉阳城缔造了武汉城市之根。

“切大别山之东山兮，与江湘乎通灵……导财运货，懋迁有无”——东汉著名文学家蔡邕在著名的《汉津赋》雄文中，为我们描绘了当时汉阳城的繁华景象。但是由于战争频繁，汉阳城屡建屡毁，在经历了江夏城、鲁山城等名称变化之后，终于在唐朝武德四年（621年）正式定名为汉阳城。

麻建雄：

（唱汉阳童谣）……天上呜呜神吔，天上呜呜神吔，地上甩麻绳吔，地上甩麻绳吔，麻绳打不开吔，麻绳打不开吔，我们都说的是他啊……

在繁忙的工作之余，“老汉阳”麻建雄总是抽出时间，到钟家村小学给孩子们讲讲老汉阳……

麻建雄：

……老汉阳的这些小孩子们玩些什么游戏啊，朗朗上口的这些童谣啊，这些东西过去都是老一代人，一代一代就这样讲的。现在的小孩子，（如果）老一代的人，不给他们讲，可能慢慢地，这个城市记忆就被淡忘了……

钟家村小学学生齐唱童谣：

……天上呜呜神吔，地上甩麻绳吔，地上甩麻绳吔……

麻建雄：

哎呀，好好好……

麻建雄，作为汉阳商场的多年掌舵人，在老汉阳工作了一辈子。平日里，他还喜欢挂着心爱的照相机，到街巷里弄去发现、搜集各式各样的老物件……

麻建雄：

……这堵墙，就是这一半的街道都拆了，有一个易小阳画家他把这个街道（画下来），这在市里面，很多的媒体都登了，把这个街道的怀旧，老百姓的怀旧，反映到这堵墙上去了，这反映了西大街的这种百年历史……这一半的街道没有了，但是这堵墙它记录着这条街道的历史，是很不错的……

麻建雄：

……显正街的这个地方，过去是一个大的茶馆，这堵墙被认为是汉阳城拆了以后，居民很早以前（用）它盖了房子，因为一般居民的砖没有这么大，所以很多的文物专家在这里（考察）……汉阳的（古）城砖到处见不到，所以这个地方，应该是汉阳古城的遗址。后面的这栋建筑是汉阳的圣母堂，它是1939年建的，应该说整个建筑，它是一种教会风格的建筑。

在麻建雄积累多年的一系列收藏里面，最有趣的，还要数这组消失了的“汉阳记忆”。

麻建雄：

……你看这些照片！这张照片就是在汉阳的凤西门（拍摄的），应该是老城墙拆了以后可能散落在民间，被老百姓做房子留下来的这么一个遗迹……城墙砖，汉阳的老城墙砖。这个大家就很熟悉了，汉阳城区最大的天主教堂，所以城市的这种建筑和它的这些遗迹，是这个城市过去留下来的最重要的文化遗产。

麻建雄：

……因为我生长在汉阳 ，汉阳这个地方是武汉市最早建城的，所以汉阳的文化底蕴和它的历史建筑还是不少的。因为这个城市除了文字记忆和生活记忆以外，它的历史建筑和历史遗迹，和这个历史街区，也是这个城市记住乡愁，或者记住“城愁”的一个重要的内容。

正因为有了麻建雄和“老汉阳”们的用心发现和悉心留存，“汉阳城”的文化积淀才得以在岁月的长河里涓涓流淌，在时光的洗练下熠熠发光，并不断地充实着今天的精神生活，让人们时时记起乡愁，生发出憧憬……

但是，中华人民共和国建设之初，拥有近两千年建城史的“汉阳城”，却是一派“路不平，水不清，灯不明”的萧条景象，经济凋敝，城市基础设施破败不堪，与世隔绝的汉阳，渴望着新的知音到来……

谁也没想到，这个知音，竟是一座飞越天堑的万里长江第一桥！当今天人们纪念这座大桥时，有两个人的名字一定不能忘记，一个是中国人彭敏，一个是苏联人西林。

1948年辽沈战役爆发，年仅 30 岁的彭敏担任铁道纵队第三支队的支队长，奉命抢修战火中被毁坏的桥梁。而当时，参加抢修的还有一支苏联援华抢修队，一个叫康斯坦丁·谢尔盖耶维奇·西林的年轻桥梁专家正是其中一员。

在84个昼夜的抢修工作中，彭敏赞叹西林的高超技术，把他视为良师益友；而西林则对彭敏的卓越胆识和组织能力，百般佩服，赞赏有加。

彭倍勤（中铁大桥局首任局长彭敏之女）：

……1952年的春天已经结束了，花也开了，有一次汽车翻车把他脚压伤了，负伤以后回国，回国以后高烧昏迷吧，醒来以后，那个时候叫中央军委铁道部……滕代远部长和副部长吕正操坐在他跟前，就跟他说，告诉你一个重要任务，让你领导武汉长江大桥的建设。

彭敏和西林，曾经在血与火的战争中并肩战斗过的两个人，在和平年代再次走到一起，互相理解，互相支持，志同道合，在古老的汉阳城重续了一段当代知音之缘。

一桥飞架南北，天堑变通途！

1956年，横跨汉江的江汉桥建成通车，隔水相望的汉阳和汉口连成一体；1957年10月15日，武汉长江大桥建成通车——汉阳和武昌再无长江阻隔，武汉三镇之间从此呼吸与共、携手相牵！

刘自明（**中铁大桥工程局董事长**）：

……可能大家知道的，当年我们中华人民共和国刚刚成立，百废待兴，很多建桥用的材料和工程设备，都是一穷二白。那么中铁大桥工程局那个时候成立，就是为了修建武汉长江大桥。因此对一个企业来说，它是一个创业的阶段。在一穷二白的情况下，创业成功了，把长江大桥建成了。这个精神到现在对我们来说，还有重大启发：在一穷二白的时候，能够创业起家，那么发展到今天，作为企业遇见什么困难都可以克服了……

万里长江第一桥是中国人的骄傲，是中华人民共和国现代化建设史的辉煌开篇。

60年过去了，武汉长江大桥依然坚如磐石地屹立在滚滚长江洪流之中，它让汉阳城发生了翻天覆地的变化，广通三镇，融贯南北，如今的汉阳已成为集现代制造、现代商贸、现代旅游为一体的可持续发展之城，我们不禁感叹，一桥飞架，汉阳腾飞，知音汉阳，名不虚传！

麻建雄：

……这一张照片是2011年我在汉阳拍到的，应该是有浓浓的知音氛围。在汉阳这个地区除了钟家村以外，知音的地名还有很多，比如说：知音村、知音路、琴台村、琴台路、集贤村等等，在全国的范围内，一个故事展开，这么多地名还非常的罕见，这应该从一个侧面，反映了我们这个汉阳古城，知音文化的无穷魅力……

如今，知音文化早已成为武汉城市人文精神之源、中国和谐社会历史典范。

在琴台大剧院、琴台音乐厅，“高山流水遇知音”故事每天都在上演；依托知音文化创作的长江漂移式多维体验剧《知音号》，每天巡游长江、汉江，诉说着知音文化，展示着长江文明。

人人渴望知音，人类追求知音，知音精神历久弥新、千年不衰，甚至远渡重洋，扩散在全世界每个角落、每种语言文字里，已成为世界文明人类交往的共同财富。

“请到这里来，请到这里来，这里有知音，这里有琴台……”

来到汉阳，就是知音！

第二集
知音·汉阳人

引言——

（字幕）志在高山巍巍乎，志在流水汤汤乎。文化流古今，滋润汉阳人！

生活在一座山灵水秀、人文蔚起、久经文化浸润的城市里，人们是尽可以优雅自信而怡然自得的。

譬如在汉阳，有大禹治水、山水神话，有三国文化、人文辞章，有归元宗教等丰富的文化资源，还有源远流长的知音文化朝夕相伴，这里的人们又怎能不踏实而幸福、快乐又自在呢！

是的，生活在汉阳，做个地地道道的汉阳人，你有福了！做一个汉阳人，最起码不缺少知音！

桂贤娣（全国模范教师、钟家村小学特级教师）：

同学们，你们是汉阳人吗？

钟家村小学学生：

是！

桂贤娣：

好极了，桂老师也是汉阳人！请问你们住在汉阳哪里？你说一下！

钟家村小学学生甲：

我住在汉阳钟家村闽东国际城！

桂贤娣：

说得好！请你说！

钟家村小学学生乙：

我住在汉阳区国博中心！

讲台上这位老师名叫桂贤娣，从事小学语文教学已经30多年了。她常常用讲故事的方式，将一堂堂语文课上得有声有色、引人入胜。

今天，她给孩子们讲的是关于“汉阳人”的故事。

桂贤娣：

……小耳朵竖起来了！汉阳人有一个叫毛凑元的，有一天这个毛先生到长江边晨练，无意中他发现了一个酷似人的头盖骨的石块，他把这个石块像宝贝似的捡回了家，经有关北京专家认证，确认这块石头是一块古化石，这块古化石就取名为——

钟家村小学学生：

汉阳人化石！

"汉阳人"头盖骨的发现证实，早在五万年前，汉阳地区便有了人类在此休养生息。而在发现"汉阳人"之前，还在1975年发现了一块四亿年前的古鱼类化石，它被科学家命名为"汉阳鱼"。那时的汉阳，还是一片碧波万顷的大海。

历史长河，沧海桑田；汉阳文化，经久不衰。如果说，数万年前的华夏先祖赋予了这方山水以最初的生机，那么，两千多年前的知音故事，则铸就了这片神奇土地的文化之魂！

都说汉阳人把幸福指数写在脸上，那是因为，他们每个人都把自己看成是文化传承的光荣使者！

伍剑（汉阳区作家协会主席）：

……我觉得写得最好的是这个字，这个字写得多稳，这个汉字写得真漂亮！

汉阳作家黄金双：

这是什么字？

伍剑：

朝，朝拜的朝！

伍剑，知名的儿童文学作家，土生土长的汉阳人，写了不少有关汉阳的书籍，平日里有时间，他便会约上几个汉阳的作家朋友们，来晴川阁写写字，聊聊汉阳的文化。

伍剑：

江汉朝宗就是讲大禹治水的。大禹当年来到我们这儿，你们听说过大禹在我们这有什么传说吗？

汉阳作家欧阳秀子：

好像是杀九龙，把九条龙都给制服了！

汉阳作家黄金双：

龟山，蛇山是拿来镇守江河的，镇守泛滥的洪水的！

伍剑：

我听说当年龟蛇，一个神龟、一个神蛇，它们来到江的两边对视，对视以后就把江堵住了，就引起了洪水泛滥！大禹治水，把它们镇住了，把它们变成了石头山，大禹治水在汉阳这儿，是有这么一个故事。

大禹治水的典故传自上古，两水交汇的汉阳也一直是人们祭祀大禹的重要地域。始建于南宋绍兴年间的“禹稷行宫”，正是藏于伍剑他们此刻所处的晴川阁内。

晴川阁是汉阳太守范之箴当年修葺禹稷行宫时所增建的，得名于唐朝诗人崔颢“晴川历历汉阳树，芳草萋萋鹦鹉洲”的诗句。

灵山秀水的汉阳，自古以来就像今天一样，吸引着众多的名流雅士千里寻访、文人骚客流连忘返。

伍剑：

在历史上，有很多名人来到我们汉阳，李白游湖，岳飞驻军，张之洞在我们汉阳大兴工业，毛泽东同志也多次视察我们汉阳，给我们汉阳留下了丰富的人文资源！

汉阳作家欧阳秀子：

汉阳的好山好水吸引了多少文人骚客！你看曹操的死对头祢衡，他也跑到这来了，他还在这里写了一首《鹦鹉赋》，所以我觉得很好玩，这样一个地方，可以把两派的人融合到一起，所以他们都很有意思！

汉阳作家黄金双：

在历史的长河中，汉阳就像一个结一样，把这些名人、文化都拧在一起，形成了一股力量！

汉阳作家王泉：

我补充一个，欧阳修还是我们汉阳的女婿，你们知道吗？

汉阳作家欧阳秀子：

唐宋八大家也有我们汉阳人啊！

伍剑：

应该这样说吧，汉阳它就是知音之地，它不仅仅是俞伯牙和钟子期的知音，同样也是欧阳修的知音！

伍剑：

其实知音这两个字是非常不好写的，因为不仅是字形不好写，最重要的是写出知音的那种感觉，那种意象是很难的！

汉阳作家欧阳秀子：

要把字背后的文化内涵展现出来！

汉阳作家王泉：

今天写字感觉好，关键是这个位置好！

伍剑：

应该说在这个地方，才能写出这样的字来，在别的地方可是写不出来的！

“郎官爱此水，因号郎官湖”，诗仙李白的一句现场赋诗，给这个烟波浩渺的风景之地，给了一个“郎官湖”的美称。

不过，随着时间的推移，诗仙李白口中的“郎官湖”，已经变成了如今的汉阳莲花湖公园。

桂贤娣：

你们看见那个地方长着有小桃子，看到没有？

钟家村小学学生：

看到了！

桂贤娣：

有很多是不是？今天我们还要到汉阳公园来办一件事，就是我们要听一个“贱三爷”的故事，大家想不想听？

今天，钟家村小学的桂老师，要带孩子们来看一场特别的演出。

在武汉，在江汉平原，“汉阳贱三爷”是个家喻户晓的传奇人物。他出身平民，聪明机智，一腔正义，好打抱不平，正在排练的这出“鸿昌大酒楼”的戏，讲的就是他听闻这家店靠高额门槛费不让老百姓进门，他就想出一个点200盘豆芽菜的方法，制服势利老板的故事……

“贱三爷”舞台剧表演：

……绿豆芽？好呀！绿豆芽清火……

武汉人在“骂”那些有福不享、自找罪受的“倔人”时，嘴里时常会出现这样一句话：“汉阳过来的——贱三爷！”

“贱三爷”是武汉的“阿凡提”，人见人爱，喜闻乐见。他是劳动人民智慧、愿望、理想的化身。

“贱三爷”舞台剧表演：

……对！又当饭来又当菜，吃起来才过瘾！贱……贱……哼！哪个贱？我贱……

方隆昌（著名画家）：

……其实说到贱，贱就是犯贱的意思，贱是个贬义。为什么说这个人叫贱三爷？在人民群众当中，很多人认为很多事，你不一定需要去管，而且你管的事不一定能够得到好，也不一定有好的回报，那么他就是犯这个贱，他愿意干！因为在他思想里面，有积善惩恶这个思想，不好的事情他就要管，用现在的话说就是多管闲事，这个精神是我们中华民族要的，这是个美德！

“汉阳贱三爷”之所以长期以来被人所津津乐道，最重要的一点，是因为他身上所具有的平民特点和传奇色彩，非常符合人民大众的审美情趣。

他豁达、爽快、机智、幽默、有勇有谋、聪明能干，又舍己为人、扶危济贫、富贵不淫、贫贱不移。他似愚实智，寓智于愚，在笑声不断的诙谐幽默之中，对丑陋的世事针砭讽刺。

方隆昌：

汉阳故事都蛮好，知音故事非常精彩，“贱三爷”就是我们的知音，就是知音故事里所要求的东西！

文化是城市的灵魂，它是丈量一座城市历史长度与厚度的唯一标尺。对于每一个早已将知音文化的基因根植于心灵的汉阳人而言，把汉阳的文化一代一代地传承下去，已是一种心照不宣的约定俗成，抑或说是一种由来已久的生活状态。

无关乎身份地位，无关乎贫富贵贱。

眼前的这组《高山流水》系列汉绣作品，出自汉阳非遗传承园中的汉绣师傅——石玉香之手。

石玉香（汉绣传人）：

……我在汉阳生活了24年，我来的时候这里很多都是农村，我们“传承园”这一块很多都是田地，我做这个《知音图》，是想把知音文化和汉绣文化相结合，来到汉阳是知音，通过我的作品，希望更多人来了解知音文化，弘扬知音文化，把它传承下去！

作为国家级非物质文化遗产的汉绣，堪称荆楚文化“活化石”，是以武汉为中心，覆盖湖北全省的一个地域性绣种，与苏绣、湘绣、蜀绣并称为长江流域四大名绣。其针法粗犷，色彩浓艳，构思大胆，装饰性强，在中国刺绣行业中自成一格。其大胆多变、大雅若俗的风格，更是继承了楚人性格豪迈、热情浪漫的基因特性。

石玉香：

……我的学生很多，我教大家学汉绣，是希望大家更多地能够了解汉绣，学习汉绣，然后把它传承发展下去！

像石玉香这样的“非遗”传承人，在汉阳还有很多。他们满怀眷恋故土的赤子之情，尊崇古老传统的技艺和习俗。一针一线，表达出他们执着于传承优秀传统文化的热心与才情；一招一式，抒发出他们对汉阳这片美丽家园的挚爱与眷恋。

他们既是汉阳文化忠实的传承人，同时也是汉阳文化名副其实的知音。

龙，是中华民族图腾的象征。在汉阳门类众多的民俗文化中，传承至今仍大盛于民间的，首推始于1300多年前的唐代高龙舞。

今天是农历大年正月十二，汉阳江欣苑社区的高龙队早早便起床，冒着风雪，准备去参加一年一度的“武汉迎春舞龙大赛”。

对于比赛，舞龙队的刘卫祥胸有成竹。

刘卫祥（高龙艺人）：

……我从12岁开始拿龙身，17岁开始拿龙头，就这样慢慢地舞了有二十多年！参加这种舞龙大赛，我们得的基本都是金奖！

第十四届锣鼓（舞龙）比赛现在开始！

队员们顶着瑟瑟寒风，身着艳丽服装尽情表演。这些与众不同的竖式舞法，肩扛、肘托、头顶，种种玩法技巧甚高，特别是刘卫祥的跪式口衔齿托，引来观众喝彩声不断。

刘卫祥：

……最难的是放在牙齿上面，牙齿（咬住龙头）跪地上走，（龙头的重量）承力在两颗牙齿上面，整个高龙的重量承力在两颗牙齿上面……要是说咬在牙齿上面跪地上走，关键是要掌握风向和腰力、背力，这个口衔齿托练了有三四年，才成功！

汉阳高龙是国家级非遗，高近6米、重达百斤的龙头是其最显著的标志，14段的切割式结构在全国绝无仅有。

高龙全靠手工制作，制作龙头的篾片取材于新生的咸宁楠竹，将整根竹子削成细篾片，火烤校正、量尺钻眼、扎灯筋、穿龙衣，一个步骤都不能马虎。

龙衣的主要材质是红绸缎和纱布，以红色、金黄色、白色为主调，还要用金箔纸和塑料绳剪出形状颜色各异的龙鳞、龙鳍等装饰品。

刘卫祥：

……文化交流我们去过台湾，去了两次，人最多的一次就是在苗栗，很多人，人山人海，大概有二十多万人，场面非常壮观！

“高龙腾地跃，架起七彩云。华夏龙传人，绝技长精神。”

自从刘卫祥他们去台湾表演了一次之后，汉阳的高龙文化从此名播海峡两岸。常常有台湾同胞专程来到汉阳，只为一睹高龙的风采。

今天，江欣苑又来了一群台湾苗栗市的小朋友。

台湾小朋友甲：

看这些大叔顶高龙，感觉很好玩！

台湾小朋友乙：

我觉得汉阳高龙很厉害，然后那些大叔也很强！

刘卫祥：

……叔叔阿姨敬你们，今天元宵节团团圆圆！来，干杯！

刘卫祥一家和往年一样，在元宵节这天，早早便吃好团圆饭，换上舞龙服，出门准备开始春节最后也是最重要的一场表演 —— 正月十五舞龙灯。

刘卫祥：

……叔叔阿姨你们慢慢吃，我下楼准备要表演了！

刘卫祥：

……我们每年从正月十一开始舞高龙，基本上每天都要表演，特别是正月十五，是最隆重，最热闹的！

随着一串串的鞭炮、冲天炮、烟花炮震天爆响，高龙上街巡游，沿路的老少居民一路追随，争先恐后，场面好不壮观！

——“口衔齿举露峥嵘，疑似金鳞曜夜空。绝技已传千载后，汉阳元夜送高龙。”

这是汉阳当地的传统仪式——化龙。高龙通体化为火龙，寓意着吉祥安康，佑护着一方百姓。

刘卫祥：

……这么多年我一直在坚持玩高龙，老祖宗留下来的这个传统，我们要把它传承下去，我们要让它越走越远，我们不能让它流失！

钟家村小学学生们：

……我爱我的家乡汉阳！

……我出生在汉阳，是一个土生土长的汉阳人！

……汉阳历史悠久，东濒长江，北依汉水……

在汉阳这片山灵水秀、人文蔚起的大地上，以知音文化为代表的多元文化，从古至今孕育和陶冶着汉阳人民的精、气、神……

文化是汉阳得天独厚的优势，是汉阳之魂，是汉阳人与生俱来的集体自信，是八十万汉阳人民的追梦动力！

来到汉阳，就是汉阳人，来到汉阳，就是知音！

第三集
知音·汉阳造

引言——

（字幕）一枪惊醒千山梦，一桥飞架万江潮。敢为天下先，辉煌汉阳造！

说到汉阳，就不能不提大名鼎鼎的张之洞及其威风凛凛的“汉阳造”。

而且会想起张之洞为武汉写下的那一副雄心勃勃的著名楹联——“昔贤整顿乾坤，缔造先从江汉起；今日交通文轨，登临不觉欧亚遥。”

1890年，在汉阳龟山脚下，中国清末“洋务派”主要代表人物、湖广总督张之洞创办了亚洲最早、规模最大的钢铁企业——汉阳铁厂以及汉阳兵工厂，以此开启了中国近代工业之先河，也使得“汉阳造”蜚声中外。

如今，在原“汉阳铁厂”厂址附近的月湖之畔，“张之洞与汉阳铁厂博物馆”展示着汉阳铁厂当年的生产盛况，诉说着“汉阳造”绵延一个世纪的辉煌。

周莹，一位普普通通的女孩子，大学毕业后来到张之洞与汉阳铁厂博物馆工作，从一开始对汉阳的全然不知，到现如今的如数家珍、信手拈来，经历了五载光阴，她已经变成一个地地道道的“新汉阳人”了。

像平常一样，她每天的工作就是接待并向来访者介绍博物馆，一遍又一遍讲述张之洞和“汉阳造”的故事。

周莹（接电话）：
……喂，您好，周老师，我这边是张之洞汉阳博物馆的工作人员。

今天，有一个学生团体预约到访参观，周莹有条有理地做着接待准备。

周莹：
……好，待会儿见，拜拜！

经过半个小时的等待之后，一群访客如期而至。

周莹：
……同学们，下午好，欢迎参观张之洞与汉阳铁厂博物馆，博物馆是2002年建成，至今已有15年的历史了……

将每一次接待都看作是第一次，是周莹对待解说的认真态度。她说每一次讲解，除了广泛传播知识，其实也是自己对这段武汉历史的温故知新，每一次，都会有不一样的理解和感悟。

周莹：

……大家看到这上面唯一的外国人，就是欧仁·吕贝尔先生，他是当时的第一个技术“洋厂长”，并且他一直工作到汉阳铁厂停产为止。

吕贝尔这个名字，是提及汉阳铁厂就不可或缺的一部分。甚至可以说，它是汉阳这座“知音之城”在近代的一大亮点。

我们现在看到的这座博物馆，所陈列的物品和历史资料，一半以上来自吕贝尔的祖国卢森堡大公国。

卢森堡是一个西欧小国，但是在钢铁冶炼方面十分先进，欧仁·吕贝尔先生是卢森堡国的工程师，1894年被张之洞邀请担任汉阳铁厂高炉炉长，1904年后任汉阳铁厂总工程师负责铁厂技术工作，贡献很大，清政府曾授予他勋章。

张厚瑺（张之洞之孙）：

……从现在的人来看，那个工厂（汉阳铁厂）不算太大，你要是退到一百年前，那个工厂（汉阳铁厂）就相当大了，就好像现在说卢森堡这一个国，就真不大，在欧洲里就那一小块，但在当年，那个卢森堡能够援建中国，或者从卢森堡引进那么些专家，建成这么大一钢厂，这已经是非常不容易了。

在那个国运没落、战争频繁的年代，吕贝尔一行不远万里跨越半个地球来到汉阳，来到钟子期的故乡，支撑他们的是对中国工业崛起的殷切期盼，更是对张之洞的了解与信任，你求贤若渴，我心领神会，成功的合作来源于互相理解和尊重。

张厚粲（张之洞孙女）：

……说像汉阳它那么一个小地方，后来建设到这样，可以体会到祖父的业绩，他对人民做的这些好事……

朝代更替，社会变迁，知音文化在时间的年轮上留下了痕迹，但互为知音的感人往事，今人仍在不懈追寻。

一百年之后，卢森堡大使带着另外一种使命，追随着他的先辈吕贝尔的足迹再一次来到汉阳，来到龟山下汉阳铁厂厂址。这次带来的，除了绵延百年依然鲜活的知音友情，还有许多弥足珍贵的历史资料。

顾必阶（张之洞与汉阳铁厂博物馆原馆长）：

……在汉阳铁厂投产一百年的时候，也就是1994年，当年援建汉阳铁厂的卢森堡大公国，就在我们武汉老展览馆办了一个展览，叫作“武汉——卢森堡卓有成效之百年合作纪念展”。就是展示他们当年在武汉的总工程师吕贝尔，在我们武汉汉阳铁厂工作期间，拍摄的一些图片、资料，展出的时候就反映了这段历史，同时也反映了当时我们武汉的，包括汉阳的民间的这种风貌……所以当时展览十天时间，引起了很大的反响，使我们城市的历史一下子就跨越了百年，展现了武汉曾经的辉煌，借用百年前的这个历史，来让我们的游人了解我们城市的历史，我们钢铁发展的历史！创办这样一个博物馆，可以填补武汉乃至整个中国这个题材的空白……

新馆的建设日夜兼程，建设进度时刻挂念在顾馆长心头，从一间小房子，到独立运营的博物馆，再到今日的扩建工程，顾馆长伴随着张之洞与汉阳铁厂博物馆，忙忙碌碌走过了15个年头。

从当初在铁厂工作直到如今，他将自己一生的大好时光用来搜寻张之洞一生事迹，并将其展现和传播于世人。

做好一件事不难，难的是用一辈子做好一件事。

新馆建设落成的曲折复杂过程，似乎与当年张之洞创办铁厂有着异曲同工的遭遇，但其结果，同样是前所未有的城市壮举！

顾必阶：

……这个博物馆是世界著名的博物馆设计大师丹尼尔·李布斯金先生在中国的第一个作品。你看造型像一艘即将远航的巨轮，它寓意我们这个城市通江达海的地理区位，勇立潮头的城市精神。同时也是个全钢结构的博物馆，也寓意我们这个地方，曾经是中国钢铁工业的摇篮，我们百年的钢铁工业、民族的复兴是从我们这个地方开始的……

汉阳铁厂崛起之日，乃中国开始觉醒之时！“汉阳造”不仅是中国近代工业的代名词，更为武汉现代工业发展打下坚实根基。

“汉阳造”，从狭义上的1888式步枪，到闻名遐迩的中国近代工业品牌，从辛亥首义，到北伐战争、抗日战争和解放战争，它为后世留下的，不仅仅是一段血与火的历史记忆，更是中国的仁人志士富国强兵的斗志、开放博大的胸怀、人与人之间的真诚友谊，以及志存高远的精神信念！

“汉阳造”，当然不仅是一支百年老枪，更是历史悠久的汉阳制造业的一个醒目标志，是一种与时俱进的工匠精神，是不断发扬光大、历经百年依然生机勃勃的创新血脉！

1949年中华人民共和国成立后，“汉阳造”注入了新的动力和活力，古老的汉阳有了钢铁、纺织、特种汽车等工业业态，武汉国棉一厂、汉阳钢厂、汉阳造纸厂等一批大型企业在汉阳拔地而起。

武汉鹦鹉磁带厂是中国最早生产录音磁带的厂家之一，不仅其“鹦鹉”牌录音磁带唱响大江南北，而且，中国第一颗人造地球卫星播放的《东方红》乐曲，就是使用汉阳生产的鹦鹉磁带。

中央人民广播电台播音员音像资料：

……9点50分，国家广播事业局报告，收到卫星上播放的《东方红》，音色优美、清晰洪亮……

不过，中华人民共和国的一个最大最壮观的“汉阳造”，则是万里长江第一桥——武汉长江大桥。

周一桥（中铁大桥局海外公司原经理）：

……我父亲叫周璞，1948年毕业于上海交通大学土木系，1950年国家开始准备修武汉长江大桥，他就从上海铁路局被抽调到铁道部的大桥设计事务所，从事大桥的设计……

画面中这位汉阳人名叫周一桥，如今他已从中铁大桥局海外公司经理的位置上退休。他的父亲周璞，曾是武汉长江大桥桥墩的设计者之一。

在长江上建桥，确实是前无古人的创举。

当年修建大桥时，由于长江水深流急，地质复杂，当时世界上已有的大桥基础施工方法均不能解决深水施工的难题。于是苏联专家西林大胆提出了“大型管柱钻孔法”的创意，就是采用管柱钻孔法建筑桥墩。

1955年2月，一项针对“大型管柱钻孔法”的崭新试验在汉阳龟山脚下莲花湖畔开始了。

周一桥：

……它（武汉长江大桥）这个基础和施工的概念是这样的。就说现在这个墩面上面，先就是定位一个围领，也就是有一个定位架，把它下到这个覆盖面上面一点，就是江底的覆盖层上面一点，然后在这个框里面就是定位的位置上面，规定的位子上面，插入这个混凝土的管柱。这个管柱是空心的，外径是1.55米，内径是1.35米，然后把它想办法穿过江底的泥沙，把它一直下到江底的岩层上面。然后在这个管柱里面进行钻孔，钻孔以后深入到岩盘里面，大约要3到4米，然后把这里面清干净，把那个钻匝、泥沙清干净，然后插入钢筋笼，打水下混凝土，让这个管柱跟岩盘就结合成一体……

这种方法在当时是世界首创，即使在苏联国内也从未实施过。

为了掌握这种在当时非常先进的技术，中苏工程人员在龟山、凤凰山山麓及江心连夜苦战，进行了一系列艰苦的试验，建起了35个试验管柱，最终试验成功，并立即应用在长江大桥的建设上。

由于这种方法比之前的“气压沉箱法”更容易操作，使得大桥的工程效率大大提高，工程造价大为降低，为大桥的提前建成起到了重要的作用。

新闻纪录片播音员影像资料：

……这是历史前进的声音，这是我们民族伟大的气概，今天火车飞驰过长江，伟大的理想实现了！

在这片生产了“汉阳造”的土地上，在那个相对贫瘠落后的年代里，要修建这样一座前无古人的宏伟大桥，是聚合全中国智慧、全民族力量才大功告成的。其气势之恢宏，意义之重大，使伟大领袖毛泽东也不禁赞叹：“一桥飞架南北，天堑变通途！”

在依江而分的大武汉，其天然的地域环境，三镇鼎足的宏大格局，引来一座座巨型桥梁跨江而立，吞吐天下。

无独有偶，远在数千公里之外的孟加拉国，其地域划分竟与武汉大同小异、如出一辙。

在孟加拉，发源于西藏的布拉马普特拉河和恒河（流经孟加拉国内改名帕德玛河）横贯其中，沟通江河的桥梁，也就成了孟加拉国的重要建设项目。

早在2000年，总部位于汉阳的中铁大桥局就与孟加拉桥梁建设结下不解之缘。

周一桥：

……帕克西大桥当时也是孟加拉第二大的桥，这个桥就是通过我们的努力建成的，这个桥的施工质量是相当好的。现在的帕德玛大桥是孟加拉人民的梦想之桥，也是孟加拉目前最大的桥梁项目，也是中国企业到目前为止在国外承接的最大的桥梁项目。而且我们现在建桥的这种水平，我们可以从很多的方面看到，我们现在不光是跨长江、跨黄河，我们现在就是跨海大桥也修了，而且都是世界级的。

从帕克西大桥建成，到如今的帕德玛大桥，中孟友谊在项目进程中不断升华，相互的信任、长久的默契，推动着桥梁建设良好运行。

作为“大桥建设国家队”，中铁大桥局和桥梁研究院已把汉阳城变成一座闻名世界的“桥梁之都”。

这些“新汉阳人”秉承“汉阳造”的制造精神，不仅在万里长江上建设了南京长江大桥等近百座跨越“天堑”的大桥，也把桥梁技术、制造经验以及知音文化带到世界各地，每一个攻坚克难的工程，都是一座“汉阳造”的丰碑，每一座桥梁的横空出世，都辉映着武汉制造、中国制造的耀眼光芒！

黄金口，汉阳现代制造型企业的聚集地。

黄金口地名的由来，相传与伯牙和子期的知音故事有关。富有寓意的美好传说，让黄金口成为人们心目中创富兴业的风水宝地。

与黄金口一水之隔有个龙阳湖，依靠秀美壮丽的自然景观、生态宜居的居住环境，以及全国医药类龙头企业的聚集地，已经被汉阳人成功打造为“龙阳湖健康谷”。

刘宝林（九州通集团董事局主席）：

……汉阳这个地方，从我们刚开始来，感觉到这个地方还是比较落后，到今天，我们深深地喜欢汉阳这个地方，应该就是一个过程，因为你只有沉下来，深入地去了解汉阳，挖掘这里的文化因素，这样的话你才能把自己深深地融进来……

步步为营、稳扎稳打是刘宝林的人生信条，他的企业来到汉阳，便得到一种回家的氛围，一种汉阳处处有知音的感觉，于是他在企业推行“家文化”，既让员工爱企业如家，又让企业给员工以家人般的温暖关爱，同时，也要让企业这些员工、这些“新汉阳人”，好好融入汉阳，融入这个大家庭，建设这个新家园!

刘宝林:

……十八年前来到汉阳的时候，建的这个“家文化”，“家文化”发展到今天也不断地在完善。我们刚开始呢同吃同住同劳动，到后来我们发展到同一份事业、同一个梦想，把大家的思想更进一步融洽在一起。也开展了一系列关于“家文化”的活动。我们后来不断完善文化体系的时候，这个“家文化”体系的时候，我们也深深地感到“家文化”和“知音文化”，有很多的相似之处。“来到汉阳就是知音”，这句话确实是非常震撼，对我们公司来说也很好，你进了我们“九州通”，就是我们的家人，就是我们的知音……

现在许多人到汉阳，就想到龟山北路流连一番，为什么呢？

因为在这片诞生了“汉阳造”的土地上，出现了一道新的景观——“汉阳造文化创意产业园”。

作为张之洞与汉阳铁厂博物馆的专职解说员，周莹喜欢这里的优雅宁静的环境，喜欢这里洋溢着创意精神的青春朝气、浓郁的艺术氛围。

骨子里流淌着“汉阳造”血液的汉阳人，以“敢为人先”的精神，将原工业老厂房进行重新规划定义、设计，改造成一座集文化艺术、创意设计等为一体的综合性文化创意产业园，实现了从“汉阳制造”向“汉阳创造”的华丽转身。

这些“小房子”，每一座都是一个秘密，都能引起周莹强烈的好奇心，都成为引发汉阳造等历史记忆的触媒。

江汉育乾坤，知音天下闻。

2000多年前，龟山下一场不期而遇的邂逅相逢，谱写了一段琴台知音的千古绝唱；

100多年前，一支小小的“汉阳造”，洞穿了中华大地的千年黑暗，一举开启中华民族奋斗自强的觉醒篇章；

60年前，万里长江第一桥飞越天堑，让古老的大武汉三镇联通、呼吸与共，让社会主义的新中国南北畅通、朝发夕至！

走进新时代的今天，在中华民族伟大复兴“中国梦”的感召激励下，在这片江汉朝宗、钟灵毓秀的土地上，汉阳正迸射出“知音之城”的独特魅力，以长江拥抱汉水一样的姿态，敞开高山流水般的壮美襟怀，向你、向全世界的知音们发出深情邀约——

来到汉阳，就是知音！

总撰稿 田天　撰稿 张敏 马金

总导演 乔杨　导演 徐飞 汪湘 刘京

承制　武汉沐石文化传媒有限公司

出品　中共武汉市汉阳区委宣传部　武汉市汉阳区新闻宣传中心

池莉·卷

奇迹总会有

一颗自己的心

暖晴的午后，斜阳照进我家廊子里头。我靠着一只旧藤椅，拿一本书，纸片与钢笔散漫木桌上。一杯新沏的绿茶，是淡淡的龙井，有浅浅的碧绿，杯口一柱热气，袅袅腾腾。这是我吗？

我有这样的老实，这样的安分，这样的悠闲，这样的疲惫，这样的慵懒，这样的无心事，这样的无斗志吗？是什么时候，我的生命忽然进入了现在？现在我仿佛是一个头一次遭遇换牙的孩童，在经历了惊愕、疼痛、流血以后，终于知道了换牙的代价与换牙的必然，于是踏实了。我还仿佛是一只受伤的成年狗，被最后的一场恶战结束了少年意气，太阳出来以后，找到一块土地，躺下，为自己接地气，于是也踏实了。

真的这是现在的我吗？

此前的我，人生几十年，何曾有一刻这样稳稳地坐过？我的童年，劈面遭遇“文化大革命”，这场大革命将父母的黑色涂抹到我的身上，并且把一个黑色的人生前景摆放在我的脚下。这激起了我强烈的斗志。我是决不屈服的，我是精力充沛野心勃勃的。且那野心又是这样空旷浩渺：唯一就是要洗净自己的黑色显露自己的红色。我不懂这种证明之艰难，更不懂这种证明之荒诞，我宏大的野心纯粹是出于效法，当时社会上有一大批我的同类，他们坚信出身不由己道路可选择，便以自己全部的生命力量进行搏击。我以孩子的懵懂和无所畏惧，拼命地行动，劳动中抢最累的干，生活上拣最苦的吃，积极参与各项政治活动，在这样一些活动中真诚地请罪和赎罪，终于，我得以在高中毕业之前被批准加入了共产主义共青团——这个时候，学生时代已经结束，全班同学差不多都是共青团员了。而下放农村以后，贫下中农对共青团员这个称号没有任何反应，他们对于知青的认可与判断，完全是另外的标准。

于是，我又一次重新开始行动。我才十七岁，单薄瘦弱，但是我赤脚跳进早春寒冷的秧田里去插秧，我不戴口罩不采取任何防护措施，日夜奔忙在灰尘弥漫的打谷场上。我当了小学教师以后也从来不享受星期天和寒暑假，只要在课堂之外，我总是投身于农田的劳作。最终，我又是以自己优秀的表现，被贫下中农推荐选拔到医学院，成为一个光荣的工农兵大学生——然而，历史的翻脸又快又无情，我的自豪感仅仅持续了几个月，一个时代就过去了。因毛泽东的去世和“文化大革命”的结束，新的时代开始了。中国的高考制度即将恢复，我立刻就变成了中国最后一届工农兵大学生。在门第森严的医学界，工农兵大学生因其生源素质和教学质量，公然地遭到了冷眼。此前，我以为，以自己数年的卧薪尝胆，已经改写了自己黑色的前途——不再是无休止的劳改与欺侮，而将是一个受人尊重的医生。事实上我们还没有毕业，就听说了将来最多只会有十个名额分配在武汉市，其余的全部下放到最基层的工厂和矿山。

立刻又是一场马不停蹄的奔跑。我一定要把自己证明到底：我是最好的！我把自己所有的时间、精力和经费——国家提供给工农兵大学生的基本生活费压缩到每顿只买一角钱以内的菜肴：买书！读书！背书！考试！一个星期又一个星期地，就这样循环。我要自己任何科目都考出最好成绩，我要让各科老师都目瞪口呆！我要在毕业分配的时候，他们不得不把我留在武汉市，否则他们的良心就要受到谴责。尸体、鲜血、死亡、排泄物，几乎没有过程地被我接受，在我眼里，它们完全超越它们的客观具象而成为我的医学文本。第一次的外科和妇产科实习，连男同学都有看见鲜血就要晕倒的，我把风油精递给他们涂抹太阳穴，自己却可以牢牢站在手术台上，聚精会神，手脚麻利，令许多德高望重的资深老大夫对我刮目相看。最后果然，我当之无愧地成为被留在武汉市的十个学生之一。可是再也想不到的是：中国文学的春天却忽然到来了！

我惊愕地发现，我与自己真正的理想与目标失之交臂。本来，从小对于文学的酷爱应该理所当然地支配我所有的奋斗，我的每一个行为应该都是为作家这个职业而发生的，而我，居然一直傻乎乎地流俗于时代。忽然间，这么多作家突然出现了，人家怎么就懂得在冰封雪盖之中蛰伏呢？那时候，中国的职业选择只能绝对服从组织分配，就算做梦都不可能出现择业自由的幻景。毕业分配一旦公布，个人档案，城市户口，单身宿舍，福利待遇以及专业工资级别，都被所在单位确认与管理，此生此世，调换专业就比登天还难了。

我的十个同学，他们是这样的高兴，都穿着崭新的硬邦邦的白大褂，就像过年的小孩子穿上了新棉袄。大家欢喜雀跃，在医院大门口拍照留念，唯独我怏怏不乐，满心怅然，任人摆布，欲哭无泪：一个应该成为作家的女人却成了医生——一个刚刚报到就已经后悔当初学医的初级医士。

也就是从这个悲伤的时刻开始，我以对新时期所有作家的佩服与羡慕，意识到了自己的幼稚和糊涂。我怎么就如此自作聪明地随波逐流呢？假如我不进行徒劳的红色证明，我的学生时代就不会是一个自取其辱的时代；假如我做一个疏远主题的知青，我不仅不会付出健康受损的沉重代价，还有许多时间进行写作训练，还可以在高考恢复的时候，名正言顺地报考自己喜欢的文学专业，而不是作为在校大学生被严禁报考。我这个人，怎么就没有一颗自己的心呢？

我很羞愧我没有自己的心。

我的人生，如果不是这样地缺乏自己的心，肯定会是另外的一种。至少在后来，我不会因为需要一间自己的房间，而在头脑发热的时候把自己轻易地嫁人。这是我更加羞愧直至恼怒自己之所在：我没有自己的心到了愚顽不灵的程度。

我总是要等到榜样出现之后，才会有意识上的清醒。而且，一方面的清醒还不能唤起另一方面的清醒，因此我的人生错误总是此起彼伏，因此我总是自己人生里一个急急忙忙的消防队员，不停地来回奔波，累都要把自己累死。

因婚姻是没有榜样的，故而我好比“始终一幅香罗帕，成也萧何败也萧何”，我又被自己热爱的文学误导了。英国女作家弗吉尼亚·伍尔芙，她的思想一进入中国，立刻就俘虏和震撼了我。她的女人需要“一间自己的房间”，对我的影响太大了。一场思想革命，在我的灵魂深处爆发：是啊！姑娘，你苦苦奋斗了，你把自己从出身论中提拔出来了，你获得了终身有饭吃的职业了，但是，姑娘，作为女性，你有一间自己的房吗？没有！国家不给你，政府不给你，社会不给你，单位不给你，任何人都不肯给你！

中国的住房制度是以男性为主的分配制度。也就是说，一个女子，如果没有男人娶她，她就得一辈子在集体宿舍当众换内衣内裤！这是多么残忍多么可悲的事情啊！尽管我从小就希望拥有自己个人的房间，但这种希望仅仅只是作为美梦存在，仅供观赏，而对于未婚者居住集体宿舍，我从来以为这就是一种天经地义的生活方式。然而一夜之间，伍尔芙让我觉悟了。可怕的是，一旦觉醒，我就再也不能忍受集体宿舍了。我的书看不下去了。我的笔也写不下去了。我狂热地行动起来，用各种理由，通过各种渠道，找到方方面面的朋友，为的就是寻求一间单独的住房，所有的朋友都万分不理解，吃惊地问：为什么？

为了写作和健康——朋友们更加诧异于这种不着边际的理由。不过出于友谊，还是有朋友把房子借给了我。我每一次的独居完全等于一次起义，很快都因为镇压而夭折。一个年轻姑娘单独居住，总是要引起邻居的高度怀疑和警惕，他们的检举揭发，不仅惊动了单位，甚至连警方都被惊动了。我唯有落荒而逃。返回集体宿舍之后，姑娘们个个视我为异类，我是越发不能待下去。一个女子往哪儿走呢？唯有婚姻这一条小路了。

从表面上看，我当年的婚姻似乎还是出于爱情，那是因为当事双方都很主观地用爱情色彩去笼罩事物。年轻的时候谁能够逃脱爱情的幻想与幻觉呢？不过有一点我始终非常清楚，这就是：我一定要尽快逃离集体宿舍！我需要一间自己的房！尽管婚姻是两个人的房间，不完全符合伍尔芙思想，但是在中国只能这样退而求其次了。我相信在两个人的房间里，很容易分割出自己的空间。最重要的是，婚姻是女人的保护伞。进入婚姻之后，再也不会有革命群众的怀疑与举报了。就这样，我把自己嫁给了两个人的房间。因为是一个男人用他的房间娶了我，很自然地，崭新的宽大的书桌属于男人，我则很知趣地在床沿上安营扎寨。一只小板凳，一方床沿，稿纸下面垫一块木板，四周安安静静无人打搅，我觉得幸福备至，文思泉涌，小说就一篇一篇地写出来了。亲爱的伍尔芙使得我一步一步接近着自己的理想，使得我在短期内丝毫没有怀疑自己对伍氏思想的肤浅实用的理解。婚姻本身的问题很快就显露了出来，我竟然还以为那是婚姻固有的问题，并以“有所得必然有所失”的理论说服自己继续维持婚姻生活。忙忙碌碌的十几年过去，有一天我发现自己不仅拥有了一间书房，还拥有了自己的一间卧室——这是我一个人的卧室了——我在这个婚姻中找不到男人了。直到这个时候，我才恍然大悟：原来伍尔芙并不是“房间”的意思！而这个时候，女人已经是不知明镜里，何日染秋霜了。不是怕老，只是遗憾老得不值。我怎么就没有一颗自己的心呢！女人是需要自己的房间，女人是需要男人，可女人更需要一颗自己的心，乃至这颗心的纯粹性应该完全超越具象，与房子婚姻男人一律无涉。

中国对于孩子的教育，从小都是强调一个“乖”字，尤其是女孩子，说你乖就是你的最高赞誉。乖孩子就比较容易丧失自己的心了。我就是这样的一个乖女孩。从小听父母的，听老师的，听社会潮流的，从来都没有一颗自己独立的完整的心。我的盲从狂热争强好胜，那是一颗少年心；我的焚膏继晷钻研终身，那是一颗文人心；我的出嫁为妇，那是一颗妻子心；我的生儿育女，那是一颗母亲心；我的孝顺父母，那是一颗女儿心。几十年来，我为我所有的心分裂着、焦虑着、奔忙着、顾此失彼着，直至精疲力竭。

某一天，在只有命运事先知道的某一个时刻，透彻明净的阳光照耀着我家廊子，悠蓝的天空高远平和，我安坐在我的旧藤椅上，命运之神翩然光顾，让我了解了自己四分五裂的心——这种自我了解令人醍醐灌顶，又欢欣鼓舞，所谓明白之日就是重生之日了。现在我能够肯定，这副模样的我就是现在的我了。因此我的确是一个刚刚换牙的孩子，也的确是一只正在接地气的狗呢。

到这里，我定睛再看：面前绿茶已凉，院子里银杏黄透，书本闲搁膝头却一字未读，夕阳渐渐归山，晚霞万朵波澜壮阔，各种车辆喳喳作响，狗在雀跃欢叫，远近响起呼儿唤母之声，晚饭香了——天地人间就是这样气象大方百川归海——还需要什么证明呢？

生命是用来挥霍的

大约是在三年前？或者四年前？或者五年前？我记不清楚了。自从离开学校的数学考试之后，我再也不去记忆任何数字。岁月、金钱、年龄——所有阿拉伯数字，在我这里，一律都是含糊不清的符号。对于我来说，所有数字都没有重要意义，数字记载积累，提醒囤积，而我的生命就是用来挥霍的。

文字才是我的钟情，是我自童年以来唯一属于自己的玩具，因此，文字对我的意义远远不只是表达，更是我自身的一种生命性质。比如，不知道从什么时候开始，我就喜欢上了“挥霍”这个词语。我以为“挥”是世界上最漂亮的动作，这动作简直就是洒脱轻盈果断大方的化身，例如大笔一挥，挥金如土，挥汗如雨，挥泪，挥师，都是这样的绝顶豪放。而“霍”，又是这样的迅捷，闪电一般，还掷地有声。我相信，如果与人有缘，许多文字还会是一种神秘的昭示，一旦相逢，你就会如盲人开眼，突然看见你自己的生命状态。正是一个不知道是什么时候的某一天，我翻开词典，劈头看见“挥霍”一词，耳朵里就响了一记金石之音，我便会意地微笑了。我相信，我的生命性质正如我的故乡和命运一样，先于我的存在而存在，早就隐藏在文字里。而我对于它的认识与服从，也一如认同我的故乡和命运，面善得无法陌生，亦无法选择。有一些古人于某些文字的特殊敏感，让我也觉得这可能就是一种人类经验的传承。郑板桥的文字大约就是“难得糊涂”，苏轼可能就是“一蓑烟雨任平身”，而李白也就是一个“酒”字了。

我是怎样挥霍生命的呢？

最典型的例子要慢慢说起：大约是四年或者五年吧，看过的一部电影。美国片，中文译作《海上钢琴师》，英文片名是《1900的传奇》。故事说的是1900年的某一天，一个新生男婴，被遗弃在了一艘往返欧美之间的大型客轮上，船上的一个锅炉工收养了他，并用年份为他取名。在客轮无数次的往返之中，1900慢慢长大并无师自通地成为轮船上的钢琴师。在三十多年的人生里，1900从来没有离开过这艘客轮。仅有一次，因为爱情，他终于决心在纽约下船登陆，去寻找那位年轻姑娘以及寻找属于一个天才钢琴师的世俗名利。全体船员集中在甲板上，为1900隆重送行。这个名叫1900的男人，缓缓地走下长长的跳板，然而，他却缓缓地停留在跳板的中间了。面对纽约的高楼大厦，他把崭新的礼帽毅然抛向大海，反身回到了船上，多年之后选择与被淘汰的客轮一同炸毁。

十分记得，我第一次观看的时候，影片深深吸引了我。那个夜晚，成为我生命中少有的不眠之夜，我放弃了我一向认为非常重要的睡眠，还放弃了工作。目如寒星的消瘦男子1900，在影片的最后，用这样一段话夺走了我的理智："我不是害怕我的所见(纽约的高楼大厦），而是害怕我的所不见！这城市太大了，大得似乎没有尽头！我怎么可以在没有尽头的键盘上演奏我的音乐呢？"立刻我的泪水夺眶而出。之后，想也不想就把整个夜晚的时间全部消耗在回味、体会与联想之中。

几年以后的前日，很偶然地，我女儿在钢琴上随手弹奏起《海上钢琴师》的一支钢琴曲，蓦然勾引起我重温这部影片的念头。这一重温不打紧，我却发现，看电影的人已经不是曾经的我了。现在的我，面对影片，根本看不下去。怎么是这样做作和矫情的一部电影呢？首先它纠合了太多好看的因素，因此失去了合情合理的生活逻辑，露出了明显的编造痕迹。曾经让我潸然泪下的那一段台词，具有典型的大话哲学的肤浅与煽情，尤其还配上了拙劣的镜头：1900毅然抛开礼帽以后，镜头以夸张的特写，将礼帽一次次多角度地抛向大海。这不还是美国好莱坞电影的简单套路吗？我是那么惊讶与惭愧。我自嘲地笑笑，然后连眼睛都不眨地抛弃了这部电影，同时，也把自己被感动的那一个夜晚抛弃了，还把此后的许多生命经历——推荐、联想、回味——统统否定并完全抛弃。

就是这样，我就是这样无情。我经常否定自己的生命经过，从不寻求任何理由保存往日不再美好的"美好"记忆。我是自己生命里一个没有负担的记忆者。

我不相信时间，不相信青春，不相信历史，不相信传言，乐于相信的是自己的醒悟与亲睹，我是一张连自己都深感淡漠的脸。

前一段时间，我在法国，因出版事务要去一趟南方的阿尔勒小镇。事先的行程计划，是在阿尔勒停留一天，居住一个夜晚。但是到了法国看到行程表上的“阿尔勒小镇”，不由得想起了凡·高，想起了凡·高著名的油画《向日葵》以及许多油画的光和色，于是我决定在阿尔勒多待一天。而后来真正到达阿尔勒小镇之后，我立刻背弃了自己的初衷，旅行又发生了另外的故事。阿尔勒小镇的阳光就是与众不同，格外灼亮又光照时间极长，气候在一日之内，由凉爽至温暖至寒冷，各色植物因此都格外鲜艳。原来，凡·高画的向日葵就是阿尔勒的向日葵，凡·高油画的光与色，就是阿尔勒的光与色，一个有天赋的画家怎么能够不接受大自然的馈赠和生活的秘授呢？顿时，凡·高不再是我的神秘，不再是我的名胜古迹，而是一种切实的理解了。我甚至连大街上的“向日葵”明信片和旅游T恤衫，都没有走近看看。我毫不犹豫地走上了古罗马的断壁残墙，在小镇的最高处久久流连，坐看日出日落之下的阿尔勒。晚饭时候，我去一家北非餐厅，吃一种叫作CousCous的北非饭，慢慢地吃到很晚很晚，一边观赏着阿尔勒小镇的人们，一个姑娘，低胸丝绸连衣裙，外套却是皮大衣，长长的，是冷峻的黑色；硕大的耳环在她颈项侧畔摇曳不停，与她的多条镶流苏的长围巾交相辉映；脚却是赤脚，足登艳丽的高跟拖鞋，染葡萄紫的指甲油，这就是难忘的阿尔勒小镇风情了。

多待一天的时间，依然与凡·高以及其他著名画家无关。无论是在大街小巷漫步还是静静坐在旅馆喝咖啡，都是因为阿尔勒本身。原来，阿尔勒小镇从古罗马时代就阳光格外灿烂，就颜色格外鲜艳，就人与物都具有格外的风情。我居住的旅馆，是阿尔勒最古老最优雅的旅馆之一，旅馆的好几段墙壁，依旧还是古罗马的城墙。约百年前，法国一个著名女歌唱家，退隐来到阿尔勒，创办了这家旅馆，把它变成了全欧洲的艺术博物馆和艺术沙龙。度假的艺术家们纷纷下榻这里，喝酒，歌唱，吟诗，看斗牛，他们顺便带来了自己的绘画和摄影作品。而每年，在斗牛节获胜的斗牛士，也把自己五彩斑斓金光耀眼的斗牛服挂上了旅馆咖啡厅的墙壁。阿尔勒明艳的夕阳，一直到晚上十点才变成夜幕，几乎每一个黄昏，都是纵情的享受。在纵情的享受中，女歌唱家慢慢地衰老了，她丈夫去世了，她再也打理不动生意了，终于有一天她咬牙卖掉了旅馆，在卖掉旅馆的两天之后，女歌唱家悄然离世。这不是写在旅游指南上的故事，是我下榻旅馆的历史由来，以及沿袭到今天的装饰风格。我老老实实地坐在陈旧的老沙发上，背靠一段古罗马的墙壁，长久地注视一张1930年代的摄影作品：北非的一个夜晚，一名裸体的非洲女子，伸出她的手臂，喂食一只生活在他们村庄的长颈鹿。裸女与长颈鹿是如此惊人的和谐与美丽，把我看得无言以对，我的心一刻一刻地变成一个幽深幽深的潭——平静的水面其实在颤动密密麻麻的涟漪。

原来阿尔勒最著名的是斗牛。它是全法国唯一保持了西班牙式斗牛的小镇。每年斗牛节来到的时候，人们从四面八方拥进阿尔勒，与葡萄酒、咖啡、CousCous一起，与吟唱一般的聊天和神奇的阳光一起，度过美好的生命。

一切都与中国制造的凡·高神话没有太大关系，可我并不后悔以前花了多少时间在凡·高身上，时间并不是我生命的唯一价值，我时时刻刻都乐意成为新生婴儿，让世界在我眼中重新诞生。

一再地删除，一再地重新开始，决不美化和流连于过去的一切，耗费了多少生命时间都无所谓。许多个深夜，有月光，我到户外散步。我心静如水，听得到万籁的悄吟。每当这种时刻，我几乎看得见自己对于自己经历的否定、覆盖、删除和抛弃。我反反复复，无法停止，以至于我的生命直到现在为止，都没有过任何一个完美的故事。连一个完美的人生故事都不曾发生，也许对于一个女人来说，听起来比较残忍。因为今天女人正在老去，因为明天女人还将老去，因为时间是一个恒定物，它使得老去的生命无法反复。问题的实质在于：那又怎么样！

那又怎么样？老去又怎么样？老去最是人生可以忽略不计的数字，因人人如此，岁岁如此。

我是这样欣喜于自己的善变。欣喜于新印象新思想如野草般丛生。我的否定与变化越多，我感觉自己生命的本质越有生机。我的感恩正是在这里：生命有限但可以无限挥霍。而每一次挥霍都是一次裂变，都可以发生巨大的能量转换，甚至无事生非到让你喜极而泣，总之世界上所有的良辰美景，比比皆是你的意思。如此，我的人生还需要什么完美故事呢？我还需要什么数字来说明生命的丰富抑或贫瘠呢？曾经读到过一段吉卜赛人的歌谣，真是很好，他们唱道：时间是用来流浪的，肉体是用来享乐的，生命是用来遗忘的，心灵是用来歌唱的。而我的歌谣，只有一句：生命是用来挥霍的。这一句可以反复咏叹，直到永远。

奇迹总会有的

2003年去法国，主要在布列塔尼地区行走，一个精力充沛、热情洋溢、时尚妩媚的法国女人开车，奔走了多个城市，每个城市观看书店为我布置的漂亮橱窗，与书友们见面，接受勤恳敬业的法国记者采访，听法国读者们在那里饶有兴趣地朗诵和讨论我的小说：这不算奇迹，应该说这算一个奇怪。自从1995年我独自一人乘坐列车从德国来到巴黎，与法国一家出版社签署下第一份出版合同之后，我们合作关系一直良好，他们每年都在出版我的新书，读者反响也比较热烈。对此，我很开心，有许多感动，也对法国越来越有亲近感。可是此外，我始终还有一种奇怪感。面对另一种文字将我的作品翻译出版，面对那些布满字母的书籍，面对那些热烈阅读并热烈讨论的黄头发读者，我无法不感觉奇怪。他们读到了什么呢？我总是禁不住这么猜想。我想是否因为他们很喜爱我的翻译家呢？

由于这种奇怪感，我容易把大家当作法国熟人，很难把他们都当作知心朋友。十多年来，尽管我与许多法国人喝过咖啡吃过饭，也应邀去人家里做客，通讯本上也记录了一大把电话，然而我的法国朋友却总是没有多起来。在我这里，熟人多，朋友少。

我永远都无法广交朋友。

不过奇迹总会有的。2003年那次，游历法国西部之后返回巴黎，接飞机的是一个这样的女人。一般人都是在出口处举牌接人，而她，从远离出口的地方，醒目地奔跑过来，头发花白，扎一小辫，手里挥舞着我的一本法语小说。这样的接人方式完全出乎意料，印象一下子就深刻起来。她叫盖塔，一个喜爱中国文化的法国籍的委内瑞拉女人。那天巴黎塞车。她的先生马赫克，一个大学教授，车开得实在不怎么好，三下两下就要急刹车，很快就令我晕车了。我一直紧闭双目强忍恶心，只求尽快到达盖塔家，让我马上躺下。盖塔说：当然！哦，当然！盖塔努力学习中文已经几年了，程度尚在幼儿园中班水平，不过有时候她也会蹦出特别贴切的单词。

这是我第一次近距离接触南美女人。她年近六十岁，精神状态三十岁，动作敏捷，热情奔放，夸张的首饰，大花的睡袍，满脸女学生神态，只因为喜欢我的小说，便天真单纯到毫无隐晦的地步。她请我喝她珍藏的委内瑞拉咖啡，轻蔑地说：法国有什么咖啡啊！她告诉我：她和马赫克2002年才结婚。她二十岁就与法国教师马赫克相爱，二人共同生活了将近四十年，生儿育女，子孙满堂。他们结婚的原因纯粹是他们的孙子想进教堂参加婚礼。盖塔扯着她和马赫克的白头发，开玩笑说：“头发白了，该结婚了。”他们坐在我的对面聊天，彼此依然还是含情脉脉。看来，南美人比法国人更浪漫更奔放更坦率。一下子我就很喜欢他们，但是我并没有说出口，我是中国女人，我疯不起来。

分别之际，盖塔把她弟弟从委内瑞拉带来的咖啡，用一个小小的瓶子，送了一点点给我。我则买了一瓶二十八欧的波尔多葡萄酒送给了他们。他们接过酒，一看就傻了，神态是如此之凝重，凝重之中还有难以消受的尴尬：这礼物太昂贵了！盖塔严肃地对我说：“其实一般我们只喝五欧的酒。五欧的酒就很好啊。”

我说：“对不起！我不是有意的。”

我的道歉发自内心，是我冒昧了。

他们让我进一步懂得：人与人之间，最要紧的就是恰如其分。

转眼就是2005年了，我再去巴黎，观看由我小说《云破处》改编的话剧。这次主要就住在巴黎。我的出版社用心良苦，一是体恤我少有机会观光，二是我的新书《太阳出世》首发，因此给了我一个惊喜，特意请我下榻一个名叫“太阳出世”（日出）的古典旅馆，就坐落在巴黎著名的圣米歇尔广场，隔着塞纳河就是巴黎圣母院，卢浮宫也遥遥在望，二十多分钟就走到。

在巴黎的日子，多少次，我想起了盖塔夫妇。我知道他们就居住在附近。但是我始终都没有打过他们的电话，我觉得就这样默默想念比打搅人家要好。一天傍晚，我沿着塞纳河散步，过了桥，到对岸，大街小巷随便走走看看。忽然，一种感觉袭来：盖塔和马赫克近在咫尺。可是我又不敢相信自己，因为我的方向感一塌糊涂。我在武汉都经常迷路，何况在巴黎？无奈感觉这个东西，就是要固执地主宰我。我只好停住脚步，微微闭目，竭力地抓住这感觉，让它带着我的脚步自由行走。走着走着，一条石板小街出现了，接着是一幢古老的楼房。但是，这片街区的楼房都在修葺，一律笼罩着施工防护布。我静静立在那里，悄而没声的呼唤，从我心里发出：盖塔，马赫克，盖塔，马赫克。

奇迹出现了！就在我无声呼唤的时候，面前的一户人家，大门忽然打开了！盖塔，这个与众不同的南美女人，还是穿着两年前的那件大花图案睡袍，还是扎一小辫，从大门走了出来！

我简直不敢相信这是事实！难道盖塔果然听见了我无声的呼唤？！我生怕吓着了她，便轻轻叫道：盖塔。

盖塔定睛一看，大惊大喜，猛扑上来，紧紧抱住我，叫唤我的名字：chili！chili！

她又朝屋里大声叫喊："马赫克！马赫克！"

马赫克闻声跑出来，看见了我。他首先就是揉眼睛，不敢相信，接着是拥抱，用他那法式亲吻，在我脸颊两边亲得啧啧作响。

我们赶紧进屋，大家手牵手，几乎是载歌载舞地爬上他家古老的楼梯，他们径直把我带到了2003年我居住过的房间。房间一切照旧，只是床上躺着他们的儿子。我与这个初次见面的年轻男子开玩笑说："对不起，你怎么睡在我的床上了？"大家哄然大笑。

原来这一天是他们一个孙女十八岁的生日，亲朋好友几十人聚集在爷爷奶奶家，为漂亮的黑肤色女孩举行成人仪式。我们喝啤酒，品咖啡，我和盖塔默契调侃："法国有什么咖啡？还是委内瑞拉的咖啡香啊！"

盖塔喋喋不休地告诉我，她已经购买了我的新书，他们还知道巴黎正在上演我的话剧《云破处》，事实上他们已经预订了戏票。他们说他们这几天也经常想起我。而盖塔为什么要在这个时刻出门呢？其实她不是正在厨房忙碌吗？盖塔歪着脑袋回想了很久，发现：什么原因都没有，就是她忽然有一种感觉，觉得非得出门一下不可，于是她就放下手中的事情，走出了大门。

原来，就是我，他们喜爱的作家，仿佛从天而降，站在他们家门口，心里呼唤着他们：这难道不是一个奇迹吗？这真的是一个奇迹！

这个奇迹让我们心里充满了非比寻常的感动和亲密。就在奇迹发生的一刻，我们已经超越了熟人而成为好朋友，这是缘分和天意，谁都无法抗拒。我们不仅再一次认真地留下了彼此的电话和电邮。我们拥抱着，看着对方的眼睛，认真地嘱咐对方：要真的保持联络。真的！盖塔饱含热泪，用十分幼稚的中国话艰难地说："我爱你！爱你的小说！马赫克也一样！"我们向对方发出了真诚的邀请，希望对方将来能够安排假日，彼此串门，走亲戚，小住做客。而盖塔，热切地希望我能够去委内瑞拉她的家乡，她说："我的家乡很漂亮啊！不要钱！"

世界上谁能把欧洲人和南美人逼得说出"不要钱"来？世界上什么才能让欧洲人和南美人主动说出"不要钱"？唯有深厚的、值得信任的、感动了他们内心的真情。他们只为自己的真情付出。

在这一点上，中国人最大方，即便为面子，也会付出。遗憾的却是：即便付出再多，却是常常没有真情。

我不在乎付出不付出，我在乎真情，还在乎感觉和分寸，更在乎天意和缘分——我是过于苛求了，毛病大了，恐怕天生就是孤僻的命了。像盖塔和马赫克这样的奇迹，生活中又能有几桩呢？而我们，又真的能够再次相见吗？不去想了不去想了！不去探究了不去探究了！单单就让这奇迹温暖我们的心吧！

四个人的千年美丽

有一份世间的美丽，或者说是社会性的美丽，是一朵缓缓、缓缓、缓缓开放的花朵，需要一定乃至漫长的人生经历作为养分，它才可以长盛不衰于你的生命之中。

我是在大约1994年前后，收到一位法国汉学教授的来信。仅仅根据来信的文字，我连教授的性别都无法判断。通信中无非就胡乱照着对方的尊称习惯，写一个“亲爱的某某”而已了。教授是我的读者和研究者，他请我允许他翻译我的一篇小说并与出版社进行接洽。很快，法国阿克苏出版社出现，成为我和教授的合作者。1997年的冬天，当时我正在德国几所大学做讲座，阿克苏出版社邀请我去一趟巴黎，大家见面并签订新的出版合同。圣诞节前夕，我从德国乘坐火车来到了巴黎。不料，在巴黎中央火车站迎接我的教授，却原来是一个柔弱秀气的法国女人。虽然我们语言不通，但是我们一见面就笑了，一个关于性别的小小误会成了友谊的开始。

那是我第一次去法国，我像全世界许多人一样慕名巴黎。善意的女教授和出版社让我做了一次游客，带我在巴黎一些著名景点走马观花，请我品尝了巴黎最美味的鹅肝酱。结果我还是没有被款待冲昏头脑，在签约的时候，我坚持了自己惯有的认真。我要求长达十几页的法文合同应有中文文本向我提供主要条款。我要求按照国际出版惯例支付预付金。我还要求了版税的标准。出版社很是吃惊。据说在我之前的中国作家少有我这样的认真与要求。我知道，不少国外出版社与中国作家的合作普遍草率和低廉。中国文坛也有自己的一种风气：在国外只要能够出书就好。在国外出书主要是证明自己的国际影响，至于正式合同与稿费，任其可有可无。问题在于，我是我，我不是任何别的作家。我的愿望仅仅是受到应有的尊重。而尊重只能出于双方的平等、信任与互利，否则我宁愿不出版，我很明白多那么几百几千几万洋人读者，并没有多少实质意义，我的意义永远存在于我母语的读者。

我再也忘不了那个法国男人用他淡灰色的眼睛久久地无辜地望着我。难道我的态度不好理解吗？——我也用我的黑眼睛看着他，平静地友善地无所求地看着他。最后，他终于点了头。我笑了。我们成功签约。我和阿克苏的合作一直持续到今天。他们每一年都要出版我的新书，至今已经有十五本了。我在法国的读者也越来越多。2005年，我在蒙彼利埃一家咖啡馆与读者见面。我看见一个小个子法国女郎好像抢不到说话的机会，只能在人群后面远远注视我。我就走过去把话筒递给她，可是她说："不，我不说话。我愿意这样看着你。我愿意用今天所有的时间看着你，因为这个机会太珍贵了。"就是她这一句话，让世间的又一种美丽在我面前徐徐展开。我，翻译家，出版社和读者。我们四个人，应该说是四个方面，或者说是众人，我们合作翻译出版了我的小说，我们共同做着一件事情，使得我们大家天长日久地受惠于此。于是就会出现，在蒙特利埃的一个咖啡馆里，两个语言不通、不同种族、文化背景完全不一样的人，发生凝视与感动。这就超越了翻译出版乃至获奖这类具体事物，成为人类精神生活的积极意义。

二十多年来，我在国内的出版不也是一样吗？不仅是出版，影视改编或者其他事情，不也都是如此吗？只要合作各方都遵循规矩，认真努力去做的事情，几乎无有不好，这就是一种集体力量的合作之美，这种美丽是哪怕再能干的一个人也无可替代的。想想我的所来之路，我的生涯是一个人的写作，我的独行已成习惯，我常常都是孤独的；皆因不断有着与各方的良好合作，我即便孤独也不孤立。孤独因此也成为自由与潇洒。

当年巴黎签约之后，我怀揣预付金，立刻跑上大街，购买了我的第一支法国香水：香奈儿5号。傻的我！把好不容易挣来的钱立刻流水一样花出去，其实就是因为梦露那句举世闻名的广告词："睡觉之前我只穿一滴香奈儿5号！"不过，真的，这钱浪费得我很快乐。在巴黎在香水店我孤独且快乐。天下所有人，谁没有孤独的时刻呢？古人俞伯牙钟子期互为唯一知音，可是人生连再次相逢的机缘也没有。最关键的在于，不管你是什么性格的人，你都需要在与他人的共处之中，学会平等，学会理解，学会包容，学会讲究规则，以及学会对良好合作关系的尊重和赞赏。于是慢慢地你就会发现，不断地有人成为你的合作伙伴，不是朋友也胜似朋友，正如许多颗露珠都是一花朵的知己。该相聚就相聚，该分离就分离。无须浓烈稠密，只要合适相宜。

这样的人际关系正如四季的春，会在我们的一生中周而复始，这就是众人也永远只有众人才能够给予我们的一种美丽。

不仅仅是左手

十七岁那年秋天，我下放农村做知青，几个月之后，被选拔到大队小学教书。第一天上课，学生就不怕我。三年级的学生就有与我同年出生的。五年级毕业班的唱歌课体育课美术课，我都没有办法顺利进行，两三个完全无组织无纪律的男生，个子比我大，下巴上都长了胡子，这个冬季就要娶亲了。

校长鼓励我不必怕学生。他说："怕什么怕？他们再大，你总是老师，他们总是学生，天下还有学生大得过老师去不成！"校长从打扫操场的大扫帚上抽出一根最长的竹条子，交给我，号召我向王老师学习。

我们学校的王老师，男，中年人，大个子，宽肩膀，胡子拉碴，少言寡语，非常威严。王老师走路总是甩开膀子迈大步，模样好生坦然潇洒，好像条条道路都是为他开的。我们大队的广大贫下中农，凡路上遇见王老师，都要抢先问候，都要为他让路，还要夸他教书教得好。王老师的书，就是教得好，他班里毕业的学生，珠算打得风流水转，出了校门就可以当一个小队会计。对付最顽皮的男生，王老师一向只用一只手，左手。王老师不是左手力气大，偏偏是力气不大，主要是轻重感觉好。王老师用左手把调皮学生的后颈脖子拎起来，从窗口轻轻扔出去，从来没有把学生摔出事情来。偶尔也有意外，也会发生一点皮肉伤，后来总是被时间证明没有大碍。贫下中农谁家有一个甚至多个不爱念书的调皮小子，爷娘老子也都是不怕的，大家便都是指望王老师整治。据说从前也有小子哭回家，把皮破血流的地方举给家长看，只要说是被王老师从教室窗户扔出来的，家长立刻就会教训自己儿子说："扔得好！"只这一扔，王老师多年的威信就建立起来了。当然，作为教师，仅有武力是不够的，在乡村学校，尤其不够。最终人人都是要看你有没有本事。有本事的人，随你打骂，那是替爹娘管教孩子；没有本事的人，你弹他孩子一个指头，那就是欺负孩子的爹娘了。

最初，我以为王老师的威信就是来自他的左手和珠算。后来，我慢慢发现，王老师还写得一手漂亮的板书，语文、数学、体育、美术，他可以一个人包班，门门功课都教得好，除了唱歌——贫下中农不认为唱歌是一门功课，因此非常认可王老师的班级不唱歌。同时，王老师还会修雨伞，做木工，打草鞋，箍水桶，烧锡补焊。王老师有一只工具箱，那简直就是百宝箱，他想要钉子就可以掏出钉子，他想要铁皮就可以掏出铁皮，任何困难都难不住他。要过春节了，村里家家户户请王老师写对联。也总有一些人家会贴别人写的对联，这就更是为王老师提供了比较，贫下中农过春节有的就是时间，又没有什么娱乐，大家成群结伙到处闲逛，挨家挨户比较对联。这一比较，显然还是王老师的字好。四村八里的人家婚丧嫁娶，也都要请王老师去做司仪，王老师平时没有话说，做起司仪来，行话一套一套的，还抑扬顿挫。如果发生了什么意外，厨子来不了，王老师也被人家当厨子请，王老师从打豆腐到红案，都做得得心应手。一般凡有人请，王老师是有求必应。但凡王老师应了的事情，一概都做得利索漂亮。而他自己呢，则又有一条人生的座右铭，便是：万事不求人。就我在这个乡村小学的近两年时间里，王老师果然是从来不去麻烦任何人的。他自己什么都会做。他俨然就是自己生活的创造者。于是，王老师的威信怎么能够不高？谁家的孩子他不敢打？打了家长还要感谢，因为他们认为这就表示王老师重视了他们的孩子。

我还真不是太傻的。没有一进学校就盲目学习王老师。我得了校长授权的一根竹条子，也未曾滥用武力。后来把王老师这个人一见识，便颇觉侥幸。我幸亏没有滥开杀戒。邻村小学有一个男知青，也被推荐去当老师，一去就使了下马威：扰乱课堂纪律者一律受他三栗果——用指头关节敲学生的脑袋。结果不久，贫下中农偷偷给他的房子放了一把火。

我十七岁的时候，见识了王老师，也是十分佩服的，觉得他做人做得好生响亮和牛气啊！但是，真正认识到王老师的价值，却是在多年之后了。那是在我大学毕业了，工作了，成家了，在扑面而来的现实生活面前常常捉襟见肘，便一次又一次地想起了我那乡村小学的王老师。在琢磨中，我终于明白，一个人想要掌握自己的生活，想要骄傲，又淡定，是何等不容易啊！在那赤贫的年代，王老师仅凭一只小小工具箱，就能够创造与修补他自己的生活，学校的生活和乡亲们的生活，他该要付出多少智慧、勇气、精力与辛劳！

三十年过去了，王老师依然是我迄今为止见到过的，唯一一个有气魄有能力掌握自己全部生活的人，唯一一个最贫穷却最有志气的人。有志才可以帅气，有气才可以帅体。因此，一个贫穷的乡村小学教师，才是那么的神气，那么的体面，那么的受人尊重。一年四季中有三个季节王老师都是打赤脚或者穿草鞋，但是条条道路好像都是为他开的。王老师一走路，条条道路都要恭候着昂首挺胸的他。

从王老师身上理解和领会到的道理，成了生活对我最重要的教诲之一。由此我懂得，一个人，无论穷与富，都应该做一个有志气的人。有志气才有体面与高尚。有体面与高尚才有真正的美丽。这美丽是那种大美丽，仿佛太阳、月亮、森林与鲜花，天然大方，超凡脱俗。使自己怡然自得，还让懂得它的人赏心悦目，这就是一种无价的富有。一个人能够这么活一辈子，便够了。

一个人的火车

数九寒冬，要去哈尔滨。据说哈尔滨今年冷，常有零下三十度，可以把眼睫毛冻成小冰棍。冻成了小冰棍的眼睛一眨巴，就会发出一种玲珑剔透的响；有了一只挂在身体上的风铃，灵魂便很活泼了。冷也是一种童话，我想。人是应该冻透一次的，我想。热透一次，冷透一次，爱透一次，恨透一次，苦透一次，甜透一次，梦透一次，醒透一次，笑透一次，哭透一次，于是乎，人生也就不那么平庸了。

这次去哈尔滨，我决定坐火车。大家都非常惊讶，说：你独自一人坐三十个小时的火车，怎么受得了！我说：怎么就受不了？大家说：飞机又快又舒服呀！我只是笑了笑。时间和舒适固然都很重要，但是有许多的时候，人不要时间和舒适，要别的东西。别的东西说不出来，只能够笑笑。我还是坚持坐了火车，独自一个人。在寒冬季节，新年的前夕，没有多少人去那零下三十度的地方。火车里果然没有多少人。我独自一人一间软卧包厢。三十个小时里，我有许多的时间久久坐在窗前，久久看着无边的土地和天空，没有电话，没有熟人，没有俗事，没有家务，没有急件，没有电脑，没有出版社，没有电视机，没有一丝人间烟火。我静静地坐着，慵懒地坐着，不成体统地坐着，心无旁骛地展开着我的梦幻与思念。对于梦幻与思念，三十个小时真是不算漫长。

这三十个小时的梦幻与思念，是属于朋友的。我有一个朋友，名叫郎瑜琳，吉林珲春人，毕业于哈尔滨军事工业大学，从军队转业到地方。当年，他从东北到武汉，走的就是这条路。这条哐当哐当的铁路线，曾经摇晃过我的朋友郎瑜琳。认识郎瑜琳是在80年代初。那一年的春天是我这半辈子过得最糟糕的一个春天。那个春天我绯闻缠身，官司压头，被媒体舆论打得遍体鳞伤。那个时候我太年轻，远远不懂得什么叫作不在乎，更远远做不到不在乎。傻乎乎的姑娘很是堂吉诃德地与整个社会搏斗，有朋友便给我介绍了郎瑜琳，是作为侠客推荐的。朋友说：“你一定得去见见郎瑜琳！这个人非常神！东北汉子，能写会说，性格侠义，神通广大，如果他愿意帮助你，你就一定能够洗冤昭雪。”于是，在那个春天的某一天，我走进了郎瑜琳的办公室。东北汉子郎瑜琳没有我想象的高大，一张满族人的瘦条脸，皱着眉头抽烟。他正在筹办一份体育报纸，醉心于报纸的文艺副刊，他认为他编辑的副刊至少要体现武汉市的最高文学水平。郎瑜琳听我讲述了我的悲惨境遇之后，对我说的第一句话却是约稿：“你能够给我的副刊写一篇散文吗？”真是活见鬼！当时我觉得冷水浇头，绝望至极，原来我遇上了一个文学痴迷者。我气愤地回答他说：“不能！”郎瑜琳却对我的态度很是不以为然。他轻蔑地说：“遇上这么点儿事情就不能写作了？这都是一些俗不可耐的小事啊。俗世的破事哪能抵消文学的伟大呢？”我面临着牢狱之灾，郎瑜琳居然说这是俗不可耐的小事，我还能够指望这个人帮我什么！我只得沮丧地告辞。然而，郎瑜琳非常诚恳地挽留了我。

郎瑜琳的严肃与认真震慑了我。他用酷似鲁迅的姿态与表情狠狠吸烟，同时目光炯炯地逼视着我，用吉林普通话铿锵有力地说了一番话。他说：“池莉同志，如果你能够在目前这种恶劣的情况下还坚持正常写作的话，那就证明你将是一个了不起的作家。那样的话我一定会拍案而起，竭尽全力，哪怕倾家荡产，也要为你打赢这场官司！你想想，我又不认识你，我为什么要帮助你呢？就是因为我爱才惜才呀！通过你的文学作品，我看好你，我觉得你是有才气有天赋的，是我的同类。我要帮助的，绝对不是一个普通的女孩子，而是一个作家！一个在将来可以轰动全省乃至全国的作家！一个可以在文学史上留名的作家！否则，这个社会上的琐事多得去了，我哪里有精力管这种闲事？”

郎瑜琳的道理太大了，我被噎在那里，哭笑不得。我很感谢他的态度，但是我更加沮丧了。我迫切需要的是一个清醒务实并且在法律系统有关系的人。这一切都与文学无关，更是与将来我的文学运气无关。罢了。我也只好严肃而坦率地告诉郎瑜琳说：“老郎，那就算了吧！尽管我的确热爱文学，我也会坚持写作，但是我不热爱文学史，我不为文学史写作。至于将来我是否能够成为全国知名的作家，我不知道。我不能等到将来再打官司——现在最可怕的事情是官司找上我了！有人诬陷我了！并且法院有人在徇私枉法！”

郎瑜琳冷冷地瞅了我半晌，似乎在琢磨我的话。最后，他说：“一个年纪轻轻的无名之辈，还很傲气啊！”

就是那一天，郎瑜琳最终还是把我带回了他的家，向我隆重推出了他的妻子。原来，神通广大的是他的妻子。他妻子是一位好人缘的高干病房主治医生，她几乎认识本市所有的高级干部。

后来的过程漫长而曲折，官司一打就是两年。不过最后的结果还是令人欣慰的：在郎瑜琳夫妇的帮助之下，人大参与了监督，我终于打赢了那场该死的官司。更为重要的是，在这个过程中，我和郎瑜琳夫妇结成了最好的朋友。在我最孤立无助的时候，他们的家成了我的家。他们的一双儿女，也喜欢上了我。当他们的妈妈出差的时候，孩子们就由我来照料，因为郎瑜琳是属于文学的，他无法属于家庭俗务。郎瑜琳始终沉浸在文学之中，孜孜不倦地写作，一心一意想当作家。有郎瑜琳在家里的夜晚，他必须谈文学，而我和他的妻子必须做他忠实的听众。同时，我个人还是他批评和抱怨的对象。郎瑜琳对我姜太公钓鱼的写作态度，简直是恨铁不成钢，对于我成名成家的期盼，绝对比我自己还要着急。谈得晚了，郎瑜琳必须喝酒，下酒菜除了东北泡菜，依旧还是文学。我和他的妻子，时常也主动喝上几口酒，我们心领神会地让自己头脑发晕，以便忍受郎瑜琳的文学说教。尽管我几乎每天下班以后都要回到他们的家里，郎瑜琳还是会给我写信，因为他实在不满意我孤僻乖张的写作姿态。郎瑜琳的信写得非常好。那真格的是字迹娟秀，满纸珠玑，思想深刻，才智横溢。他的妻子之所以嫁给他正因为他们当初是用信件谈的恋爱。我喜欢郎瑜琳的信，可是我对他的信永远停留在艺术欣赏的程度，丝毫不会受到他的蛊惑。我的文学态度与他完全不同，我是纯粹和傲慢的，我宁可一辈子不出书，一辈子无声无息，也不会到处联络出版社和杂志社，并俯首帖耳地听从编辑的意见。

那时候，写作之路还是比较狭窄的，出版小说也比较不容易，出版界拉广告拉赞助吃吃喝喝的风气盛行。老郎东北人，书生本色，当兵出身，性情耿直，其实他也根本没有能力应付这种局面。但是他咬牙把这样违心的做法当作文学奋斗。他对于我的批评其实也就是对于他自己的批评，对于我的劝说也就是对于他自己的劝说。郎瑜琳的一本长篇小说迟迟不能出版，他又苦又恼，又气又恨，渐渐地遁入了一个虚幻的世界。后来，郎瑜琳索性不上班了，只嗜烟酒和写作，大白天也躺在沙发上两眼望天，天天都等待着他的小说出版。我们以为他生病了，强行地带他去医院检查身体，倒是没检查出来任何器质性的病变。但他就是打不起精神来。

慢慢地，郎瑜琳开始对我说这样一类的话："池莉啊，也许你是对的，也许你这样傲骨铮铮，将来反而可以赢得自己的读者和自己的文学天地。我肯定是不行的了。我只有把希望寄托在你的身上了。如果将来有那么一天，你真的成了全国知名的作家，我九泉之下也就瞑目了。"当时的我，还有老郎的妻子，我们对郎瑜琳的话完全不以为意。他这么一说，我们俩就嘻嘻发笑。谁知道不久之后，噩耗突降，正当壮年的郎瑜琳猝死家中。那是90年代初，一个酷热的夏季，大清早，我被一个朋友从睡梦中叫醒，朋友劈面就说："老郎死了！"

我夺门而出，一路狂奔到他们家。进门之前我胆怯了，我这才意识到我不敢面对我已经去世的朋友，更不敢面对文学。文学怎么可以这样呢！怎么可以真的耗尽一个人的心血呢！真的可以，原来文学是这样可怕的一种疾病啊。

郎瑜琳埋葬在他的家乡吉林珲春。多少次，我把中国地图铺开，沿着铁轨，从武汉走向珲春，去探望我的朋友郎瑜琳：一个被文学之爱耗尽了生命之火的人，一个热爱生活却被生活戕害了的人。我要告诉我的朋友郎瑜琳。我一直在写作，我的每一部作品都是对他的致意。我要告诉他，在一定的范围内，我也许算是成名了，我希望这个事实可以使他感到欣慰。我还要告诉他，成名不成名其实并不重要，有意义的是我们那份对于文学的热爱在我的写作中从来没有间断。我还要告诉他，我活着，因此我的朋友他就活着。年轻的时候不懂事，许多表示友谊的话语都放在心里不好意思说出来，也还有许多想聊的话题，根本就没有来得及聊，然而，面对面的机会突然就失去了。我从来都没有想过，我与好朋友之间，竟会突然失去面对面的机会的！生活残酷地教训了我！所以现在，我宁愿坐上三十个小时的火车，把朋友郎瑜琳的来路走上一遍。我要让空旷的火车满载我对朋友的敬意与谢意，呼啸着接近埋葬朋友的土地。

机会是我现在最珍惜的东西，我要借这一次独自坐三十个小时火车的机会，屏蔽红尘，让三十个小时充满最纯真的怀念、幻想和祈祷，我要为我的好友郎瑜琳祝福。为他的妻子儿女祝福。还要为所有真心爱我的人祝福。还要为真心热爱生活热爱机会的人祝福。默默的想念与祝福需要一种全心全意，而这种情怀，是繁忙拥挤庸碌俗气的城市无论如何都承担不起的，我只能选择我一个人的火车和三十个小时的静默来承担。

女人与花事

情人节那天，我在北京。我没有会意那天是这么一个节日。我生下来就没有这个节日，现在便不容易认同。这一天不管天下女人多么盼望玫瑰与巧克力，我都无盼望。假如我要与情人过节，那一定仅仅只是我们俩自己的节日。现在的中国很滥情，过自己国家的所有节日，还过欧美国家的所有节日，也并非文化传统与个人感情的需要，而是利润那只无形的手在操纵，现在商家恨不得把每天都编造成一个节日，节日总比非节日好赚钱，于是大家都上当。上当无所谓。其实中国人喜欢上这个当：集体癔症几乎是我们的民族特性。不过我们不乐意直面“集体癔症”这个词语，从前我们称为“群众运动”，现在我们称为“潮流”或者“时尚”。

说得深了令人伤感，不说也罢。只说情人节这一天，一女记者预约了我的采访。女记者迟到了。夜色中，女记者小跑过来，跌跌撞撞，包里露出半个巧克力盒子，手里握了一束不怎么精神的红玫瑰。于是我这才忽然明白：今天是情人节，女记者过情人节去了。

对不起对不起对不起！女记者连声道歉，赶紧从包里掏出录音机，立马进入工作状态，不知轻重地将玫瑰巧克力扔在一边。采访完毕。女记者临走忘记了玫瑰巧克力。我提醒她，女记者却斜着肩，匆匆离去，大声应答：“不要了不要了！花不要了巧克力太甜也不要了就麻烦你送人吧。”也不知哪位多情人的红玫瑰和巧克力，就轻薄地落在了我的手里。我却不忍就这样把鲜花巧克力扔掉。情人节的玫瑰与巧克力都贵得没有理由，都无情得很。不似中国的七巧节，有女儿心思与童话色彩，过得心里小鹿直跳，充满憧憬，而天上的银河与花间的絮语，都不要钱，是彻底的浪漫。这情人节既然浪漫不起来，咱就务实吧。我把巧克力递给饭店大堂的门童由他处理。我整理了玫瑰的枝叶，找大厅副理讨了一只玻璃花瓶，用水养好，就摆在饭店副理阔大的工作台上了。第二天，玫瑰精神十足，在饭店迎来送往，是一副比情人节还要得其所的姿态。我出入饭店大门，都要看它一眼，大堂副理也与我会意，眼睛笑盈盈，好像花与人，都是我的邻居或亲戚。

想想这位女记者，生得还算标致，可是对待玫瑰的草率和马虎，透出焦躁与干巴之气，成了她容貌的败笔。我朋友的女儿，博士学位，做一家外企财务总监，衣柜里的名牌服装，茂密如原始森林。她找我讨一盆茉莉，讨的时候夸张地喜欢了一番，不多久便任其枯萎在窗台上了。女孩子身上也是有一股焦躁与干巴之气，便是什么名牌衣服也遮盖不住的。前日晚饭，忽然上了广东的霸王花煲汤，汤一入口，心念一动，想起了我武汉大学的老师陈美兰。当年我做穷学生，陈老师怜惜我，请我到她家里吃饭。生平第一次喝到霸王花汤，就是陈美兰老师煲的，香得没有文字可以描述。在我的印象中，陈老师家是一幅静物画，画面上是许多的书、霸王花汤和几盆葱郁的花草。因此我的陈老师，当年便富有沉静女态之美好。后来因学问与人品愈好，被尊称了先生，鬓角有了白发，端的还是一位美人先生。我常默默想念她。我的想念是用记忆一次一次去认识与理解陈先生的美好之所在。对于女人，小到一盆掌上植物，也可算得花事。女人于花事是不可以忽略潦草的。是否养花弄草，那还是太具体的情节，自便便罢。只是说于花草的知觉、敏感、亲近、怜惜与护爱，那就见得女子性情了。天然如乡间的灵性女子，清早出门，经过篱笆，随手采一朵栀子花戴在身上，顿时便娇俏可爱起来。观音菩萨手里，时常也是要拈一枝柳枝的。寺庙里焚香，必定是阿兰若香最幽静典雅。花事不仅仅是一种形式，它与有没有时间无关，与有没有金钱无关，它是物质，却不属于物质世界，它只是与美有关，那是一种生命本源之美，是大自然与女人的密语，永远的密语。

一条大河波浪宽

有一首歌，曾家喻户晓，开头第一句是“一条大河波浪宽，风吹稻花香两岸”。很小时候，我就听熟了这首歌。多年来我一直以为歌就叫《一条大河》，也一直以为这“一条大河”就是长江。

然而，今天，当我动笔写来，我忽然凝住。我发现，其实我从来不知道这个“一条大河”指的是哪一条大河，而原唱歌手郭兰英分明一口浓郁的山西梆子腔。要知道，五十多年前的歌手五十多年前的歌，绝对老实，是哪里人就唱哪块地界的曲。难道是黄河？不！黄河两岸只有高粱，哪见过稻花？唯万里长江，两岸处处丰饶秀美满布鱼米之乡以及姑娘好像花一样，我敢说世界上还真是没有哪一条大河可以与之媲美？好了。就从今天开始，我会继续糊涂下去。我不要弄清楚谁是“一条大河”。我宁愿，在这充满亲和力的大众的甜而不腻的旋律里，在这朴实的简单的大白话夸耀里，流淌的是长江。

长江是我的！

长江的颂歌是从古唱到今了。是精致美丽得后人再难填写新词了。我可以信手拈来。那是“两岸猿声啼不住，轻舟已过万重山”，那是“山随平野尽，江入大荒流”，那是“故人西辞黄鹤楼，烟花三月下扬州”，那是“黄鹤一去不复返，白云千载空悠悠”，那是“姑苏城外寒山寺，夜半钟声到客船”，那是“大江东去浪淘尽，千古风流人物”。再或者，索性就是彻底的原始粗犷，裸体纤夫直接用生命气力呼喊川江号子，那是再也没有的激越雄壮，是再也没有的真实英雄。

长江是我的。在我感性世界的一片私心里，长江真就是我的。我从小到大，走亲戚，会朋友，看姑妈，找舅舅，来来往往，无非都是上重庆，停奉节，过三峡，走巴东，留秭归，到南京，去扬州，下上海。我仿佛生来就是一条长江的鱼，总归是在长江里游来游去。好玩不过的，还是常熟听古琴，苏州逛园林，武汉看东湖，杭州看西湖，爬爬黄鹤楼，坐坐寒山寺。好吃不过的，还是武汉莲藕排骨汤、菜薹炒腊肉，四川的鱼香肉丝，张家港一带的长江三鲜。家中的常备小菜，还是湖北本地的各种豆豉与酱菜，四川涪陵榨菜和泡仔姜，萧山萝卜干和绍兴霉干菜。

我当然承认，世界到处都有美景与美食，它们会召唤我们去猎奇。只有长江，不是我的猎奇，是我朝朝暮暮亲亲昵昵的生活习惯。猎奇是艳遇，而习惯是真爱。艳遇可有可无，真爱却是自家性命了。

同时，我也是长江的。我在俗世中讨生活，常有一颗动荡不安的心。在文学里、在音乐里、在诗歌里、在某个度假小城、在某片宁静海滩、在某个陌生或者熟悉的微笑里，我心亦可暂时栖息乃至起舞。但是，相对人生漫长的磨难，片刻的栖息与起舞都是客居。只有回到长江流域，回到江边，回到我的家，推开我的柴门，踏踏实实坐下，我的心，才妥帖。这种感觉，是每一夜与千万年，都会有；是长江给我的承诺与誓言，从来不曾落空。

长江的所有涛声，都是我的神秘絮语，是我的血缘遗传，是我的命中注定。从来，我都不敢想象，在我的人生中，没有浩荡江水，没有大小轮船，没有汽笛的滚滚长啸。当我把赤脚垂落江水，会没有细密波浪的舔舐？我会不曾经历滔天洪峰的震慑？不曾经历洪水泛滥时刻江面漂浮无数生物尸体的莫大无奈与深深哀伤？

是的我简直无法想象，假如我不曾在汉口的大街小巷多次迷路，我怎么能够得知城市的广袤与通达？假如我不熟谙湖北话和武汉腔，我怎么可以凭空虚构我的文学与文字？我的一年三百六十天，如果没有分明的四季，我怎么可以热烈地盛开与丰硕地结果？如若不是凭借江汉平原千百年积蓄的巫风与灵气，我那一次又一次的绝望将如何攀缘、超脱、升华？我的长江，就是这样一个巨大的原生状态与具体存在。它不仅仅是历史，不仅仅是风景，它远远不止于哺养了我的生命。

一个人从事什么职业？在社会上如何安身立命？性情怎样？德行如何？会爱什么样的人？建立什么样的家庭？最终是何归宿？想必都有各自的原因，多数人的原因都是复杂故事，都有各种各样的机遇巧合。而我，只有一个原因，一个机遇巧合，那就是长江。

是长江，赠予我无数的现实感与无数的象征启迪。无数次与正在，对我进行浇灌与淹没，创造与毁灭，恩与威，同时并举，让我在备尝艰辛中寻找并认识最适合自己的生活态度与生活方式，逼迫我慢慢学会真实、良善、宽容；还有耐心与忍让、热爱与珍惜，还有勇敢、浪漫、自尊以及倔强。长江调教我，塑造我，让我成为有别于其他任何人的我自己——楚地的作家以及楚地的女人。

在我走过了世界上越来越多的地方，见过了越来越多的人，经历了越来越多的挫折，我越来越清晰地认识到：能够生长在长江流域，是我的万幸和运气。我的家族至今还拥有的记忆与可以追溯的往事，事无巨细，荣辱兴衰，所有渊源无不紧紧系于长江，这是我们家族的荣幸和福气。曾在我祖辈的江边客栈里住宿的纤夫们，早在陈年历史里便与我失之交臂，但是他们黝黑脊背上闪耀的阳光与踏遍千山万壑的铁脚板，凝结出一种大无畏的英雄气概，已潜移默化在武汉的大街小巷。当大街小巷的那些顽皮少年，在夏季骄阳下，爬上高高的长江大桥桥墩，往江水里纵身一跃，他们黝黑脊梁上的那道光芒，正与所有勇士一模一样。而我自己，也许背脊上没有光芒，我心里有，我自己知道。

追随英雄的光芒，我已神游长江无数次。尤其近年，我借用谷歌搜索引擎，可以在瞬间身轻如燕地到达青藏高原。长江源头有几个我默念了千万次的名字：唐古拉山，沱沱河，格拉丹东雪峰，姜根迪如冰川。这些名字念起来是如此顺口与好听。于是，我随着长江跨越中国地势的三个阶梯。我到达海洋。我无数次被蒸发。我变成云朵。我一次又一次转化为雨，降落地面，滋润万物，汇入长江，一再转世，从无数美丽的名字里再生：还是做一个作家和女人，还是做长江的作家和长江的女人。

咸安坊的树和法国式的傻

只因武汉是我的家，居住越久感情越深；还因武汉是我写作的载体，那大街小巷的转悠和走访，便是我多年的生活习惯。

这个夏天，偶尔得了一个机会，我又去汉口咸安坊看了看。尽管就在江汉路步行街的背后，尽管四周日益矗立起高楼大厦，咸安坊依旧还是咸安坊，还是里弄式的石库门民居，还是20世纪初叶汉口大兴里弄建筑的纪念与缩影，只是现今已然尘满面鬓如霜了。咸安坊不仅仅是衰老了，更是多年来的破坏性居住严重戕害了它。一次次走进咸安坊，一次次发现这里越发拥挤臃肿，越发乱搭乱盖，越发凌乱不堪。这里随意牵扯电线，随意安装防盗门窗，随意在墙上钉上牛奶箱和信报箱，衣物也是随意晾晒。污水沟也许早已经堵塞，大热天的里弄一股酸腐污浊之气。假如有人具有特别的胆识，投入巨资，咸安坊还是有可能焕发青春的，就像上海的新世界一样。毕竟，武汉三镇，唯有汉口才有这种典型的石库门里弄。毕竟，汉口老城区曾经拥有的两百多条里弄，三千多栋房屋，皆已纷纷败落和残缺，也就数咸安坊还算比较完整了。毕竟，石库门里弄还是具有高度历史审美价值的，它是20世纪初的一次史无前例的辉煌，它的出现，横扫此前的板壁房民居，把武汉尤其是汉口推上了城市化的高峰。如今，中国又出现了新一轮的现代城市建设高潮，那么，石库门里弄的建筑完全就可以成为历史之美了。新旧的辉煌交相辉映，这会使一个城市的文明深度增添无限的层次感与厚重感。建筑是立体的诉说，这是别种诉说不可替代的。当然，秀才遇上兵，有理说不清。作为一介书生，我也只能是发发感慨而已了。咸安坊并不会因为我的感慨而得救，我呢，也只能是经常过来走走看看，默默目送它在岁月的周而复始中被慢慢凌迟处死。

这次来到咸安坊，有机会走进了咸安坊最大的一栋楼房，也是唯一一家独门独院，据说就是当年的房地产老板的住宅。他为自己，在这条里弄的最深处建造了家园。

果然是好房子啊！完全是西洋式的，高高的空间，厚实的砖石墙体，厚实的木质地板，转角楼梯直达顶楼，顶楼有宽敞的晒台。起居室，卧室，卫生间，厨房样样齐备。格子玻璃的大窗户，空花玻璃的大房门，房门把手，皆是精致的黄铜浇铸雕花。直到几年前，家里还有年轻人在这里结婚，花几天的工夫，将门把手擦拭出来了，依旧是富贵华丽的金色，依旧是那样明净耀眼。

可是，那又怎么样呢?

年轻人还是离开老屋，搬迁到新建的生活小区去了。年轻人谁能忍受咸安坊的老朽、拥挤与破败呢?

然而，搬迁到新区了，对咸安坊的怀念却是无法消弭的。汉口人，对于汉口市区的居住，对于出门就可以享受汉口的繁荣，那是永远的自豪、自得、习惯与向往。不过，遗憾也还是那样的沉重，原来咸安坊里弄，房屋毗连而生，地面水泥铺就，里弄里几乎是寸草不长的。窗台与阶前的盆花，是这些正宗的城市人，与大自然唯一的沟通和慰藉。这一次，我进入了这个独院，才发现，在这个巴掌大的院落里，居然保留下来了一棵大树。就这一棵树，也还是主人家费尽苦心，奋力抗争，好不容易让它得以存活到今天。可怜一棵大树，被围困在高墙之内，孤零零地守护在主人的窗前。可以见得，主人家还是喜欢花草树木的，还是憧憬大自然环境的。这棵大树的迎风摆动，也好比是对遗憾与委屈的一种诉说了。想必主人家再自豪也还是有遗憾的，让一棵孤独的树去说吧，自己不说也罢。

居住的自然环境，实在太重要了。甚至其重要性，超过了住房本身。因为自然环境是居住内容的延伸。因为户外的大自然，永远是动物最好的活动场所，因为我们归根结底是动物。我早年的几次搬迁，尤其奖励分配的住房搬迁，必然受到许多限制，基本是政府给你什么样的房子，你就得居住什么样的房子。可是，我就是不甘心。我就是想要户外的自然环境。我不顾人家的脸色，请求房地局让我多看几处房子。尽管都是很差的房子，楼层要么顶天，要么立地，几乎无一例外，我累死累活地奔走，一处一处地看，不是不明白自己的被敷衍与糊弄，就是想要选择一个相对好一点的户外环境。为了户外环境，最后我居然选择了汉西的常码头小区，那时候连马路和公共交通都没有，我骑自行车上班往返得两个小时。仅仅因为那是一个新的生活小区，有绿化，还有小小的街心花园。当时，我被同事们评价为傻子。

是的，我知道我傻。中国人很少有我这么傻的。不过法国人比我更傻，因此我还是可以得到一些宽慰。

不过也许法国人的傻，人家不叫傻，叫浪漫。一个国家傻子多了，就形成了浪漫主义。

我有一个法国读者雷娜其弟，一个奶酪工程师。一周三天去城市中心上班，其他时间回到十分偏僻的“十个人的村庄”。“十个人的村庄”其实连十个人都没有。我们去玩的那天，全村就看见了其弟一个人，还看见了他的五头黑羊。其弟在这里购买了一群颓败的老房子。什么叫作一群呢？就是一群：一幢小楼，一栋面包房，一座大仓库，一栋拥有巨大厅堂的大屋子。这是一群古建筑，荒芜在那里多少年？时间不确切。法国政府很聪明，对于这些不具有特别文物价值的古老建筑，他们廉价出售给个人，唯一条件是：你必须修复原貌。雷娜其弟，我的同龄人，就把这一群破房子买了。此后，除了每星期开车进城上班三天，其他时间，全部用于修复这群老屋。

我们迷路几次，终于来到“十个人村庄”。雷娜其弟，一个朝气蓬勃又带着浓厚稚气的法国男子，高兴极了。不厌其烦带领我们参观他的领地。他已经把小楼修筑为木屋，外貌古朴，室内现代化。屋子里到处是书籍，包括卫生间也设立书架。他喜欢的非洲丛林鼓、洞箫和其他乐器都挂在这里。其弟用结结巴巴的中国话，非常认真地许诺：说是如果我觉得在这里有写作灵感，那么他乐意将整个二楼提供给我居住。他不吝啬居住空间，他的居住空间太富裕了。他的空间都是由他一个人修复创建，一切都是他自己慢慢地做。他的建筑工具已经装满了整整一个大仓库，包括起重机、吊车、车床和拖拉机。他开辟了菜地，自己种菜自己吃。他当场采摘西红柿款待我们。他养的五头黑羊不是用来吃肉的，是专门用于啃院子里的草皮，因此他就省略了机械打草——这是我头一次看见的最新颖的打草方式。我觉得只有法国人才想得出来和做得出来。

原来，这个村庄平时根本没有十个人，只有寥寥几栋房屋、寂静的森林和满地的鲜花野草。春天还不是度假的季节，只有到大夏天了，度假的日子到了，其他的几户人家，才会来到这里。他们一边享受海边的假日，一边修缮他们陈旧的老屋。说到这一切，其弟简直乐得合不拢嘴巴：就是没有人才好啊好啊好啊！如此傻乎乎，我们中国人肯定是望尘莫及的了。

我的另一读者，我为她取名方素娃。是根据她法国姓氏“弗朗索瓦”的谐音取的。方素娃居住在市中心，一栋祖传的小洋楼。地面两层，地下有一个地下室。房子的居住面积并不大，一楼是客厅、饭厅、过道和卫生间，楼上也只有两间卧室和一间卫生间。当她的孩子们幼小的时候，家里还是比较拥挤的，地下室也要当卧室使用。城市的扩大，使得他们家的屋后院子变成了大街人行道。作为补偿，政府允许他们家改建房屋，可以在自家院子里扩展。可是方素娃他们夫妇坚决不扩展。他们宁可要那片不算大的院落，也不要政策优惠的私房扩建。他们宁可长期拥挤居住，等待孩子们长到十八岁离开家庭。这个时候，他们头发都斑白了。他们一点不后悔，一点不抱怨，他们认为最美好的是：他们的院落保留下来了，他们那些生长了多年的植物依然在蓬勃生长，他们在院落里享受了多年的阳光、雨露和新鲜空气，无数次安坐饮茶、凝神静思，他们家好动的大黑狗，也得以有一片土地尽情玩耍，因而延年益寿。法国人真傻得可爱，照中国人的聪明，那还能不抓紧扩建点房子日后好卖钱？！

在法国，在友人家里，一次次聊起居住，一次次想起汉口咸安坊和咸安坊的那棵大树，不免黯然神伤，唯有一声声叹气。我总在想：我们中国人，太聪明了，什么时候，能够变傻一点呢？武汉的城市人，打小就生长在咸安坊这样一些大街小巷里，按说现代文明程度要高一点，为什么，不能够，适当地变傻一点呢？

盛夏之妖

武汉这个城市，最好是从空中接近它。武汉的地理位置最优越的一点，在我看来，正是因为它在中国的中部。所以，无论你从世界的哪个方向飞来，在此之前，你肯定已经厌倦或者说熟视无睹了这样一些地面景色：连绵的山川，连绵的沙漠，连绵的黄土，连绵的大海，连绵的平原，连绵的现代化棚式厂房与连绵的高楼大厦。好了。武汉到了。土地开始波浪一般起伏，植被的绿色在光照之下深浅不一，错落有致。道路从空中看上去不是道路，是丝带，丝带委婉舒展，好似被微风轻吹而成，原来它们是因水系纵横而婀娜逶迤。在绿色的土地和委婉的道路之间，全部都是水。大大小小的湖泊，长长短短的河流，安安静静的水——在天空的视线里，雄浑的长江也是安静的。再近一点，水面闪光了，绿色植被具体到大树或者芦苇了。再近一点，看见湖畔的老牛和远处不太显眼的楼群了。这是一个得天独厚的决不呆板决不枯燥的城市，一个具有散漫之美的城市，一个颇有野趣意境的城市，一个侥幸没有完全变成暴发户嘴脸的城市。不过，不要忘记了我的前提，我说的是从空中接近与俯瞰。我有点抽象。抽象与距离产生美感，这对于我与我生活的城市之间，是一条非常重要的审美原则。当我从空中接近又还没有降落之前，武汉是世界上最美好的城市。

武汉的季节，是又一个奇迹。我以前的文字，对于武汉的气候，似乎都带了一些憎恶，曾经说这是一个水深火热的城市。但是，人的感觉是非常复杂的。憎恶与喜爱，会随着人的经历而此消彼长。人渐渐地有了年岁，走的地方渐渐地多起来，看的事物也渐渐多了起来，比较也就自然地多了起来，这个时候，方才知道自己真正的喜欢与憎恶是什么。武汉最著名的，大约是夏天的热。是的，武汉的夏天的确是非常炎热。热得没有道理，没有规律，非常任性，又不屈不挠，热得跟妖精一样。以前一到夏天，我就会选择一个北方或者海边的笔会去避暑。近年来，我不再特意寻求避暑了。因为，其实哪里的夏天都热，海边不仅热还咸湿，整日里皮肤上沾满黏糊糊的盐，让人很不清爽。如果到完全不热的地方，又不像在夏季里，过久了日子便很失落，好像被小偷窃走了人生的一个季节。那么就待在武汉的夏天里吧。待在武汉的夏天里，该流多少汗就流多少汗，也是一种痛快。单凭一支雪糕就可以生出对生活的感恩之情，我觉得这一点尤其好。人是要知道好歹的。知道好歹首先就要懂得什么是感恩之情。感恩之情是别人教不会的，全靠生活本身给予。武汉的盛夏真是有点妖精，正因为有了它，其他的季节就分外鲜明了。一立秋，后半夜就凉了，虫鸣就细了，桂花就香了。冬天就格外寒冷了。春节也就可以围炉喝酒了。白雪之后的春天也就来得格外喜人了。春往秋来，寒暑易节，四季鲜明，感受不仅总是强烈的，还总是常新的，这对于喜新厌旧的我辈，就很有一点诱人了。

我与武汉，其实没有更具体更深入的交往。我的朋友中武汉土著也非常稀少。全国人民传说的关于武汉的各种人文特点，都似是而非，我从来不往心里去。我觉得现在全中国的城市都一模样，几十年来，一种教育，一种制度，一种口径，大家关键的优点和缺点都差不多。哪里都有小市民和自以为是大市民的小市民，每个城市一般都习惯欺生，都爱好恃强凌弱，说搞经济都搞经济，说建广场都建广场。一个人无论生活在哪个城市，都不会完全满意和完全不满意。我的小说，只写自己塑造虚构的个人形象。种种感受和描述，也许是从天空中得来，也许是从季节中得来，也许从非常遥远的记忆中得来。比如短篇小说《金盏菊与兰花指》，几乎是从睡梦中得来。至于小说中出现的地理背景，有许多时候，仅仅是一个载体而已。如果仅仅就小说载体而言，我以为武汉是最单纯也是最丰富的城市了。它没有北京那么政治，那么先锋，那么霸道；也没有上海那么时尚，那么经济，那么自恋；更不像江南那一片土地，千百年积淀下来的江南文化，阴魂不散，谁走了进去，出来的都还是那副绵软的腔调，辛辛苦苦挣扎出一些文字来，却还是倚靠着江南文化在撒娇。武汉这个地方有趣，其实中国古典的传统文化在这里是最悠久的，高山流水今还在，黄鹤楼也是稳稳矗立在那儿。但是这地方也特别容易忘记过去，把琴台不当回事情；把龟蛇二山也不当回事情；把租界那么多漂亮洋楼，也不当回事情；连把汉口这个举世闻名的地区称号，也不当回事情。“汉口”居然被现政府的地名办，莫名其妙地丢失了。丢失了也不打紧，全市人民都知道照样这么叫。武汉这地方就是这么江湖，散漫，任性，侠义，火气大，兵气重，五湖四海，千人千面，萝卜白菜，各有所爱，的确是一个写小说的好地方。

在武汉写小说，可以不写武汉。我的这篇小说，在武汉写成，主角却是一个四岁的小姑娘。无数次对于孩子的注视，无数次羞煞了我的成年人的流俗、懒惰与丑陋——我指精神上的流俗、懒惰与丑陋。生命之美，被孩子们创造与挖掘着，细腻、精密与顽强，十分动人。我会长久长久地注视孩子。我时常梦见一个小姑娘偷摘鲜花的过程。她用偷摘的行为为自己制造幸福的感觉。我觉得我受到了极大的震撼。而我的震撼，迟早都是会用小说表达出来的。因此，我写了一个四岁的小姑娘，可它绝对不是儿童文学。就我自己的感受来说，这是一篇美丽的小说，当我感觉它是一篇美丽小说的时候，我就想把它作为一个礼物，纪念一个值得纪念的日子或者岁月。

我在秋天的风雨中写，在我生活的汉阳写作，没有人可以进入我的城市，我很自由。当我写完了这篇我喜爱的小说，走到户外，侧耳谛听江轮的汽笛声，我就再一次喜爱了我居住的环境。让我想想我与武汉这个城市的关系，我想我与这个城市，酷似狗与狗窝的关系。这是我的一个老窝了，多年来，我在这窝里扒拉，嗅嗅，转圈，睡觉，做梦和哭泣。我习惯了。我与它气场匀和了。光凭气息和声音，我就知道自己不是陌生人，于是就容易安心。

不过，谁又不心存流浪的幻想呢？明天我就启程去远方了。

上海的现实主义

清明将至，细雨霏霏，我来上海，为故去的亲人上坟扫墓。我来上海多少次了？不记得了。因是喝长江水长大的，长江沿岸的城市，都有稔知感。尤其是上海，有骨肉至亲生活在这里，从小到大，来来往往，积累起来，也是许多个日子，仿佛上海，也就是我的一个远房亲戚了。

上坟扫墓，在上海，是每年的一桩大事。清明前后，公共交通公司都要为此开辟公共汽车专线，远到苏杭，嘉定都算是近的了。清明节的扫墓，上海也还有自己的许多说法和专用名词，外地人一般是闹不懂的。比如扫墓供品中，最基本和最常用的是青团。麦青草与糯米和豆沙制作的一种糕点。这是新春的时令点心，人爱吃，鬼也爱吃，大家都爱吃，什么道理？却不知道。我在一家大超市买青团，六只一盒，三元钱。回来路过好德便利店，青团却是一盒六元了。我就不明白为什么同一天，同等大小数量的青团，价格可以相差一倍。好德便利店是上海人自己开的，是开在家门口的杂货铺，它的服务员是阿姨型的，四十多岁五十出头，胖或者微胖，性格温和，一口上海话，上海的人情世故，无有不懂。上海不像其他许多城市，一味地好年轻姑娘。这些姑娘，脸面也许年轻好看，问她什么，却瞪了无知的白眼，一问三摇头，如此，这个城市给人的感觉，就是薄薄的不牢靠，不厚实，不亲和人，可要可不要的东西，就不想买了。上海却不，只要它愿意，它会设法让你把口袋里的最后一分钱，都乖乖掏出来。阿姨好脾气，耐心教我道理，说："这青团是好的呀，那青团是摆摆样子的呀。要是自己吃嘛，一定要买这青团。那青团呢，大家都是拿去做事的呀。"做事就是上坟。上坟的供果，因最终都是给看墓人拿走，上海人便会选择一些便宜的瓜果糕点，摆摆样子，让仪式得以完成。如此看来，上海人就显得薄情寡义了；可是要说上海人不讲感情，那也不对，年年的清明，家家都出动，大举地做事，其态度与规模，其他任何城市都难以匹敌。一旁忖度忖度，才明白，上海人是实在与理智，怎么也不肯花冤枉钱。清明是一定要上坟的，悼念也是一定不要忘记省钱的。细雨蒙蒙的上海，满大街奔波着扫墓人，昂贵的鲜花与糕点，照样还是消费不了多少。眼里是要噙着泪水的，东西还是要寻找便宜的。上海人把事情做得哀而不伤，有节有度，感情上再难过，心地里总是有把守；钞票花费到什么程度，手指缝都还是捏得出分寸来，绝对不会恣肆汪洋。这便是上海式的现实主义了。

上海的现实主义很是难得，冰冻三尺，非一日之寒；树大根深地密布在生活的纹理之中。你进入了上海人的日常生活以后，有一天，他们就会告诉你："法国葡萄酒是好的呀！在麦德龙和家乐福，三四十元，也可以买到很不错的波尔多红葡或者白葡；中国的王朝和长城，那是难喝得来！还要七八十元，千万不好随便买的了。"

关于职业的选择，上海人也是要告诫亲朋好友的，他们说："现在最好是去做教授。做生意嘛，好是好的来，不过风险大，又辛苦，还要运气好；大多数人，运气都有定数，哪里有那么多的好运等着你呀？做生意嘛一般人还是吃不消。现在在大学做教授，动动嘴皮子，一个月收入上万元还是毛毛雨，又受人尊重，又有派头，现在国家把教育当产业抓，做教授肯定是最好的呀。"

近年来上海人生活中最重要的大事，要数买房。街道上最多的门脸，也是房地产中介公司，三五步就一家。也许是中国经济发展的玄乎劲，让上海人嗅出了一种难以把握的不安稳，只有不动产才是最牢靠的。于是家家户户都在盘算并行动着：如何小房换大房，如何大房换别墅，如何买头期开盘房，如何按揭买房出租还贷；今后任你风雨飘摇，房子总归屹立在上海的大地上，上海总归是中国最繁华的大城市，人人都想来上海，上海的土地总归越来越少，因此今后房子的保值升值绝无问题。上海人坚信：上海的住房是一个硬道理。

若以为上海是一个香风温软的城市，那你就大错特错了。首先，上海总是有十分强劲的风，动不动在窗外呜呜响得怕人，到底是海边的城市，难得中原城市的风和日丽。上海的行事作风同样很硬派，满大街都是硬道理。你在别的城市买机票，都可以谈折扣，五折票也是经常会有的事情，在上海你就休想。在上海你想安装一部电话，你不往电信局跑几次并耐心排队并提前交足预付款，期望像许多城市那样给电信局打个电话就来人装机，那你也休想。上海大街上的标语，一味都是灌输上海的硬道理，如“电动自行车一定要入库，不然几秒钟就会失窃”“不存放电动自行车，省了小钱失了大钱”，等等，都是特别露骨头露鲜血的危险与警告。按说缓缓步入餐厅，应该是有一点诗情画意的事情，而你步入上海的某些餐厅，不当心就看见了餐椅背靠上的广告词：“进餐带套，一防污染，二防被盗！”进餐还要带什么“套”吗？这是很突兀很吓人的话，如果对上海的现实主义没有足够的了解，多半要被“进餐带套”吓得诗情画意全无。其实这广告词也就是说：进餐的时候，顾客将外衣和随身小包挂在餐椅椅背上，那么就应该使用一只椅背套子。一般说来，凡诉诸文字的口号标语广告词之类，人们写出来的时候，自然就会考虑一点对称与押韵、含蓄与艺术感染力什么的，上海却不管这些，上海的文字个个都砸到实处，要叫你懂得害怕，要叫你明白人人都在觊觎你的钱，这就是上海的习惯做法和春夏秋冬，是日复一日的上海日常生活了。

上海人生活得是如此本位，对于国家政治与社会体制与贪污腐败等问题，就是不像其他城市的人群那么关注与激烈。上海人清醒客观得很，根本懒得怨天尤人，要的只是自己兢兢业业地操持自己的日子，所有的日子串连起来即是自己的命运。可以想见，物价再涨，世道再乱，上海人的日子，也会过得稳妥，很难发生饔飧不继的事情。一日三餐是安定团结的最基本保证，既然都可以把握在自己手中，上海人自是心平气和的了。于是乎，上海的温然怡和之气，也就由大街小巷千家万户，不谋而合地，点点滴滴地发生与散发出来，弥漫在这个长江入海口的城市上空，弥漫在百年来的发展历史里，成为上海这个城市的文化基调。

上海的文化基调，走马观花的人大都有误解，似乎上海就是中国的灯红酒绿，花花世界，人人都在享受生命，贵夫人娇小姐小白脸的公子哥儿都在极尽奢靡。世面流传的一些文字，大都也是写写上海的旧时洋楼，今日的酒吧；起死回生于新旧时代之间的爵士乐，美酒加咖啡，一杯又一杯；老洋房里头的绅士，江边外滩的水兵；昔日名媛与歌女的香氛丽影，浦江两岸的异国建筑与不夜城的激光灯。这是上海，的确是上海，却不仅仅是上海。这些物质生活与精神性状，在上海在着有着，在巴黎，在纽约，在阿拉伯世界，在非洲，一样也都在着有着。人类的物质生活与精神形态，在本质上，不以地域空间划分，而以阶层等级划分，富有阶层都拥有同样的物质，因此形成了他们同样的生活形态。这个生活形态一律都是豪华的、精致的、奢靡的、艺术的、享乐的，这是一个以物质文明的最好为原则的形态，绝不独独是上海。

上海是上海人民的，人民是指一个绝大多数的群体，上海人民才是上海文化的代表。是他们创造并发展着上海这个城市最本质的东西：血肉、面貌、语言、思维方式与生活方式。上海人民最善于为个体生命营造安身立命之所；安稳与实惠，是支配他们行为的根本宗旨。上海人民理智面对现实的态度，无疑形成了上海的生存哲学与主义，在当今中国独树一帜。

也许你会嫌上海人说话行事太严谨，太精明，太实在，太清楚，也太啰唆和太绵长，密密匝匝，嘀里嘟噜，没完没了，不留空隙，缺少飞白；那你就得去武汉这样的城市。到湖北去，到四川去，到东北去，到西北去，到山更高水更远的地方去。武汉大街上的标语，长的是：明日拆迁实无奈，今日挥泪大出血。短的只有两个字：瞎卖！更有多情博爱的：本店一律跳楼价！朋友，只要你来，我就为你跳楼。无论是瞎卖，还是挥泪，还是跳楼，文字里都透出疯癫痴狂，写字人的骨子里头，都是激情荡漾的，完全是一种不顾现实的态度，都可笑，可恨，也可爱，看了叫人牙痒痒。却原来，上海才是关怀人生的冷暖温饱的，上海才是一个温情的市民城市；武汉这种江水奔流的城市，到底总是江湖的，动不动就是雅兴一来诗下酒，豪情一去剑赠人；动不动就是人生在世不称意，明朝散发弄扁舟；动不动就是革命自有后来人，砍头只当风吹帽。激情过后呢？剩下的漫长时日呢？武汉人没辙了，搞不好就容易自暴自弃了。却原来，还是依靠上海的现实主义，才可以支撑漫长的日子；支撑得好，也才会有国富民强的可能性。对于现今的中国，对于现今许多烦躁不安、心气不顺的中国人，对于那些时时刻刻有可能变成亡命之徒的迷乱者，上海的现实主义的确是好的呀——“好的呀”是上海人的口头语。

从中国医学的角度来分析，上海的现实主义不是鹿茸，不大补；不是大黄，不大泻；不是吗啡，不麻醉；不是罂粟，不痴狂。上海的现实主义是冬虫夏草，性味平和，是中国的温补，既补内虚，也补外燥，还固本生精，提高免疫力。这是我学过医的毛病，喜欢乱开处方，不过是一个玩笑罢了。

晤雨

酷暑季节，三伏天，一连多日的太阳都是炽热白亮，路上冒烟，土地龟裂，我开始祈求福佑。一天的工作，一天的奔波，无论何时何地，无论在做什么，心里始终都不肯放松一个默诵：来吧雨，来吧雨。日复一日，这种默默的祈祷好似生命的节奏与歌吟，一遍遍重复与循环。

这一天下午，工作告一段落，我出门收回晾晒的衣物，高举双手，从晾晒绳子上取衣物的同时，我的祈求依然在无声地重复。忽然，一滴雨，一滴明晰的、圆圆的、大大的雨珠子，不偏不倚滴在了我的指头上。雨的凉意，从我的指尖，闪电一般掠过我的身体，顿时掠走了多日的炎热，答复了我内心的祈求，我真是惊喜万分。穹隆如此高远，天空如此广袤，这第一滴雨，是怎么从飘动的雨云里，准确落上我的指尖呢？这是一个奇迹。或者说，我宁愿把这第一滴雨当作一个奇迹。尽管只要有电，只要空调没有坏掉，我们按下开关，空调也可以给予我们凉爽，但是空调的凉爽不是大自然的奇迹，它只是与开关有关系，与我的内心呼应没有关系，它无法激起我刹那间异常的激动和格外的快乐。我赶紧跑回家，进门就满脸喜色地向家人宣布："下雨了！"

没有人相信真的下雨了。大家似乎不太在意我喜滋滋的宣称，似乎也理解和体谅一个人在连日的炎热干燥中产生对雨的憧憬与幻觉。我自己依然喜滋滋的。我立在门口，望着外面，心里的祈求继续悄悄歌吟。静静的一刻过去了。雨的声音来了，十分响亮和明确地来了。凉爽的雨幕就像是我召唤而来的精灵，真实地由远及近，终于全面展现。

你怎么知道下雨了？大家看我一眼的神态，分明是这样问我，致使我十分得意。我笑而不答。我要为那第一滴敲醒我的雨珠保密，为我自己对雨的祈求与呼应保密。我和家人跑到雨中，尽情淋雨，踩水，顽皮孩童一般，是难得的调皮和兴奋。

我想科学家的初衷一定很好，人类一定是希望通过科技进步物质发达来幸福人类自己。可是人类的复杂性却太容易让幸福表浅化、模式化和机械化。巨大的利润带来恶性的推销，恶性的推销带来强烈的物质虚荣，物质虚荣支配着时尚文化与社会风气。反过来，时尚文化与社会风气又刺激着机械和简单物质欲望。总之人们现在是越来越依赖机器了。冬夏是空调机的。眼睛是电视机的。双手是电脑的。双腿是小车的。报栏里经常有征婚广告，许多广告宣称自己富有得“以车代步”。我真是从心里倍感悲哀，一个人连走路都不会了，还敢自我标榜过着美好生活！过多地依赖机器使得人类是这样懒惰，苍白乏力，无聊和无趣，大街上浮肿虚胖的胖子越来越多。我的耳边，朋友们几乎无人不在喊累。许许多多的人都因为情绪低沉难以开怀。我深信，普天之下，一定不会是我一个人接受了上天的恩赐，第一滴雨一定不仅仅只给我一个人。然而，我也深信，更重要的还有个人情怀，你得对于大自然保持你的敏感与呼应，你得怀有一份眷恋与共生的真心，去接受与发现那第一滴雨，才会获得真真的清凉与感激。

同样还是雨，也有下得山呼海啸、泛滥成灾的。武汉夏季的雨，的确是我这半辈子在其他地方没有见过的暴烈。那是一种没日没夜没头没脑的猛抽，膂力惊人，打得天下万物东倒西歪千疮百孔。乌云压城，闪电霹雳，飞机停飞，高速公路关闭，道路沉没，漩涡翻滚，大树小树连根拔了，竹林成片倒下，户外成了无人的世界。电也忽然停了。意想不到惊雷会横空出世，偏偏滚到你脚下炸响，同时一道耀眼强光吞噬你的全部视觉。我胆战心惊。每次在这样的雨中，我都是胆战心惊。我关紧门窗，坐在昏暗阴晦的屋子里，透过窗户玻璃与大雨面对，脑子一片空茫，唯有肃穆的敬畏。我总是觉得这样的暴雨完全是脱缰野马，似乎正在带来更可怕的事物。什么更可怕的事物呢？我却不知。我无法知道，无法猜度，甚至无法想象，我只有敬畏。正是这神秘莫测的暴雨，让我一再地经历害怕和敬畏：作为一个人，不管你是谁，都不要没有畏惧，都不要过分嚣张，你不过就是一个大有局限的肉身凡胎而已！

雨就是这样的一种自然的奇迹：一边灌溉我们，一边淹没我们；一面润物无声，一面雷霆万钧；有时候是天堂，有时候是地狱。多少次，面对雨，我直接地经历着升华与坠落，愉悦与恐惧，安详与躁动，感恩与畏惧。

十年识得范用字

记忆是一朵花，每年春天都开得不同，它会大一点，会小一点，会艳一点，会淡一点；它会特别突出，也会悄然消隐；只有经过历年的积累，再回眸，才可以见得那份记忆的真实。记忆是有生长与消亡的，经过生长到达成熟的记忆才是历史。因此，我想说，历史是个人的。我想说，没有个人历史，人到底是单薄的。因此，我还想说，中年是人生最好的年纪，人未老，始知世，又可以依凭个人的历史墙垛，远远眺望，温故知新，由暗入明。范用的文字，便是我中年以后才获得的认识。

我与范用的见面，是在一个大喜的日子里：黄宗英与冯亦代结婚。我已经记不清那是十一年前还是十二年前了。当时留下深刻印象的，是新娘子黄宗英，她满头银发，一袭红衣，肤色明艳，喜气洋洋，全然不是电影《家》中那位消瘦忧郁的梅表姐。还记得是张洁向我介绍范用的。张洁说：这就是三联的范老板。我不安地与一位小老头握了手。我的惶惑不安，是因为我听出了“这就是”的强调意义，可是我不懂这意义的内容。我敏感到了自己的单薄，并为之羞惭和恼火。那天，我是否与范用交谈了？我们如何交换的通讯地址？我竟然一概都忘记，记忆这朵花，那天它还只是一粒种子，在我的不知不觉中，悄然无声地落下。不久之后，我收到了范用寄赠的一本小书，书名是《我爱穆源》，香港天地图书出版的，应该算是散文，收录了范用与他母校小学生的通信，另有一些散淡亲切的文字，是亲朋好友写范用的。90年代初，香港的书籍，在我看来，那是非常精致的，一握在手，翻阅把玩，更多地被精致的制作吸引了注意力。之后，这本小书，便也就随着众多的书籍，寂然地归于书橱了。许多日子以后的一天。我收到了范用的一份迁帖。范用搬家了。他用巴掌大一张素白纸片，自己制作明信片，告之了他的乔迁。这种独特的明信片，我是第一次收到，很是惊奇，兀自心有所动，感觉自己意识到了一些特别的东西，那便是范用文字的意味。瞬间的心动过后，又是绵连的岁月了。这一晃就是十个春秋。直到2004年暮春的一个夜晚，我顺手拿起一本枕边书，翻开哪页读哪页，忽然地，一朵记忆之花摇曳生长起来。我定睛一看，原来我读的就是《我爱穆源》。原来这本书成为我的枕边读物，差不多有三年时间了。原来里头的书签就是范用的迁帖。不禁拿近了十年前的迁帖，要再读一读，文字是这样的一段：

来北京在东城一住四十五年，而今搬到城南，住进高楼，冒充“上层人士”。室高两米五；好在我俩都是小尺码，倒也相称。再也不用烧煤炉换煤气，省心省力。却是高处看落日，别有一番感受。北牌坊胡同那个小院，将不复存在，免不了有点依恋，为什么？自己也想不清楚，许是丢不下那两棵爷爷奶奶辈的老槐树，还有住在那一带的几位长者、稔知。

新居地址：某某，电话：某某，乘车：某某路公汽某某站下

范用　丁仙宝　1994年6月

《我爱穆源》的文字，与迁帖的风格一脉相承，却又因了篇幅与内容的阔大，其文字功夫施展得更彻底，简朴，清澈，静气，寓远意于短语，好似冬季晴日下的一樽水晶花瓶，斜插了一枝素百合。范用自己很谦虚，说他只是一个普通人，把事情讲清楚，把意思表达出来就行了。可是范用不知道，他这样说话，乃是一种多大的骄傲。对于文字的驾驭者来说，能够用极简的文字表达清楚人生与世界的一种关系，这种技巧，到达了何等境界。中国文字的繁花似锦，最易迷惑勾引初学者。我本来以为，好华丽，喜夸张，爱铺排炫耀，是少年毛病，却在阅读中发现，不少号称名家大师的文字，却更是虚张声势，以炫技与淫巧，哗众取宠，字里行间挂满俗脂艳粉，面对文化界一味媚雅撒娇，通篇文章读到最后，也没有说清楚任何东西。这样的文字背后，其实是一个谬汉，他自己什么都没有弄懂弄通，偏偏就是要捶胸顿足大写文章。在阅读上，我沉不住气，哪天遇上这样

的文字，我就觉得这一天很是倒霉。总觉得自己已经遇上了一个无法心安的时代，日常生活里就有奥斯威辛与“9·11”的恐怖与困惑，有政治、宗教、国家、经济和因特网的围困，属于我自己的，唯有中国文字，因此总是一厢情愿地希望开卷就得好文字。虽说这种情绪难免有一些小事夸大和无事生非的矫情，却也大约就是范用的文字，在无意之中，被我带到枕边的心理因素了。

不过，好文字毕竟是不少的。有时候实在倒了胃口，就去翻翻古人的杂撰。杂撰是中国文字的极简主义了，一句话，什么都说清楚了；调理烦乱的心情，替自己骂娘，最是合适。比如苏轼杂撰。苏轼这样写道——

爱不得的是：隔壁美妇人
　　　　　　他人好书画奇玩物
改不得的是：生下劣相
　　　　　　性好偷窃
　　　　　　谬汉作文章
学不得的是：神仙
　　　　　　能饮啖

既然宋朝的苏轼都如此说过，当今的我们，也就应该见怪不怪，凡事都想得通了。

范用十五岁就开始做出版，见的文字比我吃的米还多，自己天性里头又有一份神仙气，我是学不来的了。但是，我可以知道范用。可以欣赏范用的文字。可以把所有喜欢的作家与他们的文字带入我个人的生活和个人历史。

怀着夏日母性的心肠成为一棵树

今年我的阅读，是一个饱满的阅读，饱满到简直无须依靠记忆来提醒，我开口就可以背诵埃乌热尼奥·德·安德拉德的诗：

树啊，树。
有一天我要怀着
夏日母性的心肠
成为一棵树。
花脖子的鸽子
宣告我的新生。

70年代初的一天，应我密友的邀请，怀着一个激动人心的悬念，我们逃学出来，去看电视。那时候，电视还是一个神秘的传说。密友的母亲在电信局微波站工作，她许诺让我们偷偷进入机房看看什么是电视机。并没有发现他人的监视，但是我们感觉监视无处不在，在进入微波站的时候，还是竭力装得安分守己，若无其事。密友母亲的出现，无疑大大增加了我们第一次看电视的紧张程度。她一发现我们就大声呵责道："小孩子到这里来干什么！"这是说给别人听的。随后，她四处瞧瞧。只有鸟儿在微波站繁茂的大树枝头叽叽喳喳。密友母亲这才把亲切的眼神给予我们。电视机到底是一个什么东西啊！我们蹑手蹑脚，一丝不苟地按照密友母亲的示意，在衣帽间换好拖鞋，穿好戴帽子的防尘服。密友母亲推开一扇厚重的隔音门，我们悄悄溜了进去。在许多仪器中间，一只在造型上并无特别之处的箱子，被密友母亲掀开丝绒防尘罩，袒露在我们面前。密友母亲压低声音说："我把电源接通之后，屏幕上就可以显现图像了。"

密友兴奋而得意地看了我一眼，说："显现图像啊！"然而，"显现图像"这四个字对我是枯燥的。枯燥的气氛越来越强烈，我们耐心地坐在仪器堆里，等待母亲的接收成功。而屏幕上烟雨迷蒙，一片嘈杂之音。于是，我生平第一次看电视，穿得像一个防化女特务，心情也像一个潜入敌后却还不知道任务所在的女特务。终于，有人影晃动了。慢慢看着，看出了是芭蕾舞剧《白毛女》。一个黑白两色的恍惚的喜儿，在屏幕上恍惚地舞蹈。我的密友惊喜地尖叫了，我却没有。

——我是要说，从70年代初的那一刻开始，我就没有喜欢过电视，直至今天。今天我几乎就不看电视了。对于电脑网络带来的巨大信息量和这些信息对于人类生活方式的改变，我的接受非常有限。我只是看看新闻和使用电子邮件。它们的机械性和泛滥性，使得我更加坚定不移地喜欢阅读。只有阅读才是属于个人的享受，在时间上随时随地，在地点上随时随地，在心情上随时随地，绝对不会被强行拖一根长长的电线尾巴。

安德拉德是葡萄牙当代诗人，其诗句隐含着诗人对当代生活的洞见，穿越浮尘飘逸而出，晶莹之光闪烁不停，带给我一个不可名状的内心世界，以及我想要的、一个属于自己的、一个与我的动物本质更加亲和的现世社会。手捧《安德拉德诗选》，在阳光下或者床头灯下，自由翻阅，期待妙语，享受共鸣，思绪万千，优良的纸质与自己的手指摩挲，发出轻风的沙沙声，就这样《安德拉德诗选》成为我2005年的最深记忆。

今年，只要有朋友聊起阅读，那么我向朋友力荐的一本书是《伯林谈话录》。译林出版社2002年4月出版。作为犹太人的英国哲学家以赛亚·伯林，极力倡导当代多元主义，逐渐成为实践哲学的强音。我们经历了有史以来最糟糕的世纪，刚刚过去的这个世纪，人类理性劈裂，无辜者惨遭到野蛮杀戮和伤害，恐怖遍及全球。而伯林的哲学，会带给我们更清晰的思考，更深刻的感受，满怀希望并且相信生命。就连他自己的生活方式，也在倡导和证明活得轻松和简单的好处。伯林思想可以并将成为人类建设和谐社会最重要的思想方式和生活方式，这一点我深信不疑。对于伯林哲学思想的阅读，我们会获得有力的唤醒和明晰的思想清理，这一点我也深信不疑。

每一口呼吸都是幸福

春华秋实是季节给予人类的幸福。肥沃土地和阳光雨露是大自然给予人类的幸福。没错，这些无比宏大的物事，的确都是幸福。只是这种无比宏大的幸福，需要一个宏大无比的幸福观来享受。在科技高度发达、社会越来越机器化的当代，我们越来越多地生活在机器中，经常是出家门，进电梯，下电梯，进地库，在地库，上小车，出小车，进机场，上飞机，一个打盹到了千里之外，还是下飞机，上小车，进车库，上电梯——就这样，一个循环以后，又重新开始整套程序，日复一日，月复一月，年复一年。日出而作变成了日出就开手机、开电脑、上网、收发电邮，再也无须久久眺望窗外，凝望长空流云，谛听风吹万物的声响，想要分辨出自行车铃声，那是替我们鸿雁传书的可爱的邮差来了。我们的方式变了，我们只用对着手机和电脑点头傻笑或发脾气。我们的视线逐渐习惯了眼前的手机电脑，忘却了宏大无比的原野森林。我们与大自然相处的机会和时间少到有时候会突然吓我们自己一大跳，于是我们跑出去旅行，结果旅行还是更多地钻进车船飞机里头。现在，一个人如果缺乏宗教教徒般的虔诚、激情与执迷，几乎不可能从大自然中获得一个凡人所需要的幸福。凡人的幸福总是具体又细微。具体又细微的幸福在哪里呢？却又不见得就在具体而细微的物质世界里，却又不见得就在手机电脑这些具体的工具里，真是大也大不得，小也小不得，幸福这种东西，竟不迁就社会科技进步，也不迁就物质高度发达，总是如此难以寻觅和把握。美国当代的女诗人玛丽·奥利弗，用诗歌表达了我们内心的微妙状态：“主啊/我如何是好/我/无法让自己平静/面包有了/杯子有了/我却无法平静。”

老赵是中国人，却也与当代老外们的心理大有相似之处。老赵房子有，家庭有，儿女有，工作有，受赠的各种礼品，用不完也吃不完。我与老赵几年不见，在最近的会议季节里碰到。他对我说：“又写了什么新书送我啊，嗨，我不要你买，我买书你签字，我多的是书票！”我这才知道，书票也是赠礼。他又说：“噢，你要书票吗？你要国际品牌化妆品吗？豆浆机、果汁机、陶瓷电热水壶，要吗？如果你要，我包送到户！”老赵坦率又颇有点夸耀地说：“你不知道，简直成灾了，我家一个房间都堆满了，又不甘心当废品卖，又不好意思当垃圾扔。”我开玩笑说：“好幸福啊！”没想到老赵忽然收声，沉默半晌，摇摇头，说：“幸福？还真没觉得！就这样。还成吧。活着而已。每天还不都是烦死了！”老赵的神情，忽然唤醒了我过目不忘的诗句：“主啊/我如何是好/我/无法让自己平静/面包有了/杯子有了/我却无法平静。”不能否认，权力包括物质，会带给我们一时的快感、满足、自得，甚至是陶醉，但是，当夜半无人扪心自问，我们真不敢贸然断定那就是幸福。以上那样一些好感觉，性质都极其不稳定，转瞬间就会变质。现在的人与事，变化太快了！往往板凳还没有坐热，往往新房还没有住暖，往往笑容还没散尽，便疑云突现，心烦意乱，美好已成过眼烟云。

当然幸福总是存在的，也可能发生在任何时间与地点。除了全凭碰运气的偶遇之外，必须要靠个人刻意为自己谋幸福。就在不久前市里的会议上，某一天，我没有随集体返回酒店，处心积虑地逃离了酒店丰盛的会议餐，还坚决谢绝了某个据说相当重要的饭局。我独自走在大街上，在早春的料峭寒风中步行，寻到租界老城区的某条街道。不为别的，只为这条街道至今依旧保持的传统卖菜方式：是一家一户的小店铺，是各家都有自己专营特长，是总有附近农民在这里卖一点自己种植的时鲜蔬菜，是总还有些本地蔬菜依旧饱含往日的质地与味道，是某些质地会勾引历史，唤起共鸣，再现记忆，加深理解，进一步认识美味中蕴含的无限渴望。很好，我赶上了时节。当我耐心逡巡了整条街道以后，功夫真的不肯辜负有心人：我发现了一家刚刚采摘下来的迟菜薹，皮色紫光油亮，薹茎粗壮鲜嫩，是几场冬雪烘托出来的上佳之品，又必是产自武昌洪山或者东湖青菱乡一带，于平常日子里是可遇不可求。又在街边挑担老农的筐篮中，发现了头道豌豆苗，苗叶指甲盖一般小小的，手感厚实，叶面绿中带紫，这是唯有冷到冰凌挂上几尺的数九寒冬，又频频出来好太阳，才得晒出来的一抹鲜艳。这样的艳，吃到口里，必定馨香沁脾。我做过知青，我亲手种过地，我熬过以上蔬菜所经历的气候与岁月。耕种与期待。饥饿与饱餐。流过的血和汗水。无穷无尽的想象力与年轻野心。都唤醒，都来到，陌生大街上我一点不孤单。聪慧的劳动者一眼就看出我的识货，未做买卖先露笑颜，一脸都是被赏识的自豪，是一桩小买卖也铿锵激昂有高山流水之音韵。然后带着所有这一切细致而具体的喜悦回家，精心烹调，只一人口，鲜美绝伦，幸福就这样来了！

原来幸福是在生命中有来龙去脉的。原来幸福的来龙去脉是这样充满个人经历的。俗话说的“福由心生”是没有错的。幸福大约就是这样微观和自我得难与外人道。比如又有多少次，当我终于战胜自己的极度疲惫或者极度心灰意冷，硬拖着脚步到户外，当我终于坚持步行到一万步，冰凉的血液变得温热，热血中点点生机勃勃升起，汗水和泪水一起流下来，这个时候，我的每一口呼吸，是幸福的。又原来，幸福是有一颗强大的内心；是这颗内心里有一种强大的骄傲；是这种强大骄傲足以抗衡人生的种种磨难。其实幸福很难由热闹或者宏大场面表达，而是由个人的平静或者泪水；由泪水里的咸，而不仅仅是甜。

懂得爱惜

爱惜，不是爱，不同于爱，也不是惜，也不同于惜，就是爱惜。爱惜是小时候会意的，长大逐渐倒不会意了。小时候端起饭碗，很郑重，记得要把碗端牢，别摔破了；记得喝水要把杯子柄捏好，别摔破了。这就是爱惜。郑重，用心，专意，别让不该破碎的东西失手破碎。

按说人长大了，是应该更懂得爱惜的。我却聪明不够，长期不懂。可见常识也是要悟道的。记得那会儿我刚刚红起来，到处领奖，到处参加笔会与文学活动，那时候自助餐也刚刚时兴，本是洋为中用的一个试图节约的理念，还是中国做派了，自助餐也是可劲儿上菜。吃的时候，见有些著名作家，也中国做派十足，大盘拿菜，高堆满上，自己是否喜欢吃或者自己是否吃得了，全然不顾，只怕吃亏，多多益善，结果吃很多也剩很多，桌子面前搞得杯盘狼藉。这一下我的失望非同小可：原我见不得人糟蹋粮食！也见不得贪馋相，觉得下贱！饭后我是连人家的作品，也都不会再看得上了。我一直以为，这样的一些人，就是所谓饕餮之徒。近年来才有辨识，那其实不是饕餮，是不知爱惜。吃饭的时候，爱惜的东西有两样：一是食物，二是吃相。两样都照见自己生命。吃东西是不管西式中式洋派土派的，都照见自己的生命。人的生命品质有高低贵贱之分，你懂爱惜，你才有高贵的可能，这是范用教我的。在我这里，范用倒没有多说什么，只他就这么做人。屈指一算，我认识范用，都15年了。

15年前我与范用认识。那一天恰就是一部电影，就是适合当时演了以后再一遍又一遍放映的。那是朋友的一场小范围聚会，为黄宗英冯亦代的结婚贺喜，地点就在北京张洁家里。张洁与我母亲同年，我却从来只能把她当平辈，都是直呼"张洁"，我欣赏她那股英气刚烈的妩媚，只觉得年龄不往她身上过。又我有一桩偏爱，就爱那种爱情像影子一样随身的女子，只觉得她生命的丰富有如牡丹饱满艳丽，不是面子上的化妆打扮，就是她这个人。她这个人无论高矮胖瘦，就是有一股子风流气质，这气质竟不在五官与长相上头，就只是她举手投足一颦一笑都教你感觉一种骨子里头的真风流；这真风流也不在乎岁月沧桑，不似春风桃李易谢，只似南山松柏心。在我看来，女人中的张洁是，黄宗英也是。那天黄宗英鹤发童颜，一张满月的脸，就是她这辈子终于与她的亦代哥哥得以成婚的喜帖，有人间罕见的花好月圆。不过我私心里，倒是更喜欢黄宗英的寡瘦寡瘦。电影中那瘦削双肩薄薄扁扁一叶飘萍的"梅表姐"，应该就是黄宗英她自己。我又私心更喜欢楚楚动人，仿佛恰到好处的瘦与弱，才算得上"楚楚"。不过黄宗英的瘦与弱熬到最后，结局是大丰收的丰盛和屯满钵满的豪华，也有好梦成真的圆润美满之华丽。于是这一天，就实在难以忘怀。而范用就在这一天里，给了我特别的印象。那天唯独他仿佛在这花好月圆之外站立，有一种冷静到对浪漫的不昏头。他干练小个子，贝雷帽，长围巾，文化气息十足。

张洁为我俩作介绍，说"这就是三联的范老板"。我蒙了。那时候我这个人是难以想象的幼稚无知，年轻时候一直都是只管看书不懂看书的版权页。范用主动替我解蒙，说："武汉可以说是我的老家啊，我可是在武汉做学徒到今天的啊！"此前，我竟然稀里糊涂地以为30年代在汉口交通路搞出版的人都是邹韬奋那一拨，应早已牺牲。也不能瞬间把《傅雷家书》等几本三联勇敢出版的书籍与范用的勇敢和魄力联系起来。范用很是理解我的无知，也并不反感我晚生后辈浅薄，没有借故离开，定定地立我对面，递给我一张名片。我接了，放进口袋。见我再无动静，范用倒笑，主动找我讨要名片。我却哪里有什么名片？范用便叫张洁找来笔和纸，让我写下了通讯地址。他接过，也好生放进口袋，又向我约稿，说："给我们写啊。"我诺诺点头，事后却不知道写什么。见范用出版的都是巴金傅雷那些前辈大家，只觉得自己不在那个范畴，一直就再没有主动与范用联系。

再后来一些年，因文学方面的活动很多，我常去北京。在北京招待所或者酒店住着，即使想起范用名字，也没想要见他的人。我天生孤僻性格，文坛热闹见过了，也就不再稀罕了，有意无意都更选择疏离，人家自然也懒得热脸挨冷脸。料不到的是，范用与人家不一样。后来，他写了《我爱穆源》，赠我一本，挂号邮寄到我家。后来他搬了家，又寄我一份迁帖，是白纸黑字一卡片，文字幽默风趣通情达理，我感觉那帖子，好似冬季晴日下一樽水晶花瓶，斜插了一枝素百合。我就把这些文字，写在散文《十年识得范用字》里头了，显然范用终于也看到。记得有谁告诉我说："范用看到了，他笑。"再有漫画家丁聪来汉，也转达我，说范用问你好，让你给他写东西。多少年里，范用就这样，不火热，不紧密，也不怪人不主动，却只是自己端好那只"碗"，爱惜着，不叫它掉落地上摔碎了。也就因此，我对范用由印象变成感情。感情这东西是有涟漪的，它会在岁月里荡荡漾漾不肯散去，平时也不觉，时刻一来，它就是要陡起波浪。之所以答应朱伟约稿，决定在《三联生活周刊》开专栏，其实第一时间内心就是想到了范用必定有自己单位的杂志，也必定时常翻阅翻阅，也再一次闪过范用看到了我专栏的神情："他笑。"

可是，世事难料的巧，就发生在我和范用之间了！我的第一篇专栏文章9月13号出刊，次日范用去世，偏就是这样的擦肩而过！当日有媒体找我采访，我一句话不说扣了电话。我哪里可以言语？唯有泪水哗哗涌流。以后几天报纸新闻，我连范用这个名字都要躲闪不看。真动感情的事情，我这人脸面上反倒木然，只内心酸楚止不住。忽然，前日，我收到一封素白挂号平信，竟是范用自己给我的告别函！当然，是三联出版社邮寄出来的，却地址显然还是我15年前留给范用的老地址。告别函还是一张素色卡片，还是范用自己设计的：范用的素色照片和他的文字。打头八个字就是大气凛然的告辞："匆匆过客，终成归人。"最后落款是："范用合十。"其间有一小段文字，内容写的是他这一生都要感谢亲人与师友。噢，范用！范用连离开人世都是如此爱惜世人！端的做人好生周正啊！

今我出远门在外，天涯海角。这篇文字，从凌晨写到黎明，慢慢写来，为的是慢慢送别范用，慢慢爱惜这文字中出现的所有人与物，慢慢爱惜那慢慢过去的岁月与记忆。其中也立下一个我自己要学会爱惜的决心，学会时时刻刻提醒自己须得爱惜自己生命，须得爱惜与我有缘的一切人的生命。现在，请晨曦来为我做个明证。

李修文・卷

我亦逢场作戏人

长夜漫漫，你等的车，还要后半夜才会到，雨又下得这么大，我们连到站台上抽根烟都去不了，那么，恭敬不如从命，修文兄弟，趁着你等车的时间，我就跟你说说我的故事吧。你可能已经忘了，但我都记得清楚：你问过我三次，我是怎么活到今天的。现在，我就告诉你标准答案，你可听好了啊，标准答案是，这半辈子，我都是靠演戏活过来的。

你知道，我是唱花鼓戏的出身，遵了父母大人的意，十多岁我就拜了师父，那时候，每天天不亮，我就往师父家里跑，给师父端茶倒水，也给师父拉磨种田——我们老家那一带的花鼓戏，最早叫作渔鼓调，过去时候，只要遇到荒年，就有人出门去唱这渔鼓调，说白了，就是用它去讨饭，所以，打十多岁起我就想明白了，我的父母大人非要我去拜师学花鼓戏，为的是学一门讨饭的本事，荒年来了也饿不死。

不瞒你说，我天生就是唱戏的好坯子——三五年下来，《站花墙》《掉金钗》《柳林写状》，这些戏就没有一出是我拿不下来的，先不说大戏，单说开场前的莲花落和敲碟曲，我更是学会了几十段，所以，不到二十岁，我就开始登台了，一时之间，说是小有名气也不过分。但是兄弟，我先不跟你说唱戏，我先跟你说说一副戏联吧。戏联你都不知道？很简单，所谓戏联，就是戏台上的对联。

那副戏联，刻在汉江边上的一座戏台上，上联是：君为袖手旁观客，下联是：我亦逢场作戏人。我记得是春天，油菜花开得到处都是，从戏台下，一直开到了汉江边的码头上，那一天，上场前，我第一眼看见这副戏联的时候，心底里就是一惊，只觉得，我和你，你和他，他和旁人，我们这一辈子啊，都被这副戏联道尽了，你想想是不是这样，这世上，哪个不是袖手旁观的人，哪个不是逢场作戏的人？可那时候，我还年轻，一想起这句话，就觉得心有不甘，却又不知道为了什么去不甘，只是一边演戏一边问自己：我这是在逢场作戏吗？一边演戏一边又盯着台下看戏的人去看：你们，一个个的，全都是袖手旁观的人？

果真是少年不知愁滋味啊，修文兄弟，那时的我，年少轻狂，哪里会对着这副戏联一想再想呢？实际上，等我过了二十岁，你知道的，那几年，那样一个世道，人人都忙着挣钱，喜欢看戏的人已经不多了，可我偏偏不服，呼朋唤友，结了异姓兄弟，自己拉起了一个戏班，还搞起了创作，自己编了一出戏，叫作《桃园三结义》，在工厂里演，在村委会里演，在红白喜事上演，这样一来，我们的日子不但没有过不下去，相反，说是蒸蒸日上也不过分。为什么要自己编这出戏？我想，大概还是因为不服气吧——我们这个花鼓戏啊，男欢女爱的多，哭哭啼啼的多，讨饭的时候好用嘛，可我又不想当个讨饭的，为什么老要唱那些矮人一头的东西？

这就不得不说起我那两个异姓兄弟了，也是巧啊，在《桃园三结义》里，我演的是二弟，关羽关云长，当我和两个异姓兄弟拜把子的时候，也是行二，所以，你看巧不巧，演戏时我是二弟，过日子我还是二弟；演戏时我有了一个大哥和一个三弟，过日子我也有一个大哥和一个三弟，俗话说得好，兄弟连心，其利断金，我还真是挺知足的。没过多久，我结婚了，媳妇也是唱花鼓戏的，我结婚的那天晚上，大哥和三弟想到这么多年的不容易，跟我抱在一起，哭得稀里哗啦的。

确实是不容易啊——几乎就在一夜之间，世道大变，你就算打着灯笼找，也找不出几个喜欢看戏的人了，为了活下去，一年到头，我们都在乡下待着，也只有在那里，戏开场的时候，勉强还能凑出个十人八人，那也得演下去啊，不然我们兄弟几个，还有各自的家小，我们吃什么喝什么呢？到了这时候，唱戏的好多讲究，我们也顾不上了，哪里还有什么戏台？给块空地我们就演。我记得，有一回，一整出戏下来，我们兄弟三个演，我媳妇就踩着梯子，从头到尾用手扶着挂在电线杆上的扩音喇叭，生怕它掉下来，到最后，喇叭还是掉了，我媳妇赶紧伸手去接，没接住，梯子倒了，我媳妇摔在地上，砸晕了，两天之后才醒过来。

说实话，尽管我一直不想把唱花鼓戏看作讨饭的手艺，但是，明眼人一看便知，我们不是在讨饭又是在干什么呢？到了这个地步，戏就实在唱不下去啦，所以，像是提前商量好了，有一晚，在一片高粱地里，唱完戏，我们兄弟三个，突然就定了下来，打第二天起，不唱戏了，各自去找各自的活路。我记得，那天晚上，月亮很大，风也很大，风一吹，高粱叶子就哗啦啦地响，我找了个借口，说是去撒尿，一个人跑远了，好好大哭了一场，你可别笑话我，几年的关羽演下来，几年的二哥当下来，关羽关云长，我还真是舍不得他，好多时候，我都觉得他就是我，我就是他，现在，说不演就说不演了，我这心里啊，说多疼，有多疼。

再疼也得活下去，不是吗？我的活路，是卖水果，我跟你说啊，卖水果的那个小推车，我真是推不出去，好不容易推到街上，我是叫也叫不出来喊也喊不出来，为什么呢？就是中了关二哥的毒，这城里，只要听我唱过戏的人，老老少少，都叫我一声关二哥，时间长了，我还真信了，我还真就拿我自己当作关二哥了，关二哥，过五关斩六将，千里走单骑，温酒斩华雄，他怎么能卖得了水果呢？我没办法，又爱面子，就去看我媳妇，意思是，要不你来吆喝一声，哪知道，我刚看她一眼，她马上就去看别处，也是，她也是唱戏的人，她唱的还是糜夫人呢。

我还记得，有天晚上，我们推着一整车没卖完的水果回家，走到一条小巷子里，我媳妇突然哭了，她哭着对我说，要不你就吆喝两声？我也哭了，我哭着对她说，要不你就吆喝两声？正说着，我想起我是个男人，应该我先吆喝，可是，刚一吆喝，有个过路人认出了我，叫了我一声关二哥，我赶紧就推着小推车跑远了。

那天夜里，我喝了很多酒，也不知是因为哪件小事情，我怒了，打了我媳妇，一遍一遍对她喊：叫我关二哥，我他妈是关二哥呀！

不过，你放心，该吆喝，还得吆喝出来，多亏了大哥和三弟，他们两个，都是在商场里租的铺子，商场关门了，他们就来找我，一来就扯着嗓子吆喝，慢慢地，我，我媳妇，也就都吆喝出来了，第一声吆喝出来之后，我丢下媳妇和大哥三弟，自己去买了几炷香，找了个没人的地方，跪在地上，点燃了香，一边点，一边在心底里说：关二哥，给你丢脸了，打今天起，我要忘掉你了，我也要忘掉我是关二哥了。

渐渐地，我就真的忘了关二哥了，一来是，生意越做越好，没过多久，我和媳妇就扔掉小推车，租下了门店，这样，遇到个刮风下雨，我们就不用站在大街上忍饥受冻了；再过了两年，我们退了门店，直接去水果批发市场里租下了摊位，这样一来，我就成了批发商了，成天往满世界里跑，一会在漳州进芒果，一会在黄岩进橘子，我媳妇说我忙得跟条狗一样，我觉得她说错了，狗怎么会有我忙呢？二来是，我媳妇一直没怀上孩子，所以，只要有点工夫，我都得拉着她到处看医生，看了中医看西医，看了西医再看中医，偶尔，我也去拜菩萨上香，只是拜的早就不是关二哥，而是送子观音了。

修文兄弟，你说，如果日子就这么过下去，该有多好？可是，你是个聪明人，只要我这么问，你大概就可以想到，这样的好日子，肯定长不了，是吧？实不相瞒，这么多年下来，每到了晚上睡不着的时候，当我回想起我这大半辈子，只要想起这一段，我就特别希望自己手里有个遥控器，对准这一段，遥控器一按，一辈子就停在那里，一步也不再往前走了，要是真那样的话，该多好啊！可是不行啊，你不往前走，人家都在往前走，到了最后，你也只有重新站起来，肠子断了肝碎了又怎么样？你还是得朝前走——

说是飞来横祸，那真叫不夸张：突然就有一天，有人找上门来，叫我退掉水果批发市场里的摊位，说是不光我的摊位，就连一整个市场的摊位，都被这城里最有名的那个大哥看中了，只要他看中的地方，他就没有拿不到手的。我的左邻右舍自知惹不起那个大哥，前前后后，一个个都退了摊位，可是，我怎么能退掉摊位呢？为了大干一场，我借了不少钱，在漳州，在黄岩，在北海，在这些地方，我已经付出去了好几年的水果定金，要是没了这个摊位，我不就债台高筑了吗？我不就倾家荡产了吗？所以，说什么我也不肯退掉摊位，也就是从那时候起，悲剧便注定了：隔三岔五，我的摊位门口就被人倒了垃圾，垃圾堆成了一座山，比我的摊位还要高，别说做生意，连我自己，都经常被垃圾车挡在了外面。

我当然不服，径直上了门，想去找城里最有名的那个大哥论一论，你猜怎么样？连门都没进去，直接被人打成脑震荡，住了半个月医院，等我从医院里出来才发现，我的摊位已经被铲平了。事情显而易见：我已经债台高筑了，我已经倾家荡产了。现在，除了找那个最有名的大哥索要赔偿款，我没有别的第二条路可以走了。

那天下午，天快黑的时候，我蹲在自己被铲平的摊位边，高高的垃圾堆里，一边抽烟，一边想起：我也有大哥的啊！除了大哥，我还有三弟呢！所以，当天晚上，我将大哥和三弟约到了汉江边上，跟他们一起商量，我到底该怎么办，可能是喝了几口酒，我气愤难平，趁着酒意跟他们说：咱们兄弟三个，好歹也是演过刘关张的人，实在不行，咱们三个，一人一把刀，跟那个最有名的大哥拼了吧？说不定，他怕我们拼命，反倒能够顺利地给我赔偿款呢？哪知道，大哥和三弟像是商量好了，一起问我：还记得那副戏联是怎么写的吗？我不知道他们究竟是何意，也没想起什么戏联，他们便告诉我：君为袖手旁观客，我亦逢场作戏人。

听他们那么说，我一下子就傻了，虽然能大概猜出他们心里是怎么想的，但又说什么也不肯信，只是，不信也没有办法，当然，大哥和三弟念了兄弟一场，跟我多说了几句：你呀，别钻进关二哥的身体里出不来，戏是戏，日子是日子，反正我们没有钻在刘备张飞的身体里出不来，实话说了吧，以前，叫你一声二哥，叫你一声二弟，你还真以为跟你亲成了同胞兄弟？那不就是想跟着你唱戏挣一份吃喝钱吗？忘了吗，我亦逢场作戏人啊！这样吧，要拼命，你自己去拼命，钱不够的时候，你再来找我们想办法，不过呢，丑话说在前头，要多了可是没有。

我得跟你承认，修文兄弟，那天晚上，看着大哥和三弟走的时候，我的心都差点碎了，只觉得，一个人活在这世上，真难；一个人要去信点什么，真惨；所以，我一个人，在河滩上哭得稀里哗啦，想了想，干脆跑了十几里夜路，一直跑到了当年那座戏台边上，天色黑得很，四下里，一点亮光都没有，我就拿出打火机去把那副戏联照亮了，再一个个字去看，千真万确，就是那几个字：君为袖手旁观客，我亦逢场作戏人。

不过呢，我这个人，笨是笨了一点，但也不是太笨，到了最后，不是别人，还是那副戏联点醒了我，在戏台上坐着，一遍遍地看着那十四个字，不知怎么了，我突然就冷静下来了——我亦逢场作戏人——事已至此，我就不能去作场戏吗？真的，直到那个时候，我才算是彻彻底底地忘了关二哥，从前我只是以为我忘了，实际上根本就没有，你看，当我打算演一场戏，想都不想一下，一心还是要扮作关二哥，一心还是要当二哥二弟，现在，我该真正跟关二哥说再见啦，只因为，我的关二哥啊，不管我有多信你，你已经救不了我了。

你是不知道，从那天开始，接下来的一年多，我是演得有多辛苦——我先演了秦香莲：给自己做好诉冤的纸板，一前一后挂在身上，然后，大街小巷，东奔西走，遇见该诉苦的我就诉苦，遇见该喊冤的我便喊冤；我也乔装打扮，守在最大商场的女厕所门口，为什么守在这儿呢，因为我知道，一个大领导的夫人，总是爱在那里买衣服，见不到大领导，我就只好想办法去见大领导的夫人了，你猜怎么样？果然就让我守到了！一见到她，我二话不说就给她跪下了，你看，我这演得是不是和窦娥都有一拼？我还演过《琵琶记》里的赵五娘，把自己受过的罪跟苦全都编成了唱词，然后，走路去北京告状，一边走，我就一边唱。

你大概也看出来了，亏得我是唱戏的出身，不光花鼓戏，还有京剧、河北梆子、黄梅戏，这些剧种里演过的冤案，我全都找出来了看了一遍，再照着它们演，至于演到什么时候才是个头，我也不知道。

演得最辛苦的一次，其实是演死：我的动静越来越大，那个最有名的大哥也就越来越不耐烦，终有一天，我正好走在城外的汉江大堤上，两个愣头青，手里拿着铁棍，从大堤下面扑上来，对准我，一人一棍子砸下来，三两下我就倒在了血泊里，一步都动不了，好在是，演了这么多年的戏，我也算是能够察言观色之人，那大哥的本意，当然是要打死我，可是我发现，那两个愣头青，其实又都害怕是自己打死了我，弄不好，这是他们第一次去完成把人打死的任务，于是，等到其中一个刚刚朝我砸下一棍子的时候，我惨叫了一声，身体抽搐着，再抽搐着，最后，憋住了呼吸，整个身体，再也不动弹了。那愣头青像是吓得呆住了，挨近我，把一根手指伸到我的鼻子前，试探了半天，终于，扔下手里的铁棍，撒腿就跑了。

我以为我已经化险为夷的时候，没料到，剩下的那一个，却好半天都不肯走，他就蹲在我旁边抽烟，抽一会，再像之前那一个，伸出手指在我鼻子前试探，前前后后，只怕有半个小时，所以，这半个小时，我真是向他奉献了我平生最精彩的演技——比憋气更重要的，是我不断提醒自己，千万不能晕过去，一旦晕过去，我就憋不住气了。最后，他终于走了，我的这条命，算是留下来了，到了这时候，一颗一颗的泪水才从我的眼眶里钻出来，又掉进了从我身上流出来的血里，我仍然提醒自己：不要掉以轻心，千万不能把接下来的戏演砸了。

你问我那个最有名的大哥最后怎样了？唉，像他那样的人，下场能好到哪里去呢？实际上，就在我差点被他派出来的人打死之后，差不多两三天的样子吧，他找到了我，说他已经服了，这就给我赔偿款，我想了想，放弃了赔偿款，再跟他说，我还是想要回我在水果批发市场的摊位，他竟然答应得非常痛快，马上叫人带我去办了手续，当天晚上，一场打黑行动在城里展开，他在逃命的时候，被货车撞上了半空，再掉下来，人没死，脑子却从这以后就坏掉了。

重新回到水果批发市场的那天早上，我记得很清楚，大冬天，天刚刚亮，天上的太阳红彤彤的，我和媳妇两个人，去了我们从前的摊位上清理垃圾，我原本想，上午把垃圾清理完，下午就可以找人来动工，三两天下来，我们的摊位就可以重新砌好了。哪里知道，我媳妇站在一堆垃圾里，突然就哭了起来，她哭着跟我说，她要走，她要离开我，再也不回来了。

我的脑袋发蒙，问她：你要去哪里？

她说：不管去哪里，都比在这里好。

我知道，在这城里，几年的戏演下来，我已经从关二爷变成了个笑话，自然的，这几年下来，她受的委屈也不是三天两夜可以道尽的，我想去安慰她一下，走上前，去抱住她的肩膀，她却缓慢地将我的胳膊从她的肩膀上拿了下来——就这一个动作，我就已经知道，我媳妇，心意已决，只怕是挽不回来了。

我不甘心，问她：到底是为什么？

她说：你忘了，我当年，也是个角儿，干脆说明了吧，这些年，这些年我一直没怀上孩子，是我故意怀不上的，为什么？因为我一直在等着你有出息，可不管怎么等，你都还是没出息，不光没出息，还越来越穷，我看穿你了，不想再等你了，你这一辈子，离不开一个穷字。

你是不知道，听完她的话，我的心里有多疼，我把手按在自己的胸口上，问她：穷有罪吗？

她答：穷有罪。

然后她就走了。也是奇怪啊，我竟然没有上前去拦住她，大概还是因为她戳中了我的心窝子吧，这些年里，我难免也会问自己：你是个有出息的人吗？你还有没有可能变得出息起来呢？我当然回答自己说是有可能的，但是我又必须承认，许多时候，我自己都不太相信自己还能出息起来。所以，在红彤彤的太阳底下，我恍惚着，看着媳妇越走越远，心里也就越来越清楚：人活一世的真相，正所谓，君为袖手旁观客，说的恐怕就是现在了。所以，到头来，看着她走，我也没叫她一声，脑子里全是空白，只是绝望地看着她走出水果批发市场，最后，彻底从一辆公共汽车背后消失了。

我亦逢场作戏人——经此一劫，我变了个人，见人说人话，见鬼说鬼话，出门进货的时候，又或者在市场里搞批发的时候，坑蒙拐骗这样的事情，我还真是没少干。不要紧，反正我能演，有人上门来找麻烦，我就演戏，管他什么人，只要我的戏演得下去，麻烦就总能对付过去。可是，可能还是因为大势已去吧，几年下来，我不光没挣到钱，欠下的债反倒越来越多，到最后，漳州的，黄岩的，北海的，一个个债主都不远万里地跑来堵我的门，找我还钱，我只好再演起戏来，干脆从北海的那个债主身上又骗了一笔钱，就此远走高飞了。

我亦逢场作戏人——离开家以后，我可算是去了不少地方，在山西，我给一家毛巾厂当过销售代表；在四川，我编造履历，上门应聘，给一家小额担保公司当业务经理，最终，还是被人识破，给赶了出来；在河南安阳，我学会了开车，给一个老板当司机，日子好不容易安定下来，老板娘都已经在逼着我去相亲了，一夜之间，老板一家被几个山东流窜来的惯犯在抢钱时灭了满门，修文兄弟，如果当时我也在，现在坐在你身边的，恐怕就不是我了。在这些地界，要说最难忘，还是在山西，为什么呢，就因为小戏班子多，大概是因为关二哥的老家在山西，关公戏也多，我就成天追着那些小戏班子去看关公戏，看着看着，禁不住想起从前，我当然也会忍不住要落泪，但是，我也总是能忍住，不落泪。

山西的关帝庙也多，大大小小，总能遇见，没事的时候，我喜欢到这些庙里去，去跟关二哥待一会，印象最深的一回，是在宿舍里发高烧，也没钱买药，为了活命，我强撑着从床上爬起来，去庙里拜关二哥，在庙里，我一边给他磕头，一边在嘴巴里念叨：关二哥，我没钱买药，现在，我给你磕一个头，就当作是你给我喝了一片药了，你看好不好？最后，你猜怎么着？关二哥可真是神啊，从庙里出来，我的烧就退了。

距现在五六年之前的那一年，我回了一趟老家，因为听到消息，说是我父母留给我的那套房子要拆迁，政府会给我一笔钱，你知道，老家是我的伤心之地，我当然害怕回去，但也非回去不可——万一这笔钱的数目不小，我能靠它东山再起呢？这样，我就还是回去了，一回去，我便被债主们扭送到了派出所：他们同样听到了消息，而且早早就在老家里等着我了。最后，政府给的钱我拿到了，却正好够还上我当初欠下的债，等于是，白回来了一趟，我的手里仍然没有分文，好在是，有个在武汉东西湖地区开工厂的老板缺个司机，问我愿不愿意，反正我暂时也没看见别的活路，没怎么犹豫，就跟他同去了武汉东西湖。

那时候，我的老板刚刚丧妻两年，成天琢磨着再结婚，所以，平日里，工厂里的事情他都不怎么管，成天坐在工厂门口的一家茶馆里相亲，对于那些来相亲的女人们来说，东西湖说近不算近，说远也不算远，所以，我每天的差事，就是去接送她们，别看这个差事简单，我每天可是累得要命啊：相的亲越多，我的老板越发现自己就像刚上市的新茶，紧俏得很，就算不喝酒，他的脸上一天到晚也都是满面红光的，所以，一时半会，我根本就看不出他会把相亲结束掉。

这一天，天上下着雨，我接到老板的通知，开车去硚口，到一家商场门口接人，人接到之后，雨越下越大，雨刷器一遍一遍地刷来刷去，我还是看不清前面的路，于是，我就放下车窗，把脑袋伸到外面，往前看，看清楚几步，就往前开几步，终于，等下了高速路的时候，楼也看不清了，树也看不清了，我只好把车停下，也没说话，无意里，对着后视镜看了一眼，只看一眼，我就呆住了，然后，也不说话，再打开车窗，伸出头去往外看，看了两眼，还是什么都看不清楚，但是我已经哭了，我什么都不管，哭着发动了车，死命往前窜，是的，只要对面来个车，或者来个人，最后的结果，不是他死，就是我亡，但我不管，继续死命往前开，一边哭，一边开，一边开，一边哭。

修文兄弟，你肯定猜到了，后面坐着的那个人，不是别人，是我媳妇，不不，是我从前的媳妇。

其实，她也早就认出了我，见我哭得伤心，她也说不出别的什么话，想了又想，问了我一句：还好吧？可是，这么明显的事情还用问吗？我当然过得不好，和她离开我的时候一样，我还是那个没出息的笑话。现在，这个笑话除了哇哇哭，除了开着车四处乱窜，他哪有第二条路可走呢？我媳妇，不，我从前的媳妇，她也没有别的话对我说了，任由我把车开到了一片农田里，车轮上被泥巴塞满，一步也不能动弹，我就不要命地去狠踩油门，踩了十几分钟，不想再踩了，我觉得我们这辈子都无法从这堆泥巴里出去了，车又猛然冲破了泥巴，重回到了公路上；我再继续往前开，雨越下越大，车速一点也没降下来，我只觉得自己把车开进了一片工地里，突然就听到我从前的媳妇大喊了一声，再看前方，来不及了，我们的车活生生撞在了一堵被彩条布罩住的围墙上，不过，就在我觉得下一秒钟就会没命的时候，我们的车竟然好好地穿过彩条布，陷在了围墙外的一条水沟里——那彩条布罩住的，其实是围墙上的一个窟窿。

过了好半天，我才听见我从前的媳妇说：我刚才还了你一条命。

我回过头去，死命地盯着她，但还是说不出一句话，没想到，她竟然从车后排起身，一步跨过来，坐到副驾驶位置上，然后，她掏出一只手机，递到我眼前，我去看那手机，发现手机屏保是一张照片，一个小男孩的照片。

我问她：这是谁？

她说：我儿子。

就算她不说出来，我也大概知道了这是怎么回事，可是，当她亲口说出来，还是要了我的命，一下子我就咬牙切齿了，我咬牙切齿地问她：你他妈都有儿子了，为什么还跑出来相亲？这么多年，你他妈是活成婊子了吗？

修文兄弟，你是个作家，大概也写了不少这世上痴男怨女的故事，可是，我敢说，我和我从前的媳妇，我们的恩怨，我们的故事，你肯定从来没写过，弄不好，你也听都没有听过——她告诉我，她不是婊子，她只是要养活她的儿子。停了停，她叫了一声我的名字，告诉我，她是记得我的，但是非要她说实话的话，她也早就忘了我了，倒不是她有多么无情，实在是因为，现在，她有了一个儿子，不管睡着了还是醒着，她的脑子里只有一个人，那就是她的儿子，十万个男人加起来，也不如她的儿子。

事情竟然变成了这个样子：我还在寻死觅活，她却说，我早就已经被她忘了。我当然无法接受，我当然不能放过她，于是我便问她：你不是嫌我穷吗？你不是要跟有钱人的吗？跟了有钱人，生了儿子，还跑出来相亲，你他妈不是婊子是什么？

她竟然笑了起来，她就那么笑着告诉我：她的确找过一个有钱的台湾人，还给他生了儿子，后来她才发现，这个台湾人根本没钱，彻底就是个骗子，因为诈骗，这个人现在正在台湾坐牢，对她来说，这当然是活该，因为她蠢，因为她眼里只有钱，这当然就是她该受的罪，但是，现在的问题是，她的儿子生了重病，每年都要花不少钱才能活命，所以，她只好出来相亲，只有继续嫁给一个有钱人，她的儿子才可能活命，至于别的，至于从前，她都忘了，不管是我，还是那个台湾人，我们长什么样子，她其实都已经不记得了。

突然，她一把拉住我的胳膊：你不是关二哥吗？关二哥，义薄云天，要不，你帮帮我吧？

我被她吓了一跳，嘴巴却又忍不住去问她：你要我帮你什么？

然后，她竟然对我说，她希望我帮她顺利地嫁给我的老板，因为今天实际上已经不是她和我的老板第一次见面了，他们上回见面，是在半年之前，半年过去了，我的老板该见的人也都见完了，今天还在约她，那就说明她有戏，但是，据她所知，情况也不容太过乐观，听当初的介绍人说，这几天，他约见的人也不止她一个。所以，她说，你不是他的司机吗？成天跟他待在一起，你要是想帮我，总归有办法的。

我的修文兄弟啊，还是那句话：一个人活在这世上，真难；一个人要去信点什么，真惨。你看，那时候，坐在车里的我是多么可笑啊！如果这个世界上的确有道理可讲，那么，道理在哪里，我又跟谁去讲这个道理呢？你说说看，我去跟我从前的媳妇讲道理吗？我去跟她的儿子讲道理吗？还是说去跟车窗外面的雨水和工地讲道理？要不然，我去跟我早就死了的父母讲道理，说他们根本不应该把我生到这世上来？情况就是那么个情况：我觉得我受了冤屈，我想讲道理，我觉得跟谁都可以讲清这个道理，可是，到头来，我跟谁都讲不上这个道理，只好不说话，眼睁睁看着我从前的媳妇，我从前的媳妇却不再看我，只去看她手机上的儿子的照片，看了一会，她推开车门，下了车，一个人，朝着茶馆所在的方向，顶着雨往前走，很快，我就看不见她了。

我说过，修文兄弟，就算你也写了不少这世上痴男怨女的故事，但是，你绝对不会想到，我和我从前的媳妇，我们的恩怨，到底会如何了结——你知道，有许多年，我都钻在关二哥的身体里出不来，或者说，关二哥钻在我的身体里出不来，可是，最后，哪怕心如刀绞，我还是跟他道了别，自此以后两不相欠，其实，我和我从前的媳妇，我们两个，又何尝不是如此呢？在山西，在四川，在河南，好多个后半夜里，我都梦见过她，有时候，当我开车，我觉得她就坐在我边上，当我一个人在街上走路，走着走着，就会从人堆里看见她；我经常想，她，孽障一般的人啊，只要我不死，我大概是逃不过她了，所以，在工地外面的水沟里，我坐在车上，看着她越走越远，并没花去多长时间，我想明白了一件事：一时半会，我还死不了，我还逃不过她，为了自己好过，我只能把她从我的身体里请出去，就跟当初把关二哥请出去一样。

我亦逢场作戏人——我把车从水沟里开了出来，追上她，我从前的媳妇，请她上车，几分钟后，我将她送到了茶馆门口，我的老板早就已经等得不耐烦，但是，可能实在是太中意她了，哪怕迟到了，哪怕我开的车已经像是在泥塘里滚过了一样，他也没有斥责我，高高兴兴地，将她带进了包房；晚上，我的老板一反常态，竟然要带她过江，去武昌吃饭，我便送他们去武昌，车过长江二桥的时候，天色黑定了，雨还在下，窗外有霓虹灯发出的光照进车里，不经意间，我看见我的老板把手放在了她的腿上，她没有退让，反倒坐得更近了一些，我装作没有看见，侧过脸，去看长江上的船。

我亦逢场作戏人——我从前的媳妇，如果想要顺利地嫁给我的老板，其实并非一件易事，虽说姿色照旧还在，可是，毕竟有个拖油瓶，再说了，那些和她竞争的人，又有哪一个是泛泛之辈呢？这样，就只能看我的了，想当初，我躺在地上装死的时候，还以为我已经奉献了平生最精彩的演技，哪里知道，那仅仅是个起点，炸裂般的演出，这才刚刚开始：我的老板第一次在我从前的媳妇家里过夜的时候，我抱着她的儿子，去医院里看了一夜的急诊；我还偷偷找人买过麻果，夜半三更之后，潜入了常青花园的一户人家，把麻果放在了最显眼的地方，不为别的，为的是，这套房子的主人，正是我从前媳妇的竞争者，果然，当我的老板发现对方的家里居然还藏着麻果的时候，我从前的媳妇，也就快要接近胜出了；还有，有一天，我的老板和我从前的媳妇，去到香火最旺的庙里求签，偏殿里，他求了一支签，签上说，他可能马上就要破财，到了正殿，他又求了一支签，签上说，欲抱聚宝盆，先抱眼前人，他不知道，这两支签，都是他们进庙之前才被我调的包。

最难演的戏，还是对手不按常理出牌的时候：随着我的老板对我从前的媳妇越来越中意，动不动就带她出去认识朋友见世面，所以，她经常喝醉，喝醉了之后，难免就会胡言乱语，我的老板听了，往往倒是一笑了之，我却难免紧张，总是劝她收敛自己，免得露了马脚，影响了大计，她听倒是也听，却三番两次控制不住，最可怕的一回，是在吃饭的包房外面，我正好送酒来，遇见她去厕所里吐，刚一遇见，她就把我抱住了，还要我亲她，我吓死了，一把将她推倒在地，恰好这时候，老板推开包房的门出来，却正好看见我去搀她起来，禁不住连连表扬我的忠诚；还有一回，他们吃完饭，我开车，送他们回老板的家，我从前的媳妇，又醉了，突然从后排起身，指着我，再回头对我的老板说，我认得他，我早就认得他！我完全没防备，连车都停住了，哪里知道，我的老板醉得更厉害，连声说，我也认得他！他是孙悟空，我是唐僧，我们师徒二人，要铲除你这个小妖精！

最后的一场戏，是在我的老板和我从前的媳妇结婚的时候，婚宴上，我从前的媳妇披红挂绿，和我的老板一起敬酒，一边敬酒，她又一边左顾右盼，最后才在角落里找到了我，趁着老板正和当年的兄弟勾肩搭背，她走到我身边，倒了一杯酒，对我说，谢谢。我连忙起身，正要干杯，老板却过来了，半醉着问她，你为什么偏偏单敬他一个人？说实话，这场戏来得太突然，也太难演了，所以，一时之间，她答不上来，我也答不上来，当即，我便想：这个时候不告别，还要等到什么时候告别呢？这么想着，我也就没有再回答老板的话，径直离开了婚宴，又跑出了酒店。

出了酒店，没多久，我竟然听到我从前的媳妇还在背后喊我的名字，我停下步子，没有回头，就听到她又对我说了一声：谢谢。我照旧没回头，反倒跑了起来，一边跑，我心里一边想：就像我当初把关二哥从我的身体里请出去一样，现在，我终于可以把她也请出我的身体了，从此以后，她好过，我也好过了。

可是修文兄弟，你是知道的，人啊，这一世，只要你不去死，不肯死，哪里又有什么彻彻底底的好日子等着你去过呢？半辈子过下来，我也算是想明白了，只要你还想把日子接着往下过，那么，有件事，就像做功课一样，人人都得做，你问是什么？只是我个人的看法，不一定对，我的看法是：我们都得把一个“我”字从自己的身体里请出去，人这一世，之所以可怜，就在一个“我”字，把“我”字丢掉，看自己，就像看别人，看畜生，就像看菩萨，要是真能这样，我们人人也都少了许多可怜吧？

不在东西湖一带打转之后，我原本打算离开武汉，去山西，去四川，去河南，后来，我转念一想：哪里也不去了，我就在这武汉三镇、长江两岸好好待着吧，关二哥被我请走了，从前的媳妇被我请走了，以后，我就单单只用请走一个“我”了，“我”字不除，去哪里都是受苦，那么，我就偏偏扎根在这武汉，好好看自己如何变成一个旁人吧？我没有学过佛，但是我想，佛法里讲的，跟我脑子里想的，也差不多。

就这么，在武昌，在汉口，在江岸，几年里，我一直没有离开过武汉，实话对你说，我就像是长出了铁石心肠，眼睁睁地看着自己变成了旁人：在武昌，我曾经给一个餐馆帮了半年工，对方包吃包住，工钱半年一结，到了结账的时候，店门关了，老板跑了，我便对自己说，被赖账的人不是我，是旁人；在汉口，我曾经被一辆汽车撞上了半空，一边在半空里飞，我一边对自己说，飞上天的不是我，是旁人；在江岸，我被人诱骗，去搞传销，当我发现自己马上就要变成骗子，连夜便逃了出来，当然被人截住，挨了好一阵猛揍，一边挨揍，我一边对自己说，正在挨揍的不是我，是旁人。

直到有一天，我生了病，挨了好一阵子，实在挨不过去了，我就去医院看病，得到的结果是，我得了胃癌。这一回，我才对自己说：得胃癌的不是旁人，是我，只不过，我终于可以把一个“我”字从自己的身体里请出去了。

我记得，我的病被确诊的那一天，我一个人，从医院里出来，在一条小巷子里胡乱往前走，不知不觉，就走到了一大丛月季花边上，我有点累，就坐下来歇一会，没想到的是，我刚刚坐下，一朵月季，当着我的面，就这么开了，看着它开，我先是吓了一跳，然后，竟然觉得开心得要命：要说起来，这辈子，我还是第一次看见花当着我的面开，可是我又想起，我是个要死的人了——人死，花开，不过是刚巧凑到了一起，说到底，该开的还是要开，该死的终究要死，他们其实是没有关系的。

是啊，如果这世上所有的事情，都像人死一样，都像花开一样，你死你的，我开我的，互不相欠，互不干扰，那该有多好！可是，修文兄弟，你是不是特别害怕我说“可是”？实际上，我也害怕。可是，我不得不说：可是，我还是失败了，我好不容易修来的满身武功，全都半途而废了，忙活了几年下来，关二哥被我请走了，我从前的媳妇被我请走了，连胃癌都得上了，那一个“我”字，终究还是像吃下去的秤砣，吐也吐不出来，拉也拉不出来——

正所谓，菜花黄，人癫狂。哪一年都是如此：一到春季，疯子就特别多。所以，春季里的这一天，我在长江边坐着发呆的时候，一连好几个疯子在江滩上喊打喊杀，其中有一个，眼看着就要对我拳打脚踢了，结果，又抱着我，跟我称兄道弟，我花了一个多小时使他相信，我已经千真万确地认为他就是托塔李天王的转世，他这才满心欢喜地走了，他刚走，迎面又走来一个瘦得跟鬼一样的人，我真的没有耐心再对付一个疯子了，于是，我乖乖认㞞，起身就要走开，哪知道，那个瘦得像鬼一样的人，竟然喊出了我的名字。

我盯着他看了半天，终于认出了他是谁：大哥？

他也叫我：二弟。

是的，他不是别人，正是我当初异姓的大哥，想当初，我们曾经一起搭台唱戏，也曾经在汉江边上一别两宽，尽管他和三弟一起伤过我的心，可是，这么多年，要说我从来没想起过他们，那也是假话，我想过他们大概早就是大富大贵之人了，最不济，吃得饱穿得暖总该是没问题的，又怎么会想到，他变成了眼前这个样子呢？

我想了半天，问他：三弟呢？

我也是真贱，一句话才刚问出口，哪里想到，他就那么往地上一蹲，大哭了起来。看着他哭，我真是觉得莫名其妙，难道哭的不应该是我吗？君为袖手旁观客，我亦逢场作戏人——这句话，难道不是你们在汉江边上对我说的吗？我都没哭，所以轮不上你哭，再说了，我怎么知道你是不是在作戏？所以，我懒得看他去哭，起身就要走，结果，他却一把抓住我的裤子，跟我说，三弟不行了，快死了。

我愣了愣，倒是觉得没什么大不了，人不都是要死的吗？我不也是要死的人吗？拔脚就要往前走，大哥又抱住我的双脚，一步也不让我挪开，再跟我说，我也要死了。好吧，麻烦来了，我想逃也逃不掉，那么，我就将此刻的自己当作旁人吧，这样，旁人就问他，你怎么也要死了？他便再接着说：前些年，他和三弟一起，合伙做生意，挣了不少钱，就把路走偏了，先是赌博，后是吸毒，不用说，最后的结果，是两个人全都妻离子散了，两个人一起，流落到武汉，合租了一套房子继续吸毒，时间长了，不知道染了什么病，都快要死了，照现在的情形看，他要死得慢些，三弟要死得快些，死就死了吧，可是，弄不好是回光返照，这几天，三弟本来一直昏迷着，一醒过来，就扯着他要唱戏，不唱别的，偏要唱《桃园三结义》，两个人怎么唱呢？三弟就说，要是二哥在，一起唱上一整出，就好了。

长江上，轮渡的汽笛声不断地响，响得真叫人心烦意乱，也不知道怎么了，我突然笑了起来，我笑着问大哥：怎么，你们这是演技大涨啊，你刚才演的这一出，花鼓戏里找不到啊，这是演上电影电视剧了吗？站起来，说点正经的！缺钱的话，我可以给你们凑点，但是，丑话说在前头，要多了我可没有！话说到这个地步，大哥也没办法了，只好起了身，一个人，慢慢走远了。

真是要命啊，修文兄弟，看着他走远，突然，我的心里又动了一下，动了一下不要紧，用你们的词儿来说，我可真是吓得魂飞魄散啊——我不是变成旁人了吗？我不是早就把一个“我”字请到远远的地方去了吗？既然如此，我的心为什么还要动一下？不不不，我不是我，我是旁人，这样，我就不再去看他，而是盯着长江去看，真是要命啊，长江明明就在眼前，我看过去，却是一眼看回了好多年前，这时候，长江就不是长江了，是戏台，是村委会，是高粱地，我们兄弟三个，一时在登台，一时在卸妆，天啦天啦天啦，我的嘴巴好像就要说出话来了，不不不，我一定要忍住！最后你猜怎么着？唉，真是不要脸，我终究还是没忍住，叫住了他，跟他说：我跟你走。

长江上，轮渡的汽笛声还在响，我跟着大哥往前走，内心里却忧虑重重：我好不容易修来的武功，不会就这么废了吧？

就这么，我跟着大哥来到了汉口云林街的一个小区，那是他和三弟租住的地方，修文兄弟，如果我没记错，那应该是我第一次见到你，对吧？我还记得，你对我做了自我介绍，说你是个写不出东西的作家，所以，在同一个小区里租了房子，当作工作室，正在没日没夜地写剧本，也无非是讨一条活路，偶尔的时候，你会听见大哥和三弟唱花鼓戏，时间长了，你忍不住好奇，隔三岔五就来找他们聊天，听他们说自己的故事，因此，尽管你我是第一次见面，但是你对我早就一点都不陌生了，我的故事，我的名字，已经被你听了好多遍了，所以，你上来就问我，这些年我都是怎么活过来的，对吧？我还记得，我跟你说，名字听得再多，无非就是个戏子而已，你却说，你正在写电视剧本，将来也想写戏曲剧本，要说戏子，你的前世恐怕也是个戏子，这样，我就喜欢上了你这个家伙，老话说得好：同是天涯沦落人，相逢何必曾相识。

接下来的事情，就算我不多说，想必你也都一清二楚：我去云林街跟三弟见面的时候，我的三弟，其实已经早就没了个人形了，进屋之后，我只看见他侧着身对着窗子睡着了，阳光很好，直直地照在他身上，他也一动不动，有只苍蝇，在他的胳膊上叮来咬去，他还是一动不动，当时我就知道，他不是不烦这只苍蝇，他是没有力气对付它，也就是说，他活不了多久了。

过了一会，三弟翻过身来，拼了命，才有力气睁开眼睛，见到我，想笑，又笑不出来，想说，也说不出来，如果说，我的大哥像个鬼一样，那么，我的三弟，现在就和一个骷髅都没有什么分别了，修文兄弟，我必须向你承认，一看见他那个样子，我的鼻子就发酸了，就算过去再多怨气，现在也都没了，但我又不想坏了自己的修行，就扯着嗓子对他喊：起来唱戏啊！起来唱戏啊！你是知道的，他那个鬼样子，哪里还起得了床？我喊完了，又等了一会，他还是起不来，这样，就不能怪我了，我掉头转身，推门出去，躲瘟灾一样，跑出了小区。

天知道我是怎么想的？哪怕是到了现在，我也一样想不通，我明明都扬长而去了，为什么又乖乖回去了？是的，我就是乖乖回去的——那天晚上，天一黑，我买了饭菜，回到了云林街，进小区，推开了大哥和三弟租住的那间屋子的门，唉，谁能告诉我，我到底是中了什么邪？

进门之前，我在门外站了一会，恰好听见大哥和三弟在屋子里说话，天可怜见的，你知道他们在说什么吗？他们正在互相埋怨，都说对方的演技不够好，没有把我骗住——他们当然都是吸毒的人，也可能命不久矣，但是不是跟我一样，到了马上就可能要死的地步，暂时我还不知道，他们之所以要找我，是听一个遇见过我的同乡对他们说起：我看上去虽然没有过得很好，但暂时应该还有饿不死的活命钱。这样，他们便找了好多人和好多地方去打听，这才找到我。是啊，他们找我，哪里是为了什么再演一出《桃园三结义》？他们为的是我口袋里几个不多的活命钱，他们想用这几个钱来活自己的命。

修文兄弟，你可别把眼睛睁得那么大，是不是觉得你也被他们骗了？没关系，戏如人生，人生如戏，要我说，被他们骗点钱去，让你知道更多一点这个尘世人间，对你写剧本也是一件好事，你说是不是？你看我，那天晚上，站在他们的门外，听完他们说话，我不光没有一点生气，相反，很开心，我很开心我的武功暂时还不会被废，我又可以长出铁石心肠，眼睁睁看着自己变成旁人了。

我亦逢场作戏人——我拎着饭菜，进了屋子，两个人，大哥，连同我的三弟，完全没想到，一起站起身来，目瞪口呆地看着我，我装作什么都不知道，先扶着三弟躺下，他乖乖听话，重新躺回床上，变成了之前的样子，然后，我掏出饭菜，招呼他们吃喝，三弟吃下的一口一口，都是我喂进去的；后半夜里，我睡得懵懵懂懂，听到有人轻手轻脚走过来，掏我的口袋，我能感觉到那是大哥，但我没动弹，继续装睡，让他顺利地从我口袋里掏出了钱，再看他出了门，过了一个小时，他才带着新买的麻果回来了，之后，他和三弟，两个人，搀在一起，去阳台上，过起了毒瘾；天亮的时候，为了戏更真一些，我的三弟，大呼小叫地说他全身疼，我给他买了止疼药，再全身上下给他揉了一遍。

我亦逢场作戏人——我干脆搬到了云林街，跟大哥和三弟一起住，你知道，住到这里的起因，是三弟要找我唱戏，我来了，他们总不能不唱了吧？于是，一有空，他们就拖着我唱，好吧，要唱就唱，黄昏里，三个人，一起坐在阳台上，开口唱：数不完的英雄喝不完的酒，到头来，风萧萧雨淋淋无路可走，眼看着你我走到天尽头，天尽头咱兄弟偏要起高楼！戏里的这一段，说的是桃园之外，刘关张三兄弟，下定了决心，要去结义，再去这世上大闹一场，年轻时，每唱到这一段，我们三个，便要肩搭着肩，一起把唱词吼出来，现在当然不例外，阳台上，我刚一搭上大哥和三弟的肩，他们就觉得心虚，不自觉地往外躲，他们越躲，我就抱得越紧；时间长了，我口袋里的钱也所剩无几了，于是我便出去找了个短工，有一回，下了短工回来，遇见两个人在街上深一脚浅一脚地跑，再仔细一看，不是别人，正是我的大哥和三弟，他们被几个警察追得喘不上气，一副快死了的样子，不用说，又是刚买完毒品回来，想了一会，我站在街头上，干脆扯着嗓子喊：卖冰毒啊！卖麻果啊！那些警察，你看我，我看你，他们肯定不相信，怎么会有人这么大的胆子，最后的结果，还是放过了大哥和三弟，朝着我追过来了；有一天，我的口袋里实在一分钱都没有了，大哥和三弟又不信，为了让我更加入戏，他们想了又想，跟我说，想当初，汉江边，是我们对不起你，现在，我们干脆再重新结拜一遍吧？这可如何是好呢，想了半天，我只好赶在重新结拜之前跑出门去，当掉自己的手表，换了钱回来，再三拜九叩，之后，装作没注意，把钱掉在地上，被他们捡起来，装在口袋里，两个人互相对视了一眼，心里只怕都在想：二哥啊，二弟啊，你他妈的，还真是大大的狡猾啊！

最难演的戏，是三弟死的时候：他死的时候，刚好冬天，凭我的本事，在武汉，无论如何也没有钱送他去殡仪馆，更没钱去给他买一块墓地，所以，我就租了一辆板车，把他的尸首放在板车上，再让大哥坐上去，我就拉着那辆板车往老家里走，天上的雪下得啊，那真叫一个大，我也是要死的人，走半个小时，就要歇上一个小时，二〇七国道上，我们将板车和板车上的三弟放在雪里，进了一个小饭馆里，围着小炉子烤火，正烤着，大哥突然哭了，他哭着问我：你是不是早就知道我们是在骗你的钱？到了这个地步，我的戏演不下去了，就只好对他点头。他又问：有天晚上，我们恨你，觉得你在骗我们，不肯拿钱出来，就准备掐死你，你是不是也知道？我还是对他点头：我知道。这样，大哥便哭得越来越大声：你为什么要这样？要说演戏，他这根本就不是照着剧本说台词啊，对不对？不过，恰巧这时，一片雪飘进来，悬在炉子上的半空里，我看看那片雪，再看看炉子里的火，想出了自己的台词：你看那片雪，生也不是，死也不是，你叫它，如何是好呢？

修文兄弟，我得跟你特别说一句，这是我的心里话——事实上，我早就想明白了一件事，这世上啊，真的是那句话：君为袖手旁观客，我亦逢场作戏人；真的是那句话：人死，花开，不过是刚巧凑到了一起，说到底，该开的还是要开，该死的终究要死，他们其实是没有关系的。所以呢，关二爷也好，我从前的媳妇也罢，还有那一个“我”字，没有谁能真正赶走他们，他们不过待在他们应该待的地方，然后，管你作了多少戏，一个个的，照旧生也不是死也不是。

生也不是，死也不是。在老家，将三弟埋葬之后，大哥约我去汉江边走一走，走着走着，就走到了当年的那座戏台前面，大雪飘飘，大哥突然告诉我，决定了，不回武汉了，就死在老家了，反正生在哪里都是生在这世上，死在哪里也是死在这世上。

他没想到的是，我会跟他说：我也决定了，不回武汉了，给他送终。他愣了一下，站在那戏台上，突然就亮开了嗓子，死命地唱了起来：数不完的英雄喝不完的酒，到头来，风萧萧雨淋淋无路可走，眼看着你我走到天尽头，天尽头咱兄弟偏要起高楼！

事实上，酒没了，兄弟没了，天尽头也没了，于是，唱着唱着，他哭了，我也哭了。

所以，修文兄弟，如果没有意外，这应当是你我这辈子最后一次见面了，我之所以还愿意从老家里来武汉一趟，原因有二：其一，我突然想起，当初，在云林街小区里的那间房子里，我刚刚住进去的时候，在三弟的床底下塞了几百块钱，为的是留条后路，日子实在过不下去的时候，不至于活活饿死，这几百块钱，我得从床底下取出来，拿回家过日子；其二，也说不清楚为什么，我喜欢你这个家伙，想来跟你道个别，哪知道，我一回来，正好遇到你出门去找新活路，那么，我就来送送你吧。要我说，你这个家伙，也是个痴人，对这世上所有的痴人，我都有句话想送给他们，这句话是——君为袖手旁观客，我亦逢场作戏人。这句话，我当然也要送给你。好吧，送君千里，终有一别，天已经亮了，你等的车，快要进站了，你看那检票口，和你坐一趟车的人已经都在排队检票了。

兄弟啊，临别之际，我得叮嘱你一句，在这世上活着，你一定要记得我送给你的这句话：君为袖手旁观客，我亦逢场作戏人。

你问我一会去哪里？嗯，我要回老家，回去照顾大哥，按照我的估计，大哥死了之后，我也就快死了，对了，这次回去，我不打算坐车，干脆走路回去，就是二〇七国道，也不知道为什么，自打上次，我拖着板车，送三弟的尸首回老家，突然就喜欢上了那条路，以至于，动不动就想起那条路，连做梦的时候都在想，现在，我也算是弄明白我为什么喜欢那条路了，大概是，那条路，像极了我小时候走过的路——那是一条通往我学戏的师父家的路，路的两边都栽满了柳树，柳树背后，是一眼看不到头的棉田，春天一来，那些不知道名字的花，开得到处都是；只要走在那条路上，一切就都没有开始，一切就都还来得及，柳树，棉田，全世界，我们相亲相爱，你不用推开我，我也不用推开你。

白杨树下

我怀疑，这一生里，我再也不会有机缘行走在那么多的白杨们身边了——看看它们，那连绵不绝的，一棵一棵的，月光下，全都好似得胜还朝的白袍小将，因为历经了苦楚和胜利，反倒归于了沉默和端正，静静地站立在一条清白的小路两旁，目送着我和姑妈一步一步朝前走；但是，那么多的白杨，它们身上的年轻和骄傲，甚至一丝丝的刀兵之气，仍然像是一杆红缨枪上散射出的寒光，映照着路边的水渠和芒草，也使得我心生了暗暗的震慑，不由伸出手去抚摸它们，似乎唯有如此，这生硬的亲密才能使我免于恐惧，才能使我再次相信：白杨和小路并不是要将我们送往什么妖狐鬼怪的所在，千真万确地，我们是行走在去看望远房表姐的路上。

然而，白袍小将并不是白杨们的全部。不知何时，月光消散，黎明到来，使广大的田野变得更加清晰，也让我看清，在年轻和骄傲身边，还有衰朽和凋残：看这一棵，一头栽倒在田野上，半身已经腐烂黑透，像是战场上的老卒，早已倒毙多日，剑疮刀疮却还都历历在目；再看那一棵，满身缟素，枝叶却已灭尽，仿佛哀莫大于心死，又好似戏台上的女鬼，长袖舞动了片刻，终究唱不出一句声音来——说不清楚为了什么，我在这女鬼般的白杨身前站住，不再往前走，径直盯着它看了好半天，由此及远，我环顾着四周隐隐约约的山冈、作物和村庄，感到某种人间的真相正如潮水般朝我涌动过来。

是的，这寒凉的冬日的清晨，一个十二岁的少年，站在满天时隐时现的朝霞之下，竟然觉察出了像田野一般无边的凄凉：那些遍布在春天和夏季里的绿意，全然被此刻满目的枯涩萧索驱赶到了目力所及之外；我的姑妈正在被一场急性肺炎所折磨，喘息和咳嗽剧烈地纠缠着她，使她每往前走一步都像是一场侥幸，而事实上她还那么年轻；山巅上，沟渠边，芒草丛中，残留的白霜凝结不化，看上去，全如恶棍般丢弃了羞耻之心；远处的树梢上，一只雏鸟从寒碜的窝里伸出头颅，扑扇了几下翅膀，未能等来母亲，重新瑟缩了回去——它是多么像我的远房表姐啊：表姐其实只比我大一岁，父母却都已不在人世，一个人活在眼前这条道路的尽头，一座长满了白杨的村庄里。

我经常想我的表姐。从前，在她的父母尚存于世的时候，只要她的父亲捕到了鱼，她就会徒步几十里路，送几条来给我吃，有一回给我送鱼的时候，天降暴雨，她在路上摔了一跤，所有的鱼都摔进了路边的池塘，她就坐在池塘边上哭了一下午。我的姑妈也经常想我的表姐，但是，她是一个穷人，穷人出一趟门总是难的，穷女人更是，更何况，多病的丈夫，饿疯了的儿女们，还有颗粒无收的稻田和一群被偷走了的、原本是要换作活命钱的鸭子，这些全都像一块块巨石，日复一日，挤压她，又抽干了躲在她身体里的汁液和想念。

尽管如此，等到姑妈攒够了一小篮子可以送给表姐的鸡蛋时，她还是立刻就动身了，这一回，她带上了寄居在她身边的我，我们一起去看表姐，因为必须早去早回，所以，天不亮我们就上了路。

总算到了。正是冬闲时节，人们还在沉睡，表姐的村庄里全无人影，唯有牲畜们在沉默地咀嚼着草料，发出窸窸窣窣的声响。这时候，之前的朝霞迅疾消失，天上突然刮起了一阵大风，我抬头看，满目的白杨被风吹动，树叶纷纷哗啦啦作响，即使年幼如我，稍微看一下天象也会知道，要么一场雨，要么一场雪，说话间就要从天而降了。于是，我拉扯着姑妈，手拎着那一小篮子鸡蛋，赶紧朝着表姐所在的地方狂奔，刚开始跑，天上就下起了冷硬的雪籽，一粒一粒，砸上了我和姑妈的脸。

三步两步，我踉跄着，和姑妈一起喘息着，终于推开了表姐的院门，这院门其实早已形同虚设：四围的院墙垮塌了五六处，在那些垮塌之处，刺丛与荆条都从黄泥砖土底下钻了出来，也是，早在表姐的父母尚存于世时，它们就都已经垮塌了；院子里，唯独残存着一间当年的厢房，现在，它的一半用来当作表姐的卧室，另外一半，是她的厨房。厢房的门竟然只是虚掩着，我径直闯进去，但是，无论外间的厨房，还是里间的卧室，都是空无一人，全然没有表姐的影子。再看厨房里：水缸里盛了半缸清水，灶台上还放着一只洗净了的空碗；卧室里，一床薄被叠得整整齐齐，窗沿上的玻璃杯里插着一株梅花。我心有不甘，大喊着表姐的名字，喊了几遍，仍未听见表姐的回声，倒是玻璃杯里的梅花，受了喊声的惊扰，掉落了几片花瓣。

我让姑妈坐下，告诉她，我要出去找表姐，一找到她，就带她回来跟姑妈相见，姑妈笑着答应，她说，她现在就来烧水洗锅，好让我和表姐一回来就能吃上刚煎好的鸡蛋，说话间，她不再喘息，也不再咳嗽了。可是，没想到，当我刚刚奔出院门，姑妈却又在身后喊我的名字，我回转身来，她提着那一小篮子鸡蛋，早已疾步上前，拽着我说，她不放心表姐，她自己也要去找，我还懵懂着，她又补了一句：灶台上的碗里已经沾了不少灰尘，表姐至少已经好几天没有用这只碗吃饭了，所以，她不放心，她一定要赶紧地、赶紧地看见她。

既然如此，我也就任由了姑妈跟我一起前去找表姐，这时候，好几户人家的房顶上已经升起了早餐的炊烟，这些炊烟加重了我对煎鸡蛋的想念，也似乎使姑妈变得更加忧虑：天色还这么早，表姐又是去哪里了呢？姑妈对着一户人家的炊烟张望了片刻，终于决定：为了早一点见到表姐，我们两个人得分头去找。我答应了她，而后一意向西，倒是姑妈，说好了向东，仓皇着环顾了好一阵子，最终却朝南而去了。

——怎么可能找不到表姐呢？我清楚地记得，表姐曾经告诉过我：在村子西头的田野上，几棵高高的白杨树下，有一座坟丘高矮的土地庙，土地庙的西边，就有她父母的墓，所以，土地庙成了她在父母去世之后最喜欢去的地方，如果我没猜错，此刻，她一定又去了那里。如此，跟姑妈一分开，我便沿着一条湿漉漉的小路向西飞奔，果然，还没跑多久，我就看见表姐远远地走过来了，我赶紧连声呼喊她的名字，终于，在一棵白杨树底下，我在她身前站定，气喘吁吁地告诉她，我来看她了，姑妈也来看她了，反倒是她，和从前一样，和姑妈一样，安安静静地站着，也不说话，只是对着我笑。

我问表姐，她怎么起得这么早，表姐说，一连好几天夜里，她都做噩梦，为了不再做噩梦，今天一大早，她就到土地庙里拜菩萨去了，这不，她才刚刚在庙里磕完了八十一个头；无论如何，我总算见到了表姐，满身的欢喜一心让我想对她说更多的话，于是没话找话：我刚学了一首诗，不是从课本上学来的，是被老师罚站的时候，从他桌子上的一本破破烂烂的杂志里学来的，对了，只用了不到两分钟，我就把整首诗记下来啦，现在，要不要背给你听？表姐笑着点头，我便开始背起来：欢乐欲与少年期，人生百年常苦迟，白头富贵何所用，气力但为忧勤衰，愿为五陵轻薄儿，生在贞观开元时，斗鸡走犬过一生，天地安危两不知。如此，诗背完了，表姐还来不及夸奖，我却突然想起一个问题：表姐，为何那只灶台上的空碗，已经落了好几天的灰尘，难道你已经好几天没吃饭了？

表姐不再笑，脸上竟然闪过一丝慌乱，而后告诉我，这一段时日，她在隔壁村子的一间酒坊里帮工，已经好几天没回自己村里去了。

事情竟然如此。可是，此时此刻，煎鸡蛋正在等待着我们，我吞咽了一口唾沫，赶紧告诉表姐，姑妈提着一篮子鸡蛋来看她啦，现在，咱们得赶紧回去，你知道，以姑妈的麻利劲儿，咱们很快就能吃上煎鸡蛋了。哪里知道，表姐却要我先回去，至于她自己，则要去一趟隔壁村里，找酒坊老板请好假，然后才能回去见姑妈。这一回，我没听她的，死活缠住她，要跟她一起去找酒坊老板请假，和从前一样，她拿我没办法，只好点头，于是，我便赶紧搀住她的胳膊，拉扯着她，往隔壁村子里跑。

和表姐在一起的时光是多么好啊！虽说之前坚硬的雪籽终于转换为了一场中雪从天而降，风也更大了，但是如此甚好：在我们身边，白杨们的树冠先是被雪粒覆盖，而后，风一吹，雪粒又穿过枝叶，洒落在我们的脖颈上，常常是在一激灵之后，我的身体就感受到了一阵清醒，恰似一只饥饿之兽，转瞬之后便要捕捉到苦苦以待的食物，喜悦，但却清醒——是的，远离父母住在姑妈身边的我，父母双亡的表姐，对于对方的生活，我们并没有知道得更多，但是，一旦我们站在了一起，眼前的天地竟然随之变得辽阔起来，我们终于不再都是各自形单影只了。表姐啊表姐，你看我们身边的白杨们，那一棵棵的，好像不再是白杨了，而是变作了我们的兄长：恶作剧般，但却又是轻悄地，它们洒下雪粒，落在我们的脖颈，使我们沉浸在巨大的温柔和酸楚里无法自拔，几乎要落下泪来，是吗？

我想是的，真的有那么好几次，眼泪就在我的眼眶里打着转，好不容易才忍了回去。

恰在此时，远远地，我却看见了姑妈：她手提着那一小篮子鸡蛋，从表姐的村子里跑出来，一路向着我之所在的地方狂奔，地上太湿滑了，她几乎每跑一步都站立不稳，为了手中的鸡蛋不出什么闪失，她只好生硬地趔趄着，终于还是倒在了旁边的沟渠里，半天也未能起身，这可如何得了，我赶紧喊着她，让她不要怕，我马上就来搀她起身，却始终听不见她的回应，她似乎也在对我喊叫着什么，话未出口就被咳嗽声打断，只好再不发一言，安静地，听命一般，躺卧在一丛灌木的边上等着我的到来。

没花多大工夫，我就跑到了姑妈的身边，劈头看见她死死抱着那一小篮子鸡蛋，僵直地躺在沟渠中的泥泞里，脸上却流了一脸的眼泪，我还来不及张口，姑妈便径直对我说：表姐死了。我愣怔了片刻，下意识回头去看远处白杨树下的表姐，不知何故，竟然没有看见，但姑妈近在眼前，说完之前一句，她又剧烈地咳嗽，再使出全身气力，吞咽救命的苦药一般，将其后的咳嗽全都吞咽了下去，这才继续对我说，十几天前，表姐得了一场急病，前半夜急病发作，后半夜她就没了性命，现在，她就埋在父母的旁边，也就是那座土地庙的旁边。

满天的西风和雪粒，还有兄长般的白杨树，你们都可以为我做证，我和表姐，刚刚还在肩并肩，刚刚还差点一起落下泪来，所以，你们说，我怎么可能相信姑妈的话呢？又是下意识地，我一边大声喊着表姐的名字，一边站起身来，透过影影绰绰的雪幕，拼命眺望着远处的白杨树，可是，目力所及，竟然还是没有表姐的踪影，能够回应我的，唯有更加密集的雪粒和更加峻急的风声。我甚至还未来得及告诉姑妈，表姐没有死，她就在白杨树底下，身体却已从沟渠里跳跃了出去，是啊，彼时之我，满脑子只想着将表姐赶紧拽到姑妈的眼前来，哪里知道，姑妈竟死死抓住了我，像是如梦初醒，又像是知道了之前我所遭遇的一切，她颤着声问我，是不是真的见到表姐了？我不迭地点头，她却颓然闭上眼睛，死死地攥住一根枯萎的荆条，攥得手上都渗出了血，这才将咳嗽继续忍住，这才能够继续喘息，良久之后，她终于又再问了我一句：她有没有怪我？

——事情竟然千真万确：我的表姐确实已经在十几天前就死了。如姑妈所说，她死之后，就埋在父母的旁边，也就是那座土地庙的旁边。

直到许多年后，穿州过府，我也算是踏足了这世间的不少地方，和死去的表姐隔世相见这样的事，在家乡之外的地界还是鲜少能够听说，说来也是奇怪，和死去的亲人故交重新活在一处，除了在《聊斋志异》里，似乎就只在我的家乡屡屡发生，不过，所谓楚地多巫风，在我的家乡地界，那些活了一世都不曾和鬼魂相见一次的人，反倒是少之又少吧？从年幼至今，在我所熟识的乡亲里，岂止只有和亲人故交重新活在一处的人？那些死去的牛羊、消失的河流和腐烂的神像，在雨水里，在薄雾中，在露水打湿青草的时刻，抑或就在光天化日之下，它们都曾乘愿再来，还魂现身，重新在尘世人间里踏足、矗立和涌动。

所以，在我十二岁的那个寒凉的早晨，当我搀着姑妈，路过了那座土地庙，终于在表姐的新坟前站定时，我并不曾感受到丝毫的惊惧，一阵短暂的恍惚之后，我凝视着眼前四野里的茫茫雪幕，莫名地，竟然想起了之前从一本残破的《金刚经》上读来的话：如来者，无所从来，亦无所去，故名如来。这时候，姑妈问我，表姐最后是在哪棵白杨树底下不见了的，我便指给她看，哪里知道，刹那之间，她竟变作了另外一个人，一把将我推开，朝着我指给她的那棵白杨便发足狂奔，三两步之后，她就仰面摔倒在了田埂上，但是，哪怕摔倒了，她也直直地高举着那一小篮子鸡蛋，始终都没有让任何一个鸡蛋滑出篮子，我还在朝着她的身前赶，她却已经起了身，径直向前，奔入更深的雪幕，最后，在表姐消失的那棵白杨树底下，她止住了步子。

到了这时候，姑妈终于忍耐不住，对着眼前的白杨痛哭了出来，一边哭，她一边痛骂自己：她先骂自己不是人，任由一个父母双亡的小姑娘独自一人忍饥挨饿；又骂自己没本事，一辈子都摆脱不了一个穷字，干脆没了皮脸，这下子，就算杀了她，她也赎不回自己的罪了。白杨树底下，我的姑妈，这个沉默的、平日里几乎从不说话的、见了任何人都会先矮三分的穷女人，竟然说尽了世上的狠话，也说尽了世上的脏话，这些话，她全都用来咒骂自己，这些话，就像一把把的刀子，她每说一句，就好似一把崭新的刀子捅进了自己的身体，唯有如此，她才能真正地相信自己罪该万死。可是，我也只有十二岁，站在姑妈身边，我也唯有手足无措，只能眼睁睁地看着她渐渐转为了疯魔：她喊了一遍表姐的名字，要她将自己也带走，她早就不愿意再在这世上多活一天了；而后，她又喊了一遍表姐的名字，要她不怕，她马上就会等到自己，到了那时，她要给表姐端茶，她要给表姐倒水，她还要给表姐煎鸡蛋——

鸡蛋，是鸡蛋终于唤回了姑妈的清醒：这二字刚一出口，骤然间，她就愣怔住了，颤栗着，她再猛然去看已经被雪水打湿的那一小篮子鸡蛋，又去看周遭的白杨和远处的村庄，最后才看到我，就在她的环顾之间，此前的疯魔竟然一点点消退了，现世报一般，一刹那的工夫之后，她又变成了那个几乎从不说话的人。就这样，白杨树底下，雪幕里，我看着她，她看着我，我还是实话说了吧：此时此刻，我既深陷在某种深重的错乱里，又分明感到，更多人间的真相正在朝我奔涌过来。反倒是姑妈，一旦清醒，她便蹲在了那一小篮子鸡蛋身边，掏出一颗来，对准白杨树轻轻地敲，鸡蛋应声破碎，蛋清和蛋黄都在树干上流淌，姑妈却又接着掏出一颗，继续对准白杨树轻轻地敲，我慌忙地叫了姑妈一声，去止住她，她却说：你也来。我不知所以，盯着她看，她就再对我说：表姐还没走远，这些鸡蛋，让她全都吃了吧。

那么，表姐，这些鸡蛋，你就全都吃了吧——在姑妈身边，我也蹲下了，像她一样，我也掏出一颗鸡蛋，紧紧攥住，将它焐热了，再对准白杨树，轻轻地敲，蛋壳碎了，蛋清和蛋黄开始流淌了，从天而降的雪粒飞洒上去，就像是给它们抹了一层盐，看着它们，我又忍不住走神了，可是，表姐啊表姐，哪怕我走了神，我也分明看见，像此前的遭逢一样，此时的我们两个，仍然沉浸在巨大的温柔和酸楚里无法自拔，你说是吗？

必须承认：其后多年，咳嗽的姑妈，雪地里的蛋壳，还有满树流淌的蛋清和蛋黄，这一切，曾经无数次出现在我的梦中，是啊，即使是一场噩梦，要么坠落深谷，要么亡命奔跑，总是在前路断绝之时，一阵鸡蛋被敲破的声音便会轻悄地响起，随后，一场足以令恶徒震惊的大雪必将不请自到，在弥天的雪幕里，深谷消隐，奔跑休歇，无论什么样的追兵，都会回头是岸，跪倒在大雪中，就像跪倒在一尊菩萨前，最终，我会安然无恙，重新回到姑妈的身边，和她一起，走回到那条两旁都栽满了白杨的小路上。

只是人这一世，总有最是不堪的时候——有几年，我把日子过成了一座泥潭，就算东奔西走，也没有挣到糊口的活命钱，只好继续东奔西走，给人去做编剧，结果却是照旧一无所获，不光没有挣到钱，相反，因为一桩无妄之灾，我倒是债台高筑了起来，如此，我便开始了破罐子破摔：一年到头，看起来行色匆匆，满世界里打转，实际上，每到一处，我都关在小旅馆里喝酒、发呆和无所事事。甚至有许多时刻，借着醉意，我怒从心起，生出了与这世间万物的了断之心，可是，某种不甘愿又如影随形，每到如此境地，我就像要抓住救命稻草一般，想抓住那一阵鸡蛋被轻轻敲破的声音，好让自己变作忏罪的童子，接受它的垂怜，然而，它始终没有来，我也只好始终在怨怼、无所事事和心绞痛般发作的悔恨里上下颠簸，却终是不得其门而出。

那一回，是在家乡的县城里，受人蛊惑，我接受了匿名为一个从家乡出去的企业家撰写传记的活计，未料到，在我采访遍了企业家的亲朋故旧之后，企业家突然放弃了出版这本传记的念头，如此，我好不容易找到的活计就又没了，走投无路之下，等米下锅的我照旧不以为耻，反倒蜷缩在一家小旅馆里闭门不出，一个人又喝了三天酒。第三天的正午时分，我喝醉了，在街头跌跌撞撞，终于倒在地上，差一点被车撞死，可是，就在我迷乱地躺在地上之时，一个熟悉的人影从我眼前闪过，我如遭电击，起身就朝着那人影追了过去，走近了，才发现她根本就不是我的姑妈，也就是在此时，我突然下定了决心：现在就要去见姑妈。

在此之前，唯有小旅馆里满地的酒瓶知道，我曾无数次动了去见姑妈之念，但是终了，还是将它们一一掐灭了：和她多年前便一口咬定的不同，这么多年过去了，我不但未能成为一个让她脸上生光的人，相反，我知道，每一回听说我的近况，她都忧心得一连几天也吃不下饭。更何况，她的情形也没有比我好过多少：儿女们虽说长大了，却也无非是开始了新一轮的世间苦熬，她指望的奇迹从未发生，穷人的儿女，再一遍成了穷人——如此，姑妈，给我留一点颜面，你也少一些忧心，你我暂时就不要相见了吧？

可是，那一回，大概还是低劣的烈酒作祟，我一意出城，搭上了一辆小客车，不管不顾地就奔着姑妈的村子而去了。说起来，县城离姑妈的村子也只有三十公里，沿途所见，不过还是些旧时景物：西风呼啸，行人稀少，萧索的作物裹挟着道路两边的田野，一同进入了漫无边际的寡淡之中，就算零星建起的几幢新楼，也照样拯救不了那广大而苦楚的田野；唯一的生机，仍然是从我眼前依次闪过的白杨们，好久不见，它们还是当初的白袍小将，一棵棵的，沉默，端正，看着它们，我竟然又像十二岁时一般，心生了震慑，收敛了醉意，也就是在这时，我看见了姑妈。

实际上，在过去的年岁里，我的姑妈，已经成了一个远近闻名的笑话：远房表姐死后，她着了魔，先是在村子周边访贫问苦，而后越走越远，十里八乡，只要打听到一个鳏寡，又或无人过问的孤老或孩童，她都要连夜上门，送上一丝半点的心意，这些心意有的时候是一小袋米，有的时候可能仅仅就是几棵她自己种出来的菜，作为一个穷人，如此行径当然足以令她成为笑话，她却不管不顾，反正她在平日里也几乎从不说话，反倒是那些将她当作笑话的人渐渐地就见怪不怪了，要是看见她又在给人送米送菜，无非再道一声疯婆子而已。

此时，她显然又行走在给人送去心意的路上，这一回的心意，是一小壶菜油，看见我从小客车里跳出来，再狂奔到白杨树下，气喘吁吁地在她眼前站定，姑妈先是吓了一跳，而后，一把就攥住我的胳膊，整个身体都朝我扑了过来：她是多么的瘦啊，倒在我身上，我却全然感受不到她的重量。良久之后，姑妈再抬起头，直盯盯地看我，看了又看，终究未说出一句话：正是天寒地冻之时，不用说，折磨了她半生的肺炎再一次不请自到了，除了喘息之声，她似乎再也没有说出一句话的气力了。

这样，我便接过那只小小的油壶，拎在手里，再搀着姑妈，一同前往她要去的地方，尽管我并不知晓此行的目的地在哪里，但是如此甚好，和姑妈在一起往前走就是好的，一时之间，我甚至产生了错觉：我怀疑，我又回到了十二岁，在道路的尽头，我会见到表姐，还会和她一起吃上姑妈煎的鸡蛋。说来也是奇怪，恰在此时，姑妈止住了步子，不断指点着前方，像是要对我说什么，却还是说不出，我便顺着她指点的方向定睛去看，突然间，前尘往事就如闪电般照亮了我的记忆：在远处灰蒙蒙的地方，也站着一排依稀可见的白杨树，而那里，正是在当初的雪幕里，我和姑妈一起将一小篮子鸡蛋全都轻轻敲破的地方。

没来由的，我竟然一阵哽咽，但是，常年的自暴自弃，多少也正在练就我的铁石心肠，我佯装什么都没记起来，打算劝姑妈不要停留，继续前往她的目的地，哪里知道，姑妈竟然挣脱我的搀扶，走进了路边干涸的沟渠，再站在沟渠里看着我，显然，她要带我重回故地——她看着我，我看着她，最后，别无他法，我只好也进了沟渠，再搀着她爬上田埂，朝着当初的那一排白杨树们，一步步走了过去。

天知道是何缘由呢？我其实全然不想靠近当初的白杨们，如果非要说出是什么缘由，那大概就是我生怕破坏了自己的铁石心肠吧？莫名地，我感到了慌乱，像是一个被押入法庭的罪犯般的慌乱，不知道法官是谁，却又分明看见正襟危坐的法官正在等待着我，于是，一路上，我便不断地回首抑或低头，伏地的小麦，腾空的鸟雀，等等等等，什么都看尽了，就是不去看当初的那一排白杨，然而，在姑妈轻微的强迫之下，退无可退地，到了最后，我总归还是要靠近它们。

又是一道沟渠近在眼前。姑妈抢先一步，几乎是跳跃了下去，我的心就提到了嗓子眼里，赶紧跟着跳跃下去，可是，等我在沟渠里站定，却再也不见了姑妈，虽说天色已经算作黄昏，天光倒还残存着一丝明亮，那么，姑妈究竟去了哪里呢？像十二岁时一样，我大声呼喊着姑妈，却听不见一句她的回应，此前那种罪犯般的慌乱顿时变作了巨石，轰隆隆地，一击一击，砸中了我的胸腔，我意识到大事不好，奔出沟渠，在白杨下奔跑，猛然间，当我低头去看我的手——那只小小的油壶早已不在我的手中——我终于再也忍不住，背靠着一棵白杨，蹲下去，放声痛哭了起来。

是的，我的姑妈，早就死了；在她四处访贫问苦了大概两三年之后，离我，离她的儿女还远未长大成人的时候，她就已经死了。

十二岁时，我曾和死去的表姐隔世相见；二十多年后，我又见到了乘愿再来的姑妈。

也不知道过了多久，几粒雪籽砸在了我的脸上，我停止了哭泣，转过身，紧盯着刚刚背靠的那棵白杨，死命地去看，不用再花费任何的心思去猜测了：眼前这一棵，一定是在当年的雪幕里被我和姑妈熟识的那一棵。这么想着的时候，雪籽逐渐密集起来，不大一会工夫，雪籽变作雪幕，那久违了的、鸡蛋被轻轻敲破的声音终于响了起来，我继续蹲在原地，纹丝未动，是的，直到此时，我才见到了我的法官，那法官不是别人，就是这棵白杨树，它告诉我：当我的姑妈经历了审判，哪怕只有一小袋米，哪怕只有几棵她自己种出来的菜，她也开始了重新做人，而我，在债台高筑之处，在酒瓶堆积之所，竟然从来没有胆子像姑妈一样，心甘情愿活成一场笑话，自然，我更没有胆子像她一样，直到作别尘世之前，都在这场笑话里奔走，就像奔走在去看表姐的路上。

姑妈，现在你已经走远了吧？实不相瞒，我也准备起身了，对，我准备起身了，那条十二岁时的小路，似乎重新展现在了我的身前，此刻，尽管大雪纷飞，但和你一起敲破鸡蛋的日子已经化作了月光下的波浪，正在朝我缓慢地涌动过来，如无意外，到了最后，它一定会将我包裹，就像包裹了我所有的怨怼、无所事事和心绞痛般发作的悔恨；此刻，十二岁时的小路和我一起，正在被满天的雪幕洗刷，说不定，当雪幕停止，当洗刷停止，我也真正地将自己当作了一场笑话，自此之后，无论这场笑话多么广为人知，我也会将它当作小旅馆去驻扎，再将它当作烈酒一口喝掉，大不了，这一瓶烈酒，我来分好几口喝掉，不信你看，雪粒们先是覆盖了白杨树的树冠，而后又穿过枝叶，落在了我的脖颈上，我打了个激灵，喜悦，清醒，就像一头刚刚醒来的、饥饿的野兽。

小站秘史

快要接近凌晨的时候，薄雾里，火车到站了，我拎着行李，一个人，在这个叫作“笠庄”的地方下了火车，站台上，我张望了好一阵子，却没有看见除我之外的任何人影，正是秋末，西北风从附近的黄河上吹过来，散落在站台上铁轨上的煤灰被高高卷起，所以，刺鼻的煤灰味道漫天都是，我便赶紧跑进了候车室，恰在此时，一颗流星坠落在车站之外的山冈上，我回头去看，山冈上的余烬似乎重新燃烧了起来，就像是几个挨不过寒凉的人生起了火堆。

候车室里，竟然还是空无一人，我去敲值班室和售票口的门，一概无人应答，罢了罢了，今夜里，恐怕就只有我一个人在此盘桓流连了，这么想着，我便找了一条稍微避风的长椅，而后和衣躺下，闭上眼睛等待着天亮：我要在此转乘的，是早晨六点才经过此地开往运城的车。但是，我却并没有睡着多久——从黄河上刮过来的风变大了，不断撞击我头顶上的窗户，咣当之声不绝于耳，我只好睁开眼睛，与此同时，就听到了一阵轻微的啜泣。

我懵懂着起身，看见不远处的另一条长椅上坐着一个姑娘，不知道她是何时来的，但是，的确就是她在哭，我低头思虑了一会，觉得她弄不好是遇见了什么难处，又想自己大概也不会被她认定作别有心思的歹人，于是，便走了上去，问她是不是遇见了难处，她慌乱地点头，再更加慌乱地摇头，最后还是点头，这时候，我已经在昏暗的灯光下看清了她的模样、她身上单薄的衣物和她脸上手上的冻疮，最后，可能还是巨大的但却是下意识的慌乱阻绝了她的戒心，她竟然对一个陌生人说，她怕。

我问她在怕什么，她越发就像第一次进城后迷了路的人，不要说还有戒心，只要有人愿意跟她说句话，她都会不迭地称谢，将对方当作救命稻草，所以，接下来，她用那我听起来并不费力的方言告诉我：她怕她出了门寻不见活路——丈夫矿难死的时候，女儿才一个月大，矿主也和丈夫一起死了，所以她一分钱的赔偿金都没拿到，几年下来，她四处帮工，还是养不活女儿，这几天，为了让女儿吃饱肚子，她一直饿着，直到前两天，她终于想清楚，只有一条路可走，那就是离开这里，出门去找活路，于是，她将唯一的戒指变卖了，凑够了去广州的路费，可是，就在刚才，她突然想，要是没找到活路，连回来的路费都凑不齐，她该怎么办呢？

还有，她也在怕女儿突然找到这里来——这座小站，离她家其实只有十几里路，关于女儿，她也找不到什么可以托付的人，于是，心一狠，她干脆将女儿就丢在了超市里，然后，她在街角里躲了半天，看见女儿哭喊着冲出超市，满街里找她，她忍住了，一直躲着，没有再跑出来跟女儿见面，直到最后，她亲眼见到有人把女儿送到了派出所，这才算放了心，不管怎么样，派出所总不会把她女儿卖了，可是，要知道，她的女儿，虽说小，却聪明得很，伶俐得很，前几天，看见她卖首饰，就连日里缠着自己问，是不是不要她了，是不是要和同学的妈妈一样，坐火车走了，再也不回来了，所以，她完全有可能跑到这里来找自己，天啦，要是女儿真的找来了，她该怎么办呢？

不幸的是，眼前这姑娘问我的问题，我连一个也无法作答，到头来，也唯有在她旁边坐下，陪她一起等车而已。她说完了，看着我，稍等片刻之后，大概是她自己也知道了我无法给她一个答案，便起了身，走到一面破碎的窗户前，迎着风往前眺望，似乎女儿真的追了过来。可是，窗外的夜幕太沉太黑，所有的河山都像怯懦的受苦人一般在夜幕里忍气吞声，也不肯现形，所以，她其实什么都看不见，但就算如此，她也抱着肩，瑟缩着，继续往外看。

我叹息着，想了半天，还是起了身，决心走出这小站，看看哪里还有没关门的店铺，如果还有店铺尚未关门，我也许就能给她买回一些吃喝之物，于是，我便出了小站，沿着站前唯一的道路朝前走，一边走，一边往四下里环顾，可是，满眼里却不曾看见一盏亮着的灯火。多多少少，我心有不甘，继续朝前走，越往前，满天里的煤灰味道竟越刺鼻起来，好歹路边种植着某种我在黑暗里辨认不出的作物，那些作物散发出的香气尽管微弱，但也总算艰难地抵达了我的鼻腔，我终于稍微松了口气，紧接着，就迎头遭逢了一辆疾驰而来却不会在此停靠的火车：是啊，这么小的车站，就算把整个尘世间都算上，其实也并没有几趟火车会真正在这里驻足停留。果然，那辆火车呼啸着向前，转瞬便将小站抛在了身后，但是，就在这转瞬之间，雪亮的车灯照亮身边的旷野，让我得以看清，之前那些散发着香气的作物并非普通的作物，而是漫无边际的牡丹，我的身体竟然蓦地一震：如梦似幻地，另外一座遥远的小车站在倏忽里破空而来，像是水漫了金山也无法淹没的寺院，硬生生矗立在我的身前。

今天，是二〇一〇年中的一天，我当然知道，当此之际，在我们国家的许多夜路上，就像一个母亲在超市里抛下了孩子，无数座小火车站已经被高铁和动车抛在了无数条无人问津的道路两边，可是，这些年来，命数使然，我却始终在这些道路上打转，一如明晃晃的疤痕，它们牢牢地盘踞在了我的身体上；又似活命的口粮：穷途末路上，是它们，也唯有它们，才在夜幕里接应了我，又给我一条可以和衣躺下的长椅，所以，它们其实是我的兄弟，这些兄弟让我从一地奔赴一地，却始终赐我遭遇和造化，好让我不被无休止的游荡吃掉了肝肠。

硬生生来到我身前的，是远在几千里之外的另外一座小火车站，也是奇怪，尽管身处在茫茫蒙古草原上，它的名字，却叫作“满达日娃”，翻译成汉语，即为牡丹之意。正是寒冬腊月，我被人从长江之畔叫来这苦寒地带，参加一个电视短剧的拍摄，几天之后，又被剧组撤换了，如此，我便只好丧家犬一般离开，辗转了好几天，终于到了这座小站，指望在这里乘上火车，先去到大一点的城市，再想办法返回长江之畔，可是，在这苦寒地带，但凡举目张望，满眼里便只有鹅毛大雪，昔日的草原和铁轨，全都被深埋在了暴雪之下，所以，就在踏入小站的同时，我的耐心便已来到了极限，坐在炉火边，总是每隔一会就要挑开磐石般的门帘，去看雪停了没有，然而，雪似乎永远不会停止了，那列可能带我离开的火车，这辈子恐怕都不会再来了。

这座小站真是小啊：值班室，售票处，这些一概皆无，一共就只有一间屋子，屋子里，除去几把油腻的桌椅，还有一张火炕，火炕之下生着炉子，炉子旁边，就蹲着这小站里唯一的职工布日固德；虽说根本不会有人来买票，但是，出于习惯，老布还是将售票的小布包挂在自己的脖子前，须臾不曾取下来，如此，每一回，当他半蹲在地，去将炉火吹得更大一些的时候，那只小布包便总是碍事；还有，当他怀抱着一只蒙着纱布的铝盆，长时间死死凝视着它的时候，那只小布包也会碍事；可是，每当我想帮他拿开，他便要以怒目待我，再惊慌地看向身后那个躺在火炕上的孩子，发现那孩子并未有受到惊扰，这才伸出手一根手指，咬牙切齿地指向我，提醒我不要再发出任何动静，看上去，就像一头时刻准备捕杀猎物的豹子。

是的，火炕上躺着一个满身浮肿的孩子——那孩子，正是眼前这场暴雪开始下的第一天里扒火车来的，到了满达日娃，饿得受不了了，就下了车，找老布要吃的，话还没说上两句，竟一头栽在了地上。老布赶紧将他抱上火炕，给他拿来吃的喝的，这才叫醒他，再看着他吃完喝完，几句话问过，终于知道，那孩子打小就没见过父母，最早，他是从广州火车站流落到北方来的，去年，他得了病，成天喘不上气，满身都浮肿了，也没去过医院，只是听人说，自己得的是白血病，是会死的，就在前几天，他全身浮肿得更厉害了，于是，他估计自己是真的要死了，所以就扒了一辆火车来这里：在死之前，他想去看一眼豆芽。

“豆芽？”可能是因为一直高烧不退，那孩子的听力已经变得极差了，所以，老布想跟他说话，只能扯着嗓子大声喊：“你想看咋个样子的豆芽？”

哪里知道，那孩子想看一眼的，竟然就是最寻常的豆芽，黄豆的豆芽，又或绿豆的豆芽。这样，老布就愈加迷惑不解了，再问他，活了十多岁，你不会连一棵豆芽都没见过吧？那孩子便再作答：他当然吃过豆芽，但是，他却从来没见过活着的豆芽，尤其这几年，他一直在砖窑里做工，一回豆芽都没吃过，自然也就没想起过豆芽，得病之后，他被砖窑老板赶了出来，也就是从那时候起，不知道为什么，他终日都想看看，活着的豆芽是什么样子的，听人说，这边有个镇的名字就叫豆芽，想着豆芽镇总应该有活豆芽吧？他便扒上火车来了——很显然，到了此时，老布也已经确切地知道，那孩子的脑子其实是有问题的，弄不好，当初就是因为脑子不好，他才被自己的父母扔在了广州火车站；虽说老布还有不少问题要问他，可是注定于事无补了，一来是，他甚至连自己的名字都说不清楚，也就更说不出自己之前在哪里的砖窑做工，又是究竟为何非要看一眼活着的豆芽了；二来是，那孩子几乎已经下不来火炕，总是还未说上几句话，就已经昏迷了过去。

还是承认了吧：看上去，那孩子，似乎活不了几天了。所以，第二天一大早，尽管暴雪已经连夜将所有的道路和河流都掩盖殆尽，说不定哪一片雪地就会突然崩塌，变作夺人性命的所在，他还是骑上摩托车，出了小站，尽可能找到有人烟的地方，顺利借来了黄豆，却原来，他是决心自己将豆芽生发出来，好让那孩子看看，活着的豆芽到底长什么样子。话虽如此，对于怎么将豆芽生发出来这件事，他心里还是没底，毕竟，这于他也是第一回。好在是，他有了一个帮手，那天傍晚，暴雪扑面而来的时候，我也连滚带爬地踏入了这座小站：作为一个南方人，我清楚地知道一棵黄豆是怎么长成豆芽的。

“到底行不行？”自打黄豆们被泡好，蒙上了一层纱布，最后再放进那只铝盆，老布便坐立不安，铝盆明明端端正正放在窗台上，可是，每隔上几个小时，他都忍不住将它抱在怀里，凝视了好半天，才焦虑万端地问我：“你觉得，真的能长出豆芽来吗？”

说实话，我也没有信心，可能是因为此地的天气过于湿寒，也可能是别的什么缘故，几天过去了，豆芽迟迟没有长出来，满天飞雪可鉴，在老布给我讲完他和那孩子的来龙去脉之后，我也顿时便忘了自己是个急须离开此地的人，满心里就只有一桩事情：和老布一起，守护龙脉一般，小心翼翼地侍卫着那一盆黄豆，生怕稍有不慎便得罪了它们。后半夜，趁着老布短暂的睡着，我甚至偷偷掀开了那层纱布，好似刚刚踏入墓室的盗墓贼，屏息静声，差不多快跪下去朝拜黄豆们，可是，它们却偏偏不肯生出一根新芽——而那孩子似乎已经等不到新芽光临人间了：不管老布多么频繁地在他的额头上搭上湿毛巾和冰块，他的脸终究越来越烫热，喘息声也愈加粗重，某种不祥的预感，在我心里，在老布心里，竟至于越来越浓。

满天飞雪可鉴：老布，布日固德，那头愤怒的豹子，已经越来越慌张，也越来越六神无主，他曾经和我商量，干脆铤而走险，抱起那孩子，前往离此地最近的医院，但终于还是没有，只因为，离此地最近的医院，不在他处，恰恰就在那孩子口中的豆芽镇上，只不过，离此地尚有两百公里，所以，那孩子是断然去不了医院了：先不说他会被这酷寒冻死，就连老布自己，只怕也会倒毙在这仿佛一直铺展到了世界尽头的暴雪里。长生天啊，当此之际，老布，布日固德，除了抱紧那一只冰凉的铝盆，继续望眼欲穿，你还能叫他想出什么别的法子呢？

然而，就算如此，更大的悲剧还是到来了：这一天的后半夜，我刚打了一个盹，猛然间，我竟被拖拽着站起了身，一睁眼，只看见老布的满眼里都是骇人的怒火，再去定睛看，满盆的黄豆已经被老布倾倒在了炉子边，一颗颗，全都发黑了。显然，它们都是被老布在愤懑难当之时砸在地上的，一颗颗，不仅没有生出新芽，反倒接近了腐烂，显然，我向老布打的包票，落空了。

那时候，我毫不怀疑，如果老布的手中有一支枪，他定然会扣动扳机，将子弹射向我，可是，千真万确地，天降了绝人之路，到头来，他也只有认了这绝人之路，和我一起，在炉子边颓然坐下，再也不发一语，稍后，屋外白毛风大作，他只好又仓促地示意我，跳上火炕，共同展开一床被子，将窗缝遮挡得更严实一些，好让风声没那么大。

也就是在此时，小站之外，白雪与旷野之上，一阵高鸣的马嘶之声响了起来，我还茫然不知所以，老布却像是被电流击中，扔掉被子，狂奔着跳下火炕，再狂奔着拉开门闩，三步两步，就奔到了小站之外，我并不知道发生了什么事，但却也下意识地跟随着他狂奔，其时情境，就像是大军已经压境，我们两个，在瞬时里狂热，奔赴在了送命的路上：不知道会发生什么，但是，一件大事，就要发生了——果然，马嘶之声愈加清亮，远远地，一匹白马，通体泛着银光，既是打虚空里奔出，也是打切切实实的山河里奔出，飞蹄过处，冰雪碎裂飞溅，轻薄的雾气被它一意刺破，再昂首突进，就像马背上端坐着霍去病，然而，霍去病不在此时此刻，此时此刻里，它就是霍去病。宛如疾风，宛如利箭，宛如被长生天推动的滚石，它离我们越来越近，越来越近，这样，我便清晰地看见了它身上悬挂的冰凌：就在刚刚，它定然踏破过白雪下的冰河，泅渡之后，滴水成冰，它也不管不顾，佩戴着这勋章一般的刺骨与骄傲之冰，最终站在了离我们十步开外的地方，站定了，这才甩一甩马鬃，吐一口热气，再抖落了冰凌，兄弟一般，清澈地、端正地来到了我们身前。

面对这突至的英雄，我还在瞠目之中，老布却像是窥破了天机，匆忙上前，手慌脚乱地，从马背上取下一只褡裢，双手抖索着，他打开了褡裢，而后，身形骤然呆滞，站在那匹白马前，化作一尊冰雕，再也不作任何动弹，我急了，赶紧也奔上前去看，只一眼，便和老布一样，惊诧得再也说不出一句话：褡裢两端的布兜全都鼓鼓囊囊，那鼓鼓囊囊的，却不是他物，全都是豆芽，一棵棵活着的豆芽，因为在冰河里浸泡过，它们的身体上遍布着细碎的冰碴，所以，就算被袒露在暴风雪之中，它们也并未显得丝毫的娇弱，相反，就像刚刚生出了铮铮铁骨。

稍后，面对夜幕与白雪，面对漫无边际的空茫茫，老布大声呼喊了起来，随后，一句接着一句，自顾自，他扯着嗓子开始了诉说，但是，因为他用的是蒙语，我便一句也没听懂，诉说了好半天，老布并没有等来应答，十有八九，不管送豆芽的人是谁，他根本就没有听见老布的呼喊：在他们之间，相隔着山峰、沟壑与河流，雪灾里，这些地界都可能是要命的所在，若不是如此，那送豆芽的人，怎么会舍得让一匹白马孤身犯险呢？所以，呼喊了一会，诉说了一会，老布便喘息着沉默了下来，这时候，他才换作了汉语，告诉我，他其实知道是谁送来了豆芽：白马的主人，正是前日里借给了他黄豆的人。

那么，亲爱的老布，我们就不要再在此停留了，现在，让我们怀抱白马、乡亲与长生天的恩赐，踏上甘甜的道路，将那些豆芽视作造物的真理与秘密，供品一般，献给那昏睡不起的受苦人吧——我还在这么想着的时候，老布却已和我心意相通，先行了一步：雪幕里，白毛风里，他弯着腰，一步一步，将褡裢高高举在头顶上，就像高举着哈达，高举着婴儿，高举着能够让人起死回生的灵丹妙药；靠近那磐石般沉重的门帘时，他侧过身去，静静地站立，等我上前为他挑开了门帘，他这才轻悄地闪身，重入了小站，是啊，这时候，我们两个，多么像是活佛榻前的侍者啊，说来也是奇怪，再去看火炕上的那孩子：如有神助一般，他竟然起了身，端坐着，含着笑，静静地看着我们，好像静静地看着山河众生；他静静地等待着我们，好像在等待着自己的命运，生机回来了，智慧也回来了，因为于此，他已不是别人，他是活佛的转世，片刻之后，他便要辨识前世的法器一般，在一根豆芽里认取前身，他还要西域求法和东土讲经，在天上降妖，在地下除魔，直到最后，他将彻底度去远在天边和近在眼前的一切苦厄。

—— 一如此刻，夜幕下的黄河之畔，我一个人，越往前走，煤灰味道就越重，道路两边的牡丹也消失不见了，继之向前蔓延的，变作了一家家黑灯瞎火的洗煤厂，但是，既然四下里都是这些小厂子，再往前走一点，找到一家尚未关门的店铺，给身后小站里那苦楚的姑娘买到一些吃喝，总不至于比领取暴雪中的豆芽更加困难吧？这么想着，气力便增添了不少，再鼓着劲爬上了一座小山坡，结果，刚一站上山坡，果真一座灯火明灭的小镇就出现在了眼前，我暗暗想：这小镇，大概就是那姑娘将女儿抛下的那座小镇了吧？却没有料到，脚踩的一块石头突然塌陷下去，我趔趄了半天，还是滑倒在地，紧接着，整整一座山坡在刹那间碎裂，轰鸣着开始了坍塌，猝不及防地，我只好被这坍塌裹挟，滚落到了山下的一片菜园边上。

在菜园边躺了半天，我才终于看清楚：之前我所爬上的山坡，其实根本不是什么山坡，而是一座高耸的煤堆。如无意外，此时之我，应该早已是遍身煤灰、蓬头垢面了吧？罢了罢了，我心里想着：即使不是在此时，不是在此地，我又何尝不是蓬头垢面呢？于是，我便赶紧起身，着急往镇子里赶，菜园的篱笆上攀爬了不少的荆条，所以，一边走，我便要一边伸出手去拨开那些荆条，突然间，一股巨大的熟悉之感就席卷了我，我停下步子，猎犬一般，去嗅，去看，去听，终于，我得以确信，千真万确，在一个伸手不见五指的夜里，我也曾行走在这样一条小路上，这条小路不在他处，正在另外一座小火车站的近旁。

那座小站，距离此地可谓千里万里，远在四川与云南交界处的峡谷里，所以，它背靠和面对的，唯有被庞大的针叶林覆盖了的茫茫群山，但是，即使如此，这座小站却并不冷清：汉人，彝人，藏人，一天里，仍然有不少当地的居民拨开了松树与冷杉，从群山里走出来，踏入小站，以此为起点，前往我们国家里那些更加广阔的所在去颠簸浮沉；而我，无非又是为了讨一口饭吃，不情不愿地前来了这荒僻之地，而且，到了这里，我的旅程并未终止：过上一夜之后，我还要换乘绿皮火车，继续在那些松树与冷杉之间穿行一整天，这才最终抵达我的目的地。

那个瘸了一条腿的中年男人，是在黄昏的时候来的，可能是穿得太少，又在深山里淋了雨，受冻之后，他的身体一直颤栗不止，直到进了小站好久之后，他的双手仍然紧紧地攥成了拳头，牙齿还在上下打着战。跛腿，还有显而易见的穷，这些都令他足够自知，所以，他并未在长条椅上寻找一个可以坐下来的位置，而是下意识地走到墙角，将手中的一只残破不堪的皮革包扔在地上，这才坐了上去，然后，似乎怀有满腹的心事，焦虑而偷偷摸摸地去张望着一个个的旅客。有好几次，他的眼神差点要与我对视了，却又迅速闪躲了过去，就像是犯下了多大的罪过，而我，还有其他的旅客，都在宣布着他的罪行和插翅难飞。

过了一阵子，天快黑的时候，一列火车即将抵达小站，候车室里拥出去了不少人，纷纷到站台上候车，这时候，有人叫了我一声“大哥”，我定睛一看，发现那墙角里的瘸腿男子竟然来到了我身前，一意讪笑着，似乎有求于我，显然，他比我要大上十岁左右，但是，可能因为的确是有求于我，他又叫了我一声“大哥”，我有些懵懂，便怀疑之前我是看走了眼：以眼下的情形而言，他要么是个骗子，要么是个早就盯上了我的算命先生吧？哪里知道，他对我提出的请求，竟然是让我从候车室里出去，和那些正在候车的人一样，到站台上去待上一会儿。

我当然惊诧莫名，问他为什么，他的舌头却一下子打了结，慌张了半天，终于强自镇定，上句不接下句地对我说，他想在这候车室里做一场法事，所以，他希望不仅是我，也连同候车室里的所有人，全都去站台上待一会儿，好让他作完这场法事。毫无疑问，听完他的话，我觉得匪夷所思，这下子，他便横下了一条心了，干脆在我身边坐下，仍然攥着拳头，身体也在抖抖索索着，给我讲起了他姓甚名谁，他又是所为何来——作为一个遗腹子，从他在这世上第一次睁眼开始，便和母亲相依为命，所以，自打懂事起，他就发下过多少次誓愿，一定要让母亲过得好一些，可是，造化弄人，他不仅未能让母亲过好，活到了三十多岁，因为太穷，他甚至连一个媳妇都没娶上，真是丢尽了母亲的脸。

大前年的春天，在宜宾做工的工地上，他从脚手架上摔下来，住了半年医院，腿还是瘸了，自此，他就没再回过家，不是不想，而是怕母亲见了自己的瘸腿后伤心，又听说自己的瘸腿还有矫正的可能，他便一心想着再挣些钱，然后去北京，去上海，去广州，到那些大地方，把腿矫正好了再回来，却不曾料想，去年春节之前，母亲死了。母亲死的时候，他被工头骗了，身无分文，实在没钱赶回来，连下葬都是几个堂兄弟在家里操持的。奇怪的事情，是从母亲下葬后的第三天开始的：就在我们此刻所在的这家小火车站，母亲又来了，像活着的时候一样，她总是出现在候车室里，迈着缓步，挨个挨个地向人打听，见到过自己的儿子没有，要是累了，没有气力了，她便在僻静里找个地方坐下，安安静静地看着过往行人，也说不出话来。

尽管如此，因为此地自古以来都是巫风大作之地，所以，就算有人在这小站里遇见过他的母亲，也大都见怪不怪，见她来了，见她走了，无非是在心底里暗道一声：可怜人，不知道何时，你才能重新在那阴间里安顿下来？按照此地的说法，一个死去的魂魄，假如他眷恋阳世不止，一再踏足重来，多半就会错过渡过奈何桥的机会，到了那时，他就要变作厉鬼，终日里在这密林旷野里游荡了——年深日久，就算远隔千里，关于母亲的种种传说，也还是终于抵达了他的耳边：那时候，他是在乐山的一座小镇子上修道观，表弟来的时候，他正踩着梯子，给一尊元始天尊的彩塑涂颜料，听堂弟说完母亲的事，刹那之间，他的心，疼得抽搐了起来，一边抽搐，他一边干呕，从梯子上掉到了地上，好在是，这一次，他的腿没有再被摔断。

从地上爬起来，他再也忍耐不住，去问道观里年纪最大的道长，他该怎么办，老道长听完，叹息着，对他念了一句诗：惨惨柴门风雪夜，此时有子不如无。随后，老道长竟然连夜便开始教他如何完成一场简单的法事，老道长说，如果他在母亲经常现身的候车室里将这场法事做完，母子定能重新相见，见到他了，母亲放心了，也就会去过那奈何桥了，但是，这样的法事，完成它时，须得门窗紧闭，除了他之外别无一人，母亲的魂魄不会被惊扰，她才有可能重新现身。没两天，学完了法事，老道长又给了他一笔钱，将他送到了火车站，让他赶紧回去和母亲隔世重见；火车站前，他实在是感愧难当，要跪下去给那老道长磕头，老道长却坚决不让，且对他说：自己已经年近八十，晚上做梦时，还是经常梦见自己的母亲。

“大哥，大哥，”天色黑定的时候，那瘸腿的中年男人终于说完了他的故事，经由讲述，他稍微放松了一些，虽然不再攥紧拳头，却一直还是讪笑着，甚至是谄笑着，“大哥，你能应下这个商量吗？”

我当然可以应下他的商量，可是，候车室里的其他人呢？我问他，尽管他选择了一个好时机，更多的旅客们此前刚刚上了车，可是，候车室等车的人却还是为数不少，难道你打算将这故事逢人就说一遍吗？他竟生生地点头，又突然想起来一件要紧的事：赶紧从那只破烂的皮革包里掏出一盒皱巴巴的烟来，抽出一根递给我，我盯着他看了一小会，没有去接他的烟，叹息着起身，向着候车室外的站台走去，见我往外走，他便不停地对我鞠躬感谢，他的腿又瘸，所以，每一回鞠躬，他都像是要摔倒在地，我便止住了他，三两步奔出去，上了站台，再回头去看：他终于瑟缩着，攥紧烟盒，靠近了下一个即将诉说的对象。

然而，事与愿违，我在灯光暗淡的站台上等待了很久，除了间或有人出来在铁轨边张望一会火车，又迅疾返回候车室，竟然再没有一个人被他说服，弄不好，他还被人当作了骗子去呵斥，所以，当我在站台上看见他的时候，他其实是被三两个小伙子推搡着赶出了门的。这时候，天降了小雨，站台上又没有遮雨棚，我便远远地站在站台尽处的一片屋檐下躲雨，只见他心有不甘地想重回候车室里去，趔趄了几步，还是不敢，愣怔了一阵子，竟然瘸着腿，一步步走向小站了背后，可是小站背后并无他物，唯有一座山，他这是要做何打算呢？

恰在这时候，一只麂子从站台对面现身，与我对视了一会，见我毫无妨害之意，它便轻轻跃下了铁轨，再一路向北，低着头，在铁轨与铁轨之间寻找着可能的食物，我被它吸引，不再去想那个瘸了腿的中年男人，竟然也跃下了铁轨，蹑手蹑脚跟着它，跟了大约二十分钟，它发现了我，并且受了惊，当即便发足狂奔，很快就消失在了夜幕之中，我只好原路返回，重新站在了候车室前，正要进门，却突然听见了一阵哭声，我辨认了一会，发现那哭声竟然是从小站背后的山中密林里传过来的，这样，我便朝着小站背后寻找过去，越往前走，哭声就越近，我抬头去眺望黑黢黢的半山腰，竟然发现，一堆火焰也在树丛里闪烁和明灭。

“妈，妈，我回来啦！”哭喊的，果然正是那个瘸腿的中年男人，不用说，那堆火焰，是他在给母亲烧纸，可能是在点燃的火堆旁边摔倒了，而后又滚落出去了好远，他其实是蜷在一个陡坡之下拼命朝上爬，拼命地靠近火堆，“妈，你看看我，看完了你就回去吧，我也要走啦！”

如果我不去搀他一把，恐怕直到火焰灭尽，他也无法去靠近那火堆了，于是，我便扯着嗓子问他要不要紧，沉默了一小会，他似乎也听出了我是谁，抖抖索索地回答，只说他还好，我便让他不要往上爬了，等在原地就好，说完，不等他再应答，我开始摸着黑上山，一路上，不少荆条从松树与冷杉背后刺探出来，在我的脸上刮出了口子，所以，我其实也走得缓慢，总是要先将那些荆条拨开，才能小心翼翼地往前走出一步，就那么一小段路，竟然走了十多分钟。

终于来到了他的近旁，我伸出手去，先将他从艰困之境里拉扯出来，再搀着他靠近了火堆，两个人一起，各自折断一根树枝，去将那快要灭尽的燃烧挑拨得更亮堂一些，他穿得那么少，哪怕咬紧了牙关，我也能听见他的上下牙齿又打起了战，便去问他，为何要在此处给母亲烧纸；也算是一场因缘际会，他多少对我生出了几分亲近之心，就不再慌乱匆促，径直告诉我：再过一会儿，他坐的车就要来了，火车一到，他便要再次离开这里，出门去继续讨活路，这一去，更不知道何时才能回来了，这段时间，他向那些宣称自己看见过母亲魂魄的人打听过，知道母亲每回在候车室里现身的时候，都不是从火车站前的那条小路上走过来的，她每回来，都是从我们此刻所在的地方往山下走的，现在，眼看着给母亲做完一场法事已经没有了可能，他也只好在这里，在母亲恐怕还会路过的地方，给她烧上几卷黄纸。

既然如此，我再问他，为何要等到今日，离开之时，才来做完这场法事呢？他却说，自打他回来，他已经来了这小站好多回，每一回都未能如愿，有几晚，他就睡在候车室里，原指望后半夜人会少一些，他劝说起来也容易些，可是，他这一辈子就没哪一天运气好过——过夜的那几晚，候车室里等车的人不仅没有少，相反，比往常里还要多；单说今天，因为是赶车出门的日子，天不亮他就从村子里出来了，心里也一直想着，说不定今天有好运气，好运气能让他做完法事，不承想，山林里下了几乎一整天的雨，他又是个瘸子，每走几步，他便要摔倒一次，所以，天都快黑了，他才走到这小站里来。

说话间，脚底下的那堆火焰灭尽了，仿佛这突然的熄灭加重了寒意，也可能是更深的寒气随着一阵急雨不请自到，眼前这个瘸腿的中年男人，连续不断地打起了寒战，突然间，我的心底里涌出了一个念头，便径直对他说，莫不如，我们两个，就此下山，重返那候车室里，再去劝说一遍过往行人，也许，他还来得及上车之前再次见到他母亲的魂魄；一时之间，他难以置信，张大了嘴，也说不出一句话，只是呆呆地看着我，我便不由分说地重新搀起了他，一起往山下走，和来的时候一样，一边往前走，一边就要提前去拨开那些横亘在前的荆条。

大概过了二十分钟的样子，我们重新回到了候车室里，显然，好运气真的就近在眼前：我数了数，候车室里才只剩下了十多个人。这样，我便将那瘸腿的中年男人安顿在一旁，之后，掏出了身上所有的纸币，走向之前那几个推搡过他的年轻人，跟他们商量，可否接受我的钱，先出去待一会儿，好让那瘸腿的中年男人做完一场简短的法事，没想到，那几个年轻人接过了钱，盯着我看了一小会，再去盯着那瘸腿的中年男人去看，稍后，他们将钱还给我，也不说话，一个个的，全都站起身来便出了门；我来不及点头称谢，再走向下一个，不承想，这一个却要促狭一些，非要问个究竟，我便只好代替那瘸腿的中年男人，将他的故事跟对方说了一遍，对方听完了，当即就起了身，走过他时，还拍了拍他的肩膀；我刚要继续对着旁人去劝说，哪里知道，可能是我之前说过的话都被余下的人听见了，所以，我都还未及走近，余下的人竟然纷纷起身，转瞬之后，全都走向了候车室之外。

必须承认，那瘸腿的中年男人，连同我，其实都没有想到，之前一心觉得艰险的疑难，就这么在一刹那里化为了乌有，和半山腰里的他相比，现在的他对眼前所见更加难以置信，站在那里，手扶着长条椅，唯有不迭地给离开的人鞠躬，有好几次，我看见他想要张嘴道谢，但是，这世间的确有好多人就是如此：因为穷，因为瘸，他们见人就要低一头，要是有人突然对他们好起来，没有惊喜，没有雀跃，他们只会更加慌乱，更加怀疑自己是不是活在自己的命里——但是兄弟，此时此刻，你的确就是活在你的命里：所有人都出了候车室，纷纷聚集在了站台上，他们甚至都不曾向候车室里张望，只是三三两两，当作什么也没发生，该嬉笑的照旧嬉笑，该哄孩子的照旧哄孩子。最后，我也走到那瘸腿的中年男人身前，拍了拍他的肩膀，掉过头去，走出候车室，再给他锁上了门。

可是，即便如此，那个可怜的人，最终也未能重见他的母亲：据他所说，那场简短的法事，只需要二十分钟即可，所需的法器，也无非是他那只皮革包里装着的铜铃、饭碗和几张画符而已；在候车室的门被锁上以后，一个小时里，始终都没有人上前去敲门催促，又过了十多分钟，却是他自己开了门，来到我们中间，流了一脸的泪，对着所有人摇头：他将那法事做了三遍，但是，母亲却始终没有来。

站台上的所有人都陷入了沉默，在沉默里，那瘸腿的中年男人化作了一个孩子，就像不是身在此地，而是身在幼时，只是一小会儿没有见到母亲，他便无辜和愤怒，他便不甘心，他便一个劲地淌着泪；就在这时候，有人说话了，说话的人提议，干脆在候车室里，给那没有回来的母亲搭上一座灵堂，在场的人，都到母亲的灵前去献上一炷香，果能如此的话，因为儿子在场，那母亲宽慰了，再回去过那奈何桥，也就不至于沦为孤魂野鬼了，也是凑巧，他就是做香火生意的，包里装的都是香烛，大家只管来拿，不收钱。说话的人刚一说完，余下的人也纷纷说好，只是那瘸腿的中年男人全然没有想到，像是被吓傻了，照旧说不出话，又不断地朝我张望，我想了想，走过去，搀着他，和身边的众人一起，走向了候车室。

实际上，从众人聚集之处走回去候车室，一共也只有十几步路而已，但是，当我们真正踏上这条道路，我知道，此后，它将化作猛药被我吞咽，它还将变为永远无法被抹消的刺青，我身在哪里，它便会跟随到哪里；于是，我想更加清晰地记住此刻，便像那瘸腿的中年男人一样，不停地朝四下里张望：一条铁轨静静地在夜幕里伸展，急雨敲击上去，发出叮当但却又稍显钝重的声响；一盏灯火之下，雨丝在灯火的光晕里径直泼洒，但那雨丝不只是雨丝，却是从天降下的、不由分说的慈悲；还有夜幕下的群山，沉默而严正，可是，在它的内部，果实正在落下，小兽正在长成，松树之畔，冷杉之侧，造物的风暴与漩涡从未有一刻停止运转；一如此刻的我们：我们正行走在一条通往建造的路上，这建造如此微小，仅仅是一座灵堂，可是要我说，唯有如此的建造，我们才能配得上这眼前的铁轨、灯火与群山，我们才配得上和它们待在同一个尘世里，并且去痛苦，去指望；也唯有走在通往建造的这条路上，一座寒酸的小站，才会化作圣殿，须臾之间，就要迎来真正的圣人；还有那不肯告别的母亲，才会调转头去，重新踏过那座恐怕早已等她等待不耐烦了的奈何桥。

—— 一如此刻夜路上的我，这整整一夜的奔走，莫非就是不值一提但却足以令人安营扎寨的小小建造？是啊，此刻的我有两个消息，一个是好消息，一个是坏消息，当此风寒露重之际，既然找不到诉说之人，那么，这两个消息，我就告诉远在天边的布日固德和那瘸腿的中年男人吧。好消息是，在几乎让人头疼欲裂的煤灰味道里，紧赶慢赶，我终于来到了镇子上，并且找到了一家还没关门的小店铺，大开杀戒一般，席卷了小店铺里几乎所有的吃喝之物，雪饼和方便面，榨菜和火腿肠，这些受苦人的伴侣，已经悉数被我扛在了肩上；坏消息是，在路过派出所的时候，我却听见了一个小女孩的哭声，那哭声是真正的撕心裂肺，越过高墙，直抵了我的耳边，不用说，这女孩的母亲，就是此刻正在小火车站里朝外张望的姑娘，在夜幕之下，在围墙之外，我哽咽着，像在满达日娃一样，像在四川与云南的交界处的峡谷里一样，谛听着不堪，却又只能觉察出自己的虚弱与爱莫能助。

布日固德，还有那瘸腿的中年男人，最后的消息是：不知道做对了还是做错了，最终，我扮作远亲，从派出所里抱出了那小女孩，将她和雪饼、方便面一起，将她和榨菜、火腿肠一起，全都扛在了肩上，然后，再向着她母亲所在的方向疯狂跑去，我也不知道，此一去后，于她，于她的母亲，是祸，还是福？是死命也要攥在手里的甜蜜，还是注定了的、她们根本无法消受的苦楚？

猿与鹤

猿

那年春天，在云南，一座小县城里，他见到过一只猿。为了谋生糊口，他跟着几个人来这里，劝说一位企业家给他们投资拍电影，企业家好吃好喝地招待，但就是不松口，这几个人反正也吃了上顿没下顿，干脆便乐不思蜀，成天在小旅馆里睡到黄昏，天黑之前，再赶到企业家的庄园里去喝酒，他们来的时候，花都还没怎么开，倏忽之间，不管走到哪里，梨花樱花海棠花的花瓣已经落得人满身都是了。

小旅馆所在的巷子走到尽头，再往西，过了一个废弃的水果市场，就来到了一座无人问津的动物园，据说，这动物园是民办的，即将改为房地产开发项目，但是手续还未齐全，所以，就还有一天没一天地开着，那些孔雀、大象和云豹，也只好有一天没一天地继续在这里打发时日。

一旦起得早，又或心乱如麻的时候，他便去看那些无所事事的动物，当然，他并不买票进园子，每回都只是远远地站着，隔着铁栅栏去眺望它们，大多都只是影影绰绰，但是，他知道，自己根本不需要将它们看得多么清楚，似乎是，只要看见动物们是在厮混与无所事事的，他就放心了，因为瞬时之间，他也原谅了自己的厮混与无所事事。

话虽如此，说不清道不明的焦虑终究还是如影随形：花瓣们落下来的时候，只要有一朵落在他身前，他便用脚去踩，神经质般，一脚一脚地，直到将花瓣踩成了齑粉和烂泥。

然后，他就看见了那只猿——一个下雨天，他亲眼见到它被五花大绑运进了园子，他以为，这只是暂时的，毕竟，初来乍到有可能令它愤怒，哪里知道，他天天去看，发现它也天天被绑着，直到他在铁栅栏外面遇见饲养员，终于忍不住好奇，去问他，那只猿，为何在这里是这般下场，哪里知道，饲养员竟然对他说：那只猿，是一只终日里都在寻死的猿，来这园子之前，它在四川的一个游乐场里，成天表演钻火圈和踩自行车，在观众鼓掌的时候，它还得作揖和做鬼脸，一只被驯养过的猿，过这样的日子难道不是应该的吗？可是，那只猿的自尊心却特别强，从第一天登台表演，它就不愿意，不驯服，终于有一天，它就开始寻死了，好几度被人救下，但它却执意要死，没办法了，游乐场的老板将它送给了眼前这座园子的老板，可是，新老板也拿不准它会不会再寻死，只好一样将它终日里五花大绑起来。

他被震惊了，不知道被什么人砸了一拳，但这一拳砸得他的太阳穴炸裂般疼痛，自此之后，管他是在喝醉了的迷幻中，还是在睡着之后的梦境里，饲养员对他讲起过的一幕，便不时在他的脑子里电影场景一般闪过：游乐场，暴雨，闪电，高耸的假山上，那只猿，爬到了假山的顶峰，闭上眼睛，而后，头朝下，纵身一跃，跌入了山下；但它却发现自己并没有死，而它只是要死——它爬起来，重新上山，仍然是暴雨，闪电，仍然是闭上眼睛，头朝下，纵身一跃。

它始终都没死成，然而，它竟然一直都还在寻死。

夜晚里，他又和同伴们一起，去企业家的庄园里喝酒，企业家叫来了一帮姑娘跟他们喝，自己却并不喝，为了让企业家早日痛下决心，他和同伴们一如既往，全都拼尽了气力去和姑娘们喝酒，间或还要给企业家说上几个段子：皇帝与宫女的段子，奥巴马的段子，赤脚医生和母猪的段子，等等等等。他不擅长讲段子，只好一次次起身，给那些姑娘敬酒，第三轮敬过的时候，一道闪电当空而下，照亮了庭院，还有庭院里的假山，他打了个冷战：闪电里，他似乎见到那只猿就站在假山之巅。

一瞬间，他觉得自己像个小丑，而且，那只猿正在见证着他如何扮演一个小丑，他竟然慌张得要命，差点捂住自己的胸口，只好硬下心肠，对幻觉视而不见，再去敬酒，又一轮敬过，他坐下来，面红耳热，喘粗气，身边的同伴，还有那帮姑娘，尤其是那帮姑娘们，大都喝得神志不清了，这时候，企业家端起了酒杯，让他和同伴们先走，他自己接着和姑娘们喝。

他的一个同伴原本以为今晚能够带走其中的一个姑娘——那姑娘甚至已经跟他聊过了杨德昌和阿巴斯，现在，自己却要先行离开，他当然心有不甘，于是大声吵嚷了起来，哪里知道，企业家的几个手下冲进来，不由分说，将那同伴，还有他，一个个的，全都生拉硬拽了出去；他在假山底下被摔倒，接着呕吐，呕吐的间隙，一抬头，他又看见了那只猿，那只猿也冷漠地看着他，他们对视着，但他知道，他正在被鄙视。

也许是，他需要更加真实的被鄙视，大雨中，他竟然丢下同伴，一个人发足狂奔，奔向了那座隐秘的、无人问津的动物园。

铁栅栏上了锁，他就去攀爬那铁栅栏，雨水滂沱，闪电接连而下，掉落在地上好几次，他仍然一心一意地去攀爬，看上去，他就像一个心如死灰的盗贼，临死之前要再大捞一把；越过了铁栅栏，他在黑暗里环顾，辨认了好一阵子，总算找到了那只猿被关押的所在——一座高大的、从前曾经关押过长颈鹿的铁笼。铁笼的一步之隔，有一棵苦楝树，他便马不停蹄，跑到苦楝树下，抹去脸上的雨水，现在，他终于可以领受真实的被鄙视了，似乎唯有如此，他才能够继续自轻自贱，才能跟自己说：什么都没用的，继续这么混下去就好。

然而，那只猿根本不曾理会他，它只是安静地端坐于铁笼之内，全身上下都是湿漉漉的，它当然看见了自己，但却跟没看见一样，在它眼里，似乎众生已然平等，他和一株苦楝树别无二致。这下子该怎么办呢？他未能满足，但却也不至于去激怒它，就横下了一条心，持续不断地去和它对视，也不知道时间过去了多久，他终究未能在那只猿的眼神里找出自己和苦楝树的区别，雨越下越大，他不断地打着寒战，一个闪念袭来，他的身体里却骤然生出了崭新的震惊：实际上，他有可能真正是配不上那只猿的鄙视的——现在的它，是尘缘了断的它，是一身清凉的它，所谓的隘口与关卡，它早已度过了，证悟和执迷，故乡和他处，等等等等，确切的是，这世上的一切语词，语词背后的迷障，都和它一干二净了，现在的它，只剩下死亡一件事。

雨水继续浇淋苦楝树和他，当然还有那只猿，猛然之间，他开始仇恨那只猿，他嘲笑它：想死还不容易吗？你倒是绝食啊！说来说去，你还是智力不够，绝食这么简单的事情都没想到嘛！可是，一念既罢，他觉察到了自己的脏，于是，他如坐针毡，在雨水里茫然四顾，最终，他仓皇着，从苦楝树底下跑出去，再次翻越了铁栅栏，一步步，落荒而逃。

鹤

鹤归空有恨，云散本无心；鹤飞蝉蜕总成尘，欲抱明珠未得伸；犬因无主善，鹤为见人鸣；昔人已乘黄鹤去，此地空余黄鹤楼；月出溪路静，鹤鸣云树深；鹤笙鸾驾隔苍烟，天上哪知更有天——其实，他有一个隐秘的习惯：不管在哪里，一旦心慌意乱，他便要找出笔纸，下意识地写写画画，每逢此时，他写下的，多半是那些他能想到的、关于鹤的句子。

也许，他的身体里的确住着一只鹤。许多次，他想象过那只鹤从自己的身体里破空而出，飞向了天际，再从天际里往下看，但见绿苇丛生，又见渚清沙白，它便忍不住唳叫，利箭一般，直直地插入云霄，而后搅动云团，腾跃出来，一意低头，径直冲向苇丛，在其中厮磨，在其中翻滚，身下所碾压的，再无别的什么，只是巨大的、一直铺排到了天边的绿；过了一会，它被苇丛边的河水吸引，内心涌起令自己更加清洁的渴望，于是展翅入河，闪电般击穿波浪，波浪消散，一遍再遍，任它投入和疾驰，就像是，那河流早就在等待着它，因为它的清洁，那河流将变得更加清洁。时间到了，好似是命定的召唤来临，它浮出水面，重新跃入天空，张开翅膀，是的，作为一只鹤，唯一的命定，即是飞翔：唯有飞翔，它才能飞越了山河，又扩大了山河。

他在许多地方见过那只鹤。在火车车厢里，他往外看，那只鹤刚刚掠过车顶，飞入了满天的霞光和被霞光照耀的甘蔗林；在北京的石佛营，后半夜，天快亮的时候，路边小摊，酒冷火残，那只鹤在楼群与楼群之间翻飞，最后，径直朝着那小摊扑面飞来，却像是一块提前到来的鱼肚白；还有沈阳铁西区的废弃工厂，那只鹤在车间里飞，在烟囱边上飞，他眺望着它和辽阔而枯寂的厂区，竟然一阵眼热，似乎它只要飞下去，炉火便会重燃，机器便要重新轰鸣，一个赤膊流汗的年代便会重现在满目萧瑟里。

然而，事实上，他只见过一只真正的鹤——那年春天，他幽闭在一座荒岛上，终日去写一部似乎永远也写不完的剧本，当然，与其说是在写作，不如说，下意识里，他是在躲避：他怕追稿的人在他平日生活的城市里找到他。荒岛上养着数百只鸡，他就是在这群鸡里，见到了那只真正的鹤，据鸡群的主人所言，这只鹤打幼小时从山谷里跌落至此处之后，就跟公鸡母鸡们一起长大，公鸡母鸡们能飞多高，它也就只能飞多高，它的胆子，实际上比鸡还要小，是啊，它早就忘了自己是一只鹤了。

可是他知道，这不过都是障眼法，现在的那只鹤并不是真正的它，那只是谎言里的它：一个黄昏，他一个人在河滩里打转，被河对岸漫无边际的芦苇荡所迷醉，因为是春天，世间万物都有新鲜和狂妄之美，所以，世间万物都叫人苏醒和悔恨，他还正在胡思乱想，突然，苇丛里飞出了那只鹤，它先是踏踩于芦苇之巅，在随风起伏的芦苇荡里忽隐忽现，其后突然振翅，唳叫着飞向了半空；在半空里，它一时如剑客舞剑，端的是疾风骤雨，一时又如画布上被水洇开的墨汁，缓慢地流淌，直到静止，因为这静止，眼前山河竟然被扩大到了无限辽阔的地步；最后，它可能是发现了有人在偷窥它，趁他还迷离着，竟然在疾飞里收拢翅膀，一意俯冲，扎入水中，再也消失不见。

所以，鸡群里的它，只是谎言里的它：到了傍晚，鸡群从山林里现身，纷纷归笼，他又看见了那只鹤，现在的它与芦苇荡里的它相比，显然是判若两物，他走近它，蹲下来，抱着它，再逼视着它，它却蓬头垢面，卖乖卖傻，看上去，就像是一场审讯，而那铁了心的特工偏偏不肯露出原形，甚至学起了鸡叫，费尽了气力，想要从自己的手中挣脱出去。

一时之间，他怒从心起，抱着它，在密林里穿行，一路狂奔着，从荒岛上唯一的一条石阶上跑下去，跑到河滩边，再将它放下，对它吼叫，命令它飞起来，可是，它却只有慌张，瑟缩着向后退，一只脚退到河水里，竟然像是被烙铁烫了，龇牙咧嘴地抽回了脚；他当然不信，干脆重新抱起来，再将它的全部身体往河水里按下去，终究，它只是发出了几声鸡叫，无力地扑扇了几次翅膀，他只好颓然放过了它，不再折磨它。

但是，他确信自己认得另外一个它，哪怕化成灰也认得它。在满天的夕照之下，他和它，相顾无言，越是相顾，他就越是想念那只芦苇荡里的鹤，那只半空里疾飞或静止不动的鹤，他感到，一只鹤，从他的身体里飞了出去。

猿

那么，开始吧。钻火圈，踩自行车，作揖，做鬼脸，开始吧。

北京，光华路的一间密室，窗帘被拉下，他怀揣着巨大的不祥之感，打开电脑，演示PPT，为了得到这个机会，他甚至请人找了许多插图，精心地安置在每一页上。好吧，《港岛沦陷》的电影故事框架是这样的：整个故事分为三段，第一段，写的是日寇在圣诞节那天入侵香港，一个罪犯趁机越狱，和一群逃难者同行，可是，同行者为了活命，只好刺死了那个已经变成英雄的罪犯；第二段，写的是一群民众向日寇出卖了营救他们的英国飞行员——

伴随着他的演示和讲述，在座的那些香港人，全都紧缩了眉头，他心里暗暗叫着不好，也只好吞着唾沫，硬着头皮继续往下说，终于，有人忍耐不住，扔掉手里的咖啡杯，质问他：这是什么鬼？！更多的人跟上，纷纷质问：这是什么鬼？！这是什么鬼？！他强自镇定，不再讲述情节，谈起他心目中这部电影的风格和调性，众人仍然无动于衷，眼神里尽是嘲讽，不要紧，他终于找到了准确的表达：《无耻混蛋》，诸位听我说，这故事就是香港版的《无耻混蛋》啊！

有人截断他的话，怒吼起来：我看你才是他妈的无耻混蛋！

众人纷纷起身离席，他慌忙起身，跑到会议室门口，拦住大家，央求他们再给自己一个机会：其实，他的电脑里，还另有一版故事。众人迟疑着，互相打量着，最后还是不耐烦地坐下，听他去讲另一版故事：圣诞之夜，日寇的枪炮声惊醒了沉睡在浅水湾海底的怪兽，怪兽一怒而起，对日寇大开杀戒，最后，被拯救的市民和怪兽共度圣诞，面对满天的烟花，市民和怪兽的眼眶里都涌出了热泪。

他怀疑自己听错了，仔细听了一会，他终于确信，的确有人在给他最后讲出来的故事鼓掌，如此，他和同来的香港导演对视着，终于松了口气；然后，出品人先行离席，并且通知他和导演一小时后上楼，去他的办公室里谈合同。他和导演连连称是，鞠躬，欢送大佬们离开，然后，导演走到窗边，拉开窗帘，跟他商量，此次项目，可以给他钱，但不能给他署名，因为导演早就已经对媒体宣布过，他将自编自导，如果他不同意，那么，现在就可以滚蛋了。

好吧，他呆愣了一会，透过窗缝，他眺望着大街上的人流和各色招牌，时而又听见自己吞唾沫的声音，他回转身来对导演说：好吧。

好吧，继续吧。钻火圈，踩自行车，作揖，做鬼脸，继续吧。

过了半年，那个《港岛沦陷》早已沦陷，直至烟消云散，他去了重庆郊县，到一个剧组里打杂，听说他写过东西，剧组就让他去伺候一个正好在此度假的作家：这部剧是根据这位作家的长篇小说改编的，而且，作家的下一部长篇小说的影视改编权也被出品方购买了，听说作家已经开始了下一部的创作，剧组干脆将他请到了风景还算宜人的拍摄地来动笔。他其实看过这位作家的小说，那是他小时候，为了防止他驼背，他的父亲每天让他睡硬板床，连枕头也是用几本小说装进布袋里做成的，每天晚上，他都会偷偷地从枕头里掏出小说来看，这其中，就有这位作家的作品。

作家的居处，正对着嘉陵江，按照剧组的规定，作家不出门，他也不能出门，寥寥可数的出门时间，就只有上街去为作家买烟买酒的时候；这一天黄昏，趁着作家去嘉陵江边散步，他也忍不住想出去晃荡，可是，路过作家的房门时，他发现房门只是虚掩着，突然，一股强烈的好奇心袭来，使他推开了房门：他想去看一看，作家的新作到底在写什么。

那勾了他的魂的新作，写的竟然是一个旧社会马戏团的故事，没看两页，他的老毛病就犯了，又走神了，对着窗外的嘉陵江发呆，脑子里倒是开起了一座马戏团：小丑，王子，大象，狮子，还有猿，全都纷至沓来，他甚至在想，要是他来写这部小说，他会怎么写，不知不觉，他就忘了时间。当作家的怒吼声在身后响起时，他吓坏了，慌忙上前解释，说自己其实也写东西，偷看他的稿件只是因为好奇，但作家根本不信，拿起手机就给剧组打电话，要他们赶紧通知他自行滚蛋。

夜里，他被发配到拍摄现场里去做场工，戏份是县太爷骑马出行，但是，并没有马，县太爷得坐在一左一右两个人的肩膀上，先去了一个场工，还差一个，没有人愿意去，场工们坐在屋檐下躲雨，却都纷纷地看向他，他受不了这尴尬，当然，终究是舍不得这份生计，他站了起来，朝县太爷走过去，一边走，他一边想起了云南小县城里的那只猿：也许，它离开四川前往云南的时候，也跟此时此刻差不多？这么想着，他和同伴抬起县太爷，往前走，道路湿滑泥泞，为了不让县太爷摔倒，每走一步，他都得使出吃奶的气力，再夸张地侧支着身体，继而，重重但却不为人知地踩出双脚，看上去，就像一只真正的猿。

猿与鹤

他真的是写过东西的，远的不说，就在这几天，他还写过两个小说的开头，虽然只是两个开头，但毕竟聊胜于无，他总是忍不住想：要是写够一百个小说的开头，弄不好，他就能重新写完一整篇小说了吧？

《猿》：“从小旅馆往东，有条小路，这小路将到尽头的时候，有一座动物园，动物园里，有一棵苦楝树，苦楝树正对着一座高大的铁笼，笼子里坐着一只猿；且不说那只猿，先说动物园，这动物园，早已破败得寒酸，除非走错了，几乎不会有人来，奇怪的是，有人非要死皮赖脸地付租金，拿下了一个摊位，卖气球，卖饮料，卖方便面，租下这摊位的人，打四川来，早前，也是一个饲养员，他饲养过的，正是笼子里的那只猿。他怎么就舍不得那只猿，大老远，从四川跟到了云南？有人问他，他也说不出话，因为他是个哑巴。这哑巴，说是在摆摊，实际上，他根本就没管过自己的摊位，一天到晚，只顾带着一堆吃喝去讨好铁笼里的那只猿，铁笼里的猿却不理会他，成天都闭着眼睛；这样，哑巴就在笼子外头唱歌，唱又唱不出声，咿咿呀呀，咿咿呀呀，听得人想死，听得那只猿也想死，只好睁开眼睛，厌烦地对哑巴嘶吼，它一嘶吼，哑巴就掉起了眼泪——”

实际上，这篇小说如果能够继续写下去，他大致会这么写：一个饲养了那只猿半辈子的哑巴，从四川千里奔赴云南，为的是，去帮助那只猿完成自杀。可是，一如既往，他没能写完。

《鹤》：“沈姓男，家住安康，春来耕种，秋尽渔猎，每猎于山中，必于古槐之下献祭，多为粟米瓜果，奠罢行猎，多有小获，不获亦不以为意；忽有一日，断崖跌足，几欲丧命，幸得少年搭救，沈姓男作揖道谢，少年连称不必，言谈之间，多有英豪之气；当夜，沈姓男睡至方酣，忽听得山林间风云大作，一惊而起，却见那少年正持弓射箭，一箭既毕，白雉翠雀，纷纷坠地，眼见得林动如哮，鼠狼奔突，于埂，于谷，于溪涧，少年朗笑三声，再张弯弓——”

这一篇，之所以文白夹杂，大概是他实在百无聊赖，又实在想写，便想起了蒲松龄的《王六郎》，反正他也不知道小说该怎么写才算好，于是就干脆对着《王六郎》仿写了起来，他想写的是：一个猎户，无意中用粟米瓜果搭救了一只白鹤，结果，那白鹤修行既毕，便化作山中少年，和他结下了旷世情谊，而后又长亭作别，再无相见之期。可是，一如既往，他仍然没能写完。

既然无法写完一篇小说，那么，就好好在剧组里混日子吧。不承想，剧组里的日子也混不下去了：这一天，被剧组请来此地的那位作家前来拍摄现场找导演聊天，一眼看见了他，将制片人招至身边，耳语了几句，随后，制片人就来通知他，现在，你可以从这个剧组里消失了。他想不明白，这究竟是为何，制片人到底心软，跟他说了实话，他便径直去找那作家，跟他说，那天偷看他的小说仅只是好奇，绝无任何恶意，还有，他的女儿才半岁大，等着他挣了钱拿回去买奶粉，可是，那作家双手一摊，对他说：我打听过你了，当初也是小有名气的青年作家，正所谓，一山不容二虎，你倒是说说看，一个剧组，岂容两个作家？

那一天，当他离开剧组，在嘉陵江边的河滩里往前走的时候，他的眼眶里确实涌出过泪水，但那绝非因为欺辱，而是欺辱到了头，于是，真真切切的喜悦之泪便到来了：自此之后，钻火圈，踩自行车，作揖，做鬼脸，以上种种，你我一别两宽就好，我不是不知道，钻完火圈，踩完自行车，我有可能换来一顿吃喝；我也不是不知道，作完揖，做完鬼脸，我又有可能得到几颗糖果，可是，不要了，那些不曾得到的，我不要了；那些没有写完的小说，我要将它们写完。此一去后，无非是自取灭亡，无非是哀莫大于心死，但又不去死；这么想着，心底里竟蓦然一惊——他之不死，和那只猿之要死，岂非就是一回事？

在嘉陵江边的河滩里，他清晰地看见了那只猿，它就站在满天夕光的照耀之下，等待着他去走近，眼神里绝无任何鄙视之意，现在，他们变作了同路的兄弟，所以，当他靠近那只猿，只是会心的和它对视了一眼，再并排一起朝前走，这时候，一阵山风从嘉陵江对岸袭来，河滩上的杂树摇曳了片刻，立刻静止下来，还有那些江水里的石头，根本纹丝未动，一如世间的信心。

当然，那时的他并不全然知晓：就算满目里都遍布着信心，但是，在那信心所及之处，出租屋中，小旅馆里，当他开始写下那些他真正想写的东西，还会有另外一张血盆大口在等待他，那便是无能，那种深深的、令他几乎痛不欲生的无能：就算身体里已经装下了吃定的秤砣，他终究无法写完一篇小说。每逢此时，他难免会想起那只苦心等死的猿：于它而言，死亡当然是一场盛大的节日，为了这个节日的到来，它一再被救下，被绑缚，被幽闭，真正是将这些磨折当作了通往正果的九九八十一难，可是，要是他一直等不来那场盛大节日的到来，就像他，这一生里都注定了再也无法写完一篇小说，他和它，又该如何是好呢？

还有那只从身体里飞出去的鹤，他是已经有多久没有看见过它了？

鹤

北京，石佛营的出租屋里，正是后半夜临近结束、黎明正在到来的时候，他看了看自己写下的那些白纸黑字，不由得一阵心慌气短：好不容易，他总算写完了一整篇，可是，他清楚地知道，这并不是他一直想写出的那种小说，也许，能够算作是一篇散文？

他在微光里出门，想去碰碰运气，看看这时候是否还能填饱肚子，不承想，他熟悉的那家路边小摊竟然还没收，一群喝得醉醺醺的人仍在对着老板大呼小叫：肉筋，脆骨，大腰子！他点了自己想要的，找了个角落坐下，不承想，有人奔过来按住了他的肩膀，他回头，发现对方竟然是嘉陵江边拍摄的那部电视剧的出品人，再去定睛看，这才看清楚，那群喝得醉醺醺的人，无一不是影视大佬，从前，他只是在各种媒体上见过他们，显然，如果不是为了追忆一下青春，大佬们是不会来到如此穷寒之处的。

那出品人按住他的肩膀，还没开口，径自先笑起来，他哈哈大笑着告诉大佬们：这个人不愿意做编剧了，非要当作家！对对，作家！作家！哈哈，作家！不知道究竟是什么触动了大佬们的笑神经，他们全都大笑起来，他反正也闲着，就跟着他们一起笑——此时之他，早已经被另外一场忧虑所裹挟：他刚刚写下的那一篇，究竟是小说还是散文？还有，为什么，哪怕是写散文，他都害怕得要死，拼命担心写完这一篇就没了下一篇？

正笑着，不经意去看远处的时候，他突然便想起了一件事：有一回，也是在这小摊边，他目睹过身体里奔出去的那只鹤曾经在楼群与楼群之间翻飞，最终，它径直又朝着小摊扑面飞了回来。恍惚之间，它觉察到了某种救命的东西正在等待他，于是，他做了一个决定：他要再去那荒岛上，他要再去见见那只鹤。

天亮之后，他奔往西客站，坐上了向南去的火车，一千多公里后，他下了火车，再换乘汽车，驱车几百公里，来到了一条大江之畔，这时候，已经又是后半夜快要结束、黎明正在到来的时候，在大江边，他好说歹说，又加了价钱，终于说动了一个早已入睡的船夫，发动小船，将他送往了那座荒岛。在那荒岛上下船之后，沿着石阶，他一步步朝上走，再去辨认曾经熟识的周遭，禁不住觉得一切都恍如隔世。好在是，他已经听到了公鸡的打鸣，不由得加快步子，直至在石阶上奔跑，跑向那个已经久违了的鸡群的主人。

蒙蒙雾气里，鸡群的主人却告诉他：那只鹤，早就死了。

世间人事，无非如此，他张大嘴巴，惊诧地看着鸡群的主人，对方不以为意，根本上，对方就是在对他说一件再微小不过的事情，他便再一遍在心里对自己说：世间之事，无非如此。终了，他忍不住，又问对方，那只鹤是怎么死的，答案却更加吊诡：可能是在鸡群里待的时间太久了，那只鹤，竟然是染上了鸡瘟而死的。

但是，要说它就是染上鸡瘟死的，倒也不是——鸡群的主人继续说：那只鹤，像是死到临头才想起来，自己并不是一只鸡，自己是一只鹤，于是，哪怕只剩下了一口气，它也要做回它的鹤，突然就张开了翅膀，拼命飞上了天，你是不知道啊，它真的飞上了天，活生生跟山上的一块大石头撞在一起，掉在地上，没死，撞晕了，哪知道啊，一醒过来，再往天上飞，飞了没几步，又撞在那块大石头上了，这一回，彻底死了。

原来如此，他一边听，一边打起了寒战，那鸡群的主人多少觉得诧异，不明所以地看着他，而他却只顾死命地盯着河水的对岸去看，疯子一般，就好像，那双眼可以变作双脚，瞬时之间，便要踏破这横亘于前的茫茫雾气，鸡群的主人啊，你有所不知：事实上，他已然踏破了雾气。重回了那一年的春天，在春天里，世间万物，都生发出了新鲜与狂妄之美，那只鹤，先是在天空里舞剑，而后又像一滴墨汁般去流淌，直至静止；过了一会，他突然发足狂奔，穿过雾气，穿过举目皆是的山毛榉，跑下了一千二百级石阶，来到河水边，没有片刻犹豫，二话不说，他便跳进了河水。鸡群的主人啊，你有所不知：唯有奔跑起来，再不停奔跑，他才是那只鹤；唯有跳进河水，再继续埋首，他才是那只鹤——那只身在天空里的、剑客和墨汁一般的鹤。

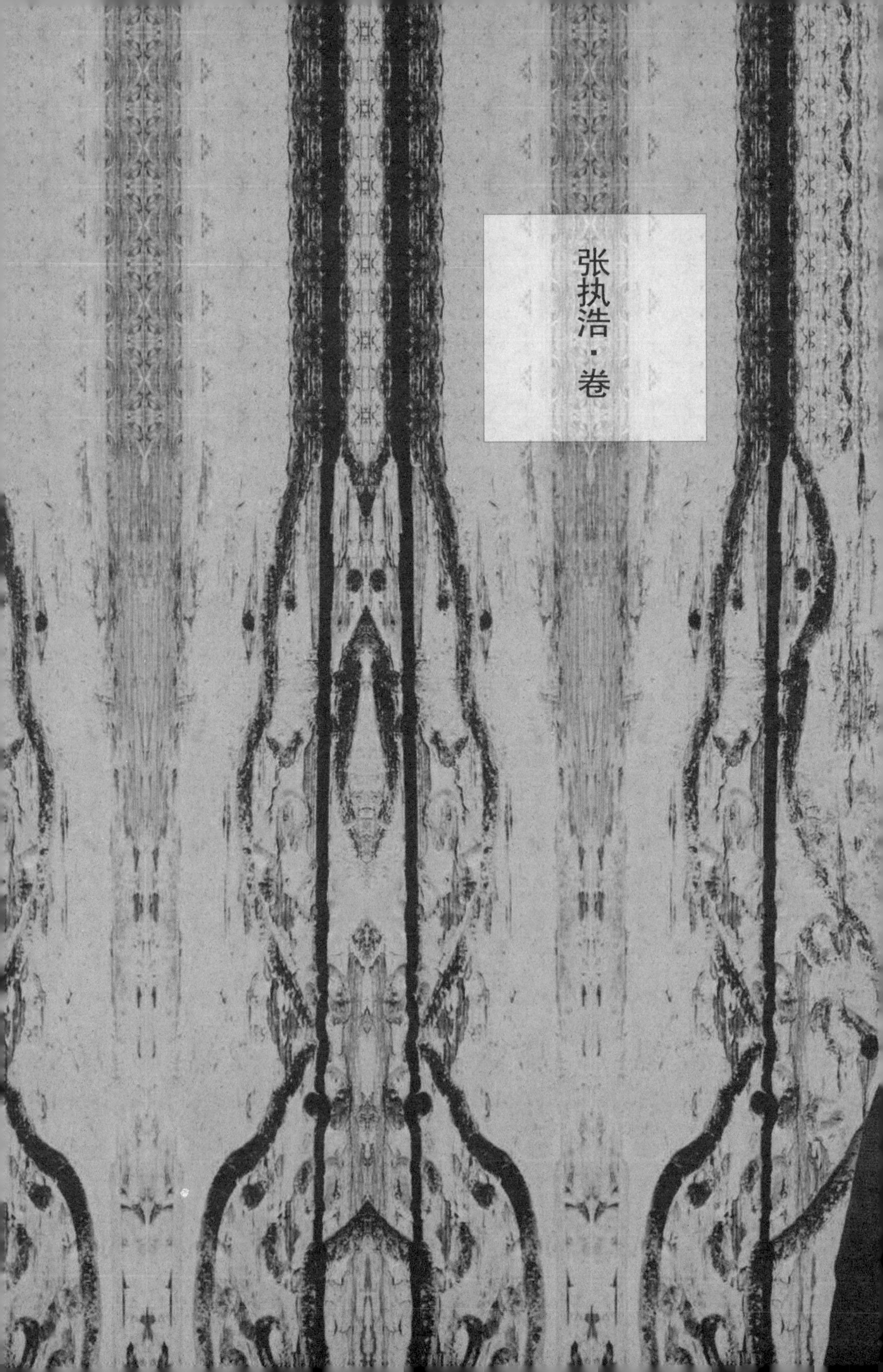

张执浩·卷

答枕边人，兼致新年

唯一的奇迹是身逢盛世
尚能恪守乱世之心
唯一的奖赏是
你还能出现在我的梦中
尽管是旧梦重温
长夜漫漫，肉体积攒的温暖
在不经意间传递
唯一的遗憾是，再也不能像恋人
那样盲目而混乱地生活
只能屈从于命运的蛮力
各自撕扯自己
再将这些生活的碎片拼凑成
一床百纳被
唯一的安慰是我们
并非天天活在雾霾中
太阳总会出来
像久别重逢的孩子
而我们被时光易容过的脸
变化再大，依然保留了
羞怯，和怜惜

抹香鲸在睡觉

我第一次看见抹香鲸在睡觉
一根千年古木倒插
在大海深处
大海在睡觉
我第一次被一个庞然大物的睡姿
感动了——它漂浮
在蔚蓝的梦境里

像婴儿一般漂浮
在母亲的子宫中
阳光从高处插下来像栅栏
维护着抹香鲸
漆黑的身躯
这透明的黑暗
让整座大海忽远忽近

一团迷雾

朋友发来大雾图
他不知道我尚在雾中
很多年了
我们只有面对面的能见度
甚至当我面对
那张挂满凝霜的脸
竟一次次误以为那不是我
不是那个踩着覆满小路的松针
在迷雾里打转的人
太阳在雾外冷眼旁观
那是我见过的
最红的太阳
烙铁一样不可描述

抓一把硬币逛菜市

每当活不下去的时候
我会立即起身
从鞋柜上的钱罐里
抓起一把硬币
去菜市场闲逛

每当我叮当作响
走在人群中，内心里
有一种无法抑制的快乐在涌动
这快乐近似于我小时候
摇晃着积攒的钱罐
站在榆钱树下等候货郎的身影
我在五颜六色的菜市摊旁
一遍又一遍走着
当硬币花光时
某种一名不文的满足感
让我看上去不是一般的幸福

有些花不开也罢

“无花果的叶子就是无花果的花。”
——我忘了这是毛子还是东林说的
也忘了是在张家界还是在涠洲岛
此刻我一边吃无花果一边上网查——
“无花果并非不开花，而是花小
藏于花托内，故又名隐花果……”
此刻，我似乎已经真理在握
却又感觉特别虚弱——因为
我也像一颗隐藏在花托中的果子
你们看到的我都是我的结果

大雪进山

大雪是晚上来的
第二天早上还没有离开的意思
第二天上午父亲叫上我
跟他一起进山走亲戚

根本就没有路可走
但父亲在前面走着
我跟着他，从一个清晰的
脚窝到另一个模糊的脚窝
雪越下越大
昨天还见过的山已经不见了
父亲领着我往雪堆上走
父亲带着我在雪堆里穿梭
直到一股浓烟将我们拦下
那是我见过的
最黑的烟囱
发黄的炊烟紧贴着屋檐
陈旧的亲戚站在屋檐下
呵出的热气模糊了他
乐呵呵的脸

给自己的新春祝词

窗户把阳光让进了屋子
我端来茶水，在阳台上坐下
这是慵懒的安静的冬日
新春伊始，生活中遍布睡意
我愿顺从你的指引
珍视这沉重的肉身
我愿由此获得轻逸，无碍
像涧溪之水顺从草木的牵制

旧时光

埋头吃草的牛
吃着吃着就翻过了

半阴半阳的山坡
最后一眼看它的人
也消逝在了芝麻地尽头
玩弹珠的孩子弹珠一样
蹦跳在彩色的山坳间
黄昏已然降临
远去的牛铃声在远去
远去的呼唤声
却越来越清晰

为罗平油菜花而作

床单铺好了就应该睡觉
春困的人在罗平
却怎么也睡不着
蜜蜂在侧，春光大泄
磨油坊里的灯火从古至今
一直在跳跃
死去的父亲蹲在床头
抽烟，咳嗽
死去的母亲一次次
将四散的菜籽归拢
那些孤儿一般黝黑的菜籽
从命运的指缝间滑落
我是其中滚得最远的那一颗
独自灿烂，独自落寞

花饭

一碗花饭有若干种吃法
我选择最古老的那种——

端着碗，赤脚蹲在多依河边
自己吃一口
喂鱼儿一口
到最后，碗底现出了彩虹
我选择用这种目瞪口呆的模样
来称颂艳丽而呆萌的乳茄
鸟雀在对岸的树梢上
换着花样叫唤
打鱼的人撒下网
并不急于收网
春天来了，吃饱了饭的人民
心满意足之余
也会像我一样
在房前屋后乱窜
把每一次散步当成旅游

地球上的地方

——给印

乘两班飞机再转
数小时的巴士
可以去任何地方
当我站在地球上打量
地球之外的任何地方
看见你正在转动
怀抱里的地球仪
你已经找到了自由
接下来你要寻找平静——
那么多的树木在森林中安息
你走在斑驳的林间
踩着阔叶林遇见了针叶林

春天来人

出门遇雨也许不是坏事
有闲情想想去年此时
你身在哪里
如果去年此时也在下雨
不妨想想前年甚至
更遥远的过去
春雨总有停顿的间隙
你站在廊下看屋檐水
由粗变细，而河面由浊变清
远山迷蒙，裤管空洞
有人穿过雨帘走到跟前
甩一甩头发露出了
一张半生半熟的脸

你以为呢

蕙兰开了一个月还是谢了
我把凋落的花瓣捡起来
埋在了山茶花盆里
山茶树今年没有开花
越过冬天茎叶枯萎了
我把它连根拔起
放进了垃圾堆
搁在灶台一角的大蒜发了芽
我把它们埋进了闲置的花盆内
阳光照着绿油油的蒜苗
生也好看
死也好看

黄山松

从黄山上下来两年后
我又一次想起了
那些高高低低的松树
它们的姿势真的很像烈士
披头散发甚至戴着镣枷
昂首挺胸甚至肩并肩地
站在悬崖边
那天山上起了大雾
我在能见度不足百米的
栈道上慢慢走着，心想
如果我也像它们那样
一动不动地伫立在悬崖旁
你会不会以为我也是
时刻准备为生活就义的人
只是那时我还没有想好
遗嘱。现在我想清楚了：
“那些生活在悬崖边的
肥美的松菌我还没有吃够。”

祭父诗

一般来说，树有多高
它的根须就有多长
有时候你无法想象
落日在离开你之后变成了
谁脸上的朝阳
地平线由远及近
黑暗中的事物越复杂越集中
父亲挖的树蔸歪靠在树坑旁
斩断的根须仍然在抽搐

每家都有上山的人

父亲搬进了新居
清明那天
房前屋后涌来了很多人
都在外面站着
烧纸，焚香，放鞭，磕头
冷风吹着呼呼作响的雨披
也将燃尽的纸屑吹向了
阴云密布的天空
没有人知道我的父亲是谁
我的兄弟们也不知道
当我跪在他新居门前
我能从虚掩的门缝里看见
他生前的老样子——
他坐在半山腰的公路旁
望着一辆辆汽车从山脚下驶来
在路边停下，然后绝尘而去
尘土依旧在飞扬
没有人知道尘世的真正模样

空欢喜

左边有水杉
右边是樟木
晨光临近了
我乐在其中
我乐于靠在枕头上
怀抱另外一个枕头
想象你也是这样
扭头看着窗外的春风
一会儿蹑手蹑脚

一会儿探头探脑
如果我们都不看它
它就会使劲地
摇晃树梢直到
把一只鸟摇下天空

深喉

有没有一只鸟记得你手指的味道
有没有这样一群雏鸟
当你爬上树梢凑近鸟巢
当它们发现你时误以为
是鸟妈妈衔食归来
有没有听见叽叽喳喳的叫声
鹅黄色的喙
深深的无止境的喉
你有没有把手指递给它们
那是一根少年的手指
被每一只雏鸟贪婪地吞咽过
我在中年以后还时常想起
那截温润的指头
充满了渴望
也探触过最深的渴望

现实

在黑暗中翻身的人并不知道
他在黑暗中翻过身了
他只是在调整睡姿以便
让噩梦离去
在噩梦中醒来看见黑暗依旧

除了同情自己
他什么也干不了
甚至连噩梦也回忆不起来
他不是没有想过推醒身边人
但醒了又如何
我在黑暗中看着他
翻来又覆去
而他以为我在梦乡嬉戏
而我在黑暗中紧贴石壁
像一根藤蔓
爬上悬崖的几片透光的叶子
在晨风中微微战栗

数花瓣

蔷薇的花瓣是恒定的
如果此刻你在蔷薇身边
可以试着数一数
然后转告热爱过她的人
但蔷薇的叶片却不是
我见过无数的落叶和新枝
它们循环在一只花盆周围
那种死去活来的样子
你根本无法描述
有时候我会手持剪刀
走进姹紫嫣红的春天
徘徊在不甘与不舍之间
有时候我会蹲下来想一想
什么是值得我期待的
蓓蕾抿着嘴
忍受了我的絮语
她很难想象这世上的美好
居然都大同小异

夜晚的习惯

我至今还保持着
用热水烫脚的习惯
只是木盆换成了电热桶
当我做这件事的时候
一天已近尾声
我把双脚伸进热水
就想起当年的那些夜晚
我被母亲摁在木盆边
若是水太烫了
我就大喊大叫
小个子的母亲像犯了错一样
忙不迭地跑到水缸旁
抓起木瓢
舀一勺凉水倒进盆中
我想起她
总是仰头望着我
边兑水边用手搅拌着
从前我总爱先洗左脚
把右脚搭在她的膝盖上
不像现在，我总是默默地
把双脚同时伸进去
再同时抽出来

如果后面没有那么

——给惜

假设一种生活
然后用想象去度过
那些蓝天啊白云啊
那些一口气翻过了山顶的花和草
我在山脚下看你

张开双臂奔跑
从青年到老年
你只在一条河里洗脚
从中游到上游
最后终于轮到了雪峰
那些裸露的巉岩啊黑砂石啊
那些白森森的踝骨胫骨和头盖骨
我在假设之外看着你
祝你此生安好

原来是这样

我见过竹林里的刺猬
在松软的竹叶上轻巧地爬行
我见我手持一根竹棍
飞奔过去
刺猬就地缩成一团
我就地蹲下
无计可施
竹梢上的鸟鸣
竹林里斑驳的日影
我见我从有趣变得无趣
像刺猬一样藏在刺猬中

停止生长的脚

我穿41码的鞋子
40码找过我
42码找不到我
我穿我妻子给我买的鞋子
好像只有她知道

什么样式适合我的脚
我穿皮鞋、运动鞋
几乎从不穿凉鞋
走在你也走过的路上
只有当我赤脚时
我走的路才是我自己的路
我不穿鞋的时候我的脚
在回望那条路
我不穿鞋的时候那条路上
有我深深浅浅的脚模
我的拇指总爱那样翘着
当它往下抠时
我一定正陷在泥泞中
我已经很多年没有赤脚走路了
我最后一次在岩子河里洗脚
是在哪一年的隆冬？
那一年我的脚已经停止了生长
我母亲还活着
我记得她把我的鞋样夹在了
一摞废弃的高考复习资料中
此后只有指甲在生长
只有鞋子在重复着脚的形状

唯愿

唯愿我的泡菜坛清亮如初
豆角、竹笋、萝卜和白菜
合乎你的胃口，唯愿
你的味觉还保持着
纯正的天经地义的味觉
红的是辣椒
黄的是姜片

白的是蒜头
你是你，我依然是我
唯愿世道风平浪静
坛沿水永不干枯
我在密封中慢慢发酵
唯愿你来的那天我正好启封
空气中弥漫着你久违的味道

逆行

一个女孩逆行的时候往往会低着头
但一群女孩逆行时她们会逼迫你低下头去
一群女孩迎面走来像一串音符
在跳荡，却超越了五线谱
再宽的马路也是拥挤的
再趾高气扬的男人都不在话下
昨天下午我跟在他身后
看着他越来越稀疏的后脑勺
太阳就要落山了
我有点想哭

船桨划水的声音

我住在一座孤岛上
周围都是孤岛
鸟群只在早晚出没
我留意过鸦群起飞时
岛身有一阵晃动
捕鱼船像榛树叶
漂在水面上，其中一片
每天准时漂到我身旁

我住在这片树叶上就像
河水住在纵横交织的河道中
我听见划水的声音
每天由早晨的清亮转为
傍晚过后的清凉

唯有天空绰绰有余

我从天上下来的时候你还在天上飞
月亮已经升起
星星各就各位
我从月光与星光之间看过去
一大片空虚正在云集
你在空虚之上俯瞰着
黑暗沉沉的大地
夜幕下的悲喜始终在
重复着我们的悲喜

到树顶上找风

有时候我们需要爬到树顶上
寻找风。有时候
我们分散在房前屋后的
柳树、槐树、皂角树和苦楝树下
抱紧树身往树上爬
有时候我们需要沿途使劲
摇晃树枝，大声呼唤着
慢慢从树梢上探出头
有时候我探出头看见
你的父亲在芝麻地里蠕动
他的母亲还在河边割猪草

有时候我看见田间里的稻草人
好像换了一件外套
我们从树上溜下来
踩着牛背，或牛角
牛蝇扇动的风只有牛蝇感觉到了
有时候我们就这样爬上爬下
耗尽了汗水，目的是
等雨水来重新把我们滋润

红漆木箱

在550艺术书店的嘉宾台前
我两次看见同一只木箱
上面搁着书籍和话筒
多么眼熟的红漆木箱
形状、大小都与我记忆中的
那口箱子一模一样
我坐在嘉宾席上使劲地
盯着它看，几乎看见了
当年的那个背箱青年
那里面装着他全部的家当
从荆门到武汉
从武汉到荆门
斑驳的油漆蹭在他的
袖口和衣领上
斑驳的青春散发着油漆味儿
我强忍着打开它的欲望，强忍着
不让话筒里传出
你们听不明白的感伤

南瓜长大了

南瓜长大了就会找一个地方蹲下来
静静地孵它的瓤
我也是这样
在把田埂走穿之后就坐在半山腰上
新堆与旧坟在我身后起伏
岩子河在不远处闪光
更近的地方是一些无名的草木
热浪翻涌，虫豸也厌倦了鸣叫
没有什么真正的沧桑
只有该熟的熟了该死的死了
活在我眼中的填满了我内心的空洞

张公解梦录

梦见牙齿掉了
意味着
我呀我呀我呀
梦见你
从远方跑来
亲吻我
你呀你呀你呀
梦见我都这样了
你居然还是那样子

戴胜是怎么鸣叫的

我在草场边看见戴胜的时候
一个正在草地上蹒跚学步的婴儿也看见了它
而后径直走向了它

我在进入衰老之年重新获得了儿童的视角
就像戴胜信任大地一样
我信任所有明心见性的事物
它奇异的花翎对应着婴儿额前的黄色茸毛
它昂首阔步的样子吸引着他
摇摇晃晃的步伐，他张开的双臂
想击打空气却在空中一再错过
我在草场边站定犹如高过琴房的水杉
琴声悠扬拉扯着空地上的云朵
我在一生中难得一见的朝阳里
同时遇见了曾经的我，和
某种我从来不曾预料过的平和
尽管我从来没有听见过戴胜的鸣叫
尽管跌倒在地的婴儿哭过了
环顾无人的地球又咯咯地笑了起来

梦见一首诗

有时候我会梦见一首诗
她在梦中的样子无比清晰
她握我的手像小时候
我用力捏紧铅笔头
笔芯折断了
我鼓足勇气找她借转笔刀
我梦见一首诗在跳房子
而我在一旁摇跳绳
绳子的另一端拴在无皮的枣树干上
我梦见我使劲摇动地上的尘土
像牛犊发了狂，前撅后拱
我看见她闭上眼睛越跳越高
我梦见所有的事物都是发光体
我一转身它们就熄灭

有时候我在一首诗里闪烁
梦醒之后才发现
我从来不曾带走过任何梦中之物

风吹树叶的声音

不进我屋子的风只是风声
如果没有树
它路过的时候可能无声无息
现在它抱着一棵樟树摇来摇去
让两片老死不相往来的树叶
终于有机会贴在了一起
像两个孪生兄弟
一出生就各自东西
我站在风的外面打量它们
我站在窗前倾听风声
我的头顶是一台木质吊扇
整个夏天它都在转啊转
如果它停止转动了
就意味着我出门
找我的孪生兄弟去了

完整的彩虹

完整的彩虹只在纸上出现过
我有纸，你有蜡笔
所以我们应该在一起
完整的生活将被人这样描述：
“穹顶之下，独木难支。”
完整的梦我从来没有完成过
（也许它在梦中是完整的）

我在一场秋雨后醒来
我在天边的一顶帐篷里想象
你钻出帐篷的模样
阳光点燃了你浓密的发梢
天边传来一声惊呼
你安然度过了
又一个完整的夏天

油炸荷花

把新鲜的荷花一瓣
一瓣撕下来
蘸上面粉
放进滚烫的油锅里面炸
一望无际的江汉平原
明晃晃的天空下面
采荷花的人继续采荷花
磨面粉的人继续磨面粉
油锅沸腾，你看
滚烫的油水
多么安静

旅途札记

我有对床的恐惧
越是宽大整洁的床
这恐惧越盛
冬天即将来临
旷野不再拥挤
我有对旅途中孤零零的客栈的恐惧
怀着不安再看一眼

清凉的落日，和
浸泡在窗外河道里的枯枝
关上门窗
我坐在堆着四只枕头的床上
仿佛坐在地球上最荒凉的地方
这么宽大而整洁的荒凉
像这首诗一样
没有作者认领

把手伸进别人的兜里

把手伸进别人的兜里
那是什么感觉
如果是一只空兜
正好填满你的手
把手伸进你爱的人的兜里
再也不想拔出来
那是什么感觉
再也不想像今天这样
在冷雨中
在自己的兜里寻找你的手了

手机里的菩萨

从云冈石窟出来
手机里多出了很多尊菩萨
在去往雁门关的路上
我一路翻看着他们的情貌
痛苦被放大了
欢乐被缩小
菩萨啊，这么多的砂岩之躯

任由岁月涂抹
这么多的残肢
依然在行走、抚摸和讲述
而我独爱最小的那一窟
他像我小时候
不谙世事
以为哭泣就能得到所求
以为欢笑就能满足所有

南瓜诗

把一只南瓜分成三等分
两等分送人
剩下的
分三顿吃——
清炒一盘（加辣子）
清蒸一碗（加冰糖）
剩下的做成南瓜饼
我并不想吃南瓜饼
也没有做过南瓜饼
但这只南瓜
来自三百公里外的老家
这么长的藤
只结了这样一只瓜

草木灰

草木在灰中的样子
火焰最清楚
我见过火焰
用吹筒和火钳为它造过型

烟囱里的烟雾停留在几十年前
几十年后我顺着烟道
重新回到了这堆灰烬边
把烤过的红薯、鸡蛋和乌龟
重新翻烤了一遍
屋后的山坡上草木连着草木
原有的小径已然消逝
我先在雨中埋葬了母亲
随后又在雪中埋葬了父亲

在蒸锅旁

把蟹腿塞进蒸锅
把牢牢抓紧锅沿的蟹腿
使劲往锅里推
足足花了三分钟
螃蟹们才安静下来
透过玻璃盖
我又一次清晰地看见
这么多的钳螯
在雾气中高举着
当它们慢慢放下来
我也渐渐适应了
用不幸养育幸福

晚景

银杏树的叶子就要落光了
从菜场里出来我手上
多了一捆红菜薹
而你还站在街边

端着你透光的茶杯
巨大的落日融入空旷的江景
让我们不得不眯上眼睛
回味这漫长又短暂的人生
我低头看着菜花
你垂头看着被纸烟熏黄的手指
脚边的落叶正等风吹过街去

夜钓记

——给我的兄弟王琳，兼致方延伟

用电筒照着黑暗的河面
被照亮的那部分像
一张透光的宣纸
游到纸面上的草鱼
打了个漩
又游到了纸的背面
在涟漪中抖动浮标
在心情平静时想一想
激动人心的往事
想一想我们
在上游浪花里的那些日子
水在河里几乎没有费力
为什么却让人感觉筋疲力尽

容我喝口井水

从水缸到水井的距离
从前很远，现在更遥远了
挑水的人走在记忆中
像田埂游弋在茂盛的草丛里

我听见木瓢磕碰桶沿的声音
清冽又甜美
也能看见虫豸在黄昏
从这里飞向那里
但我已经无法指认水井的位置
方位肯定是对的
但那是月亮升起的方位
挑水的人走在月光下
换肩的时候他与月亮对视
而另一轮明月正在天井角落的
水缸里等候他
像一只白瓷碗
反扣在没有桌面的桌子上

2018，今年的最后一首诗

我问过很多人
为什么每次大便之后
都要回头看一眼马桶
从前是在旷野上
干净的雪地冒着热气
你眯上眼睛
望一望彤红的太阳
从前我有一条名叫花旦的狗
每次拉过屎之后
也是这样迷离又恍惚
仿佛空虚的时候
更容易心满意足

胡坚·卷

英勇善战

在欧米茄（omega）的几大产品线系之中，普通消费者最认蝶飞，但以玩家心态来认定其代表之作，便是一文一武的星座和超霸。

一定有人问，海马（seamaster）哪儿去了。

海马文武双全。

海马是个潜水表，但又不全是个潜水表。其实欧米茄一开始做潜水的时候，干脆是个方壳套娃，不知道以为是积家（JLC）呢，这个外壳后来没延续了，其实不乏亮点，比如表扣就很有意思的。

今天人们看到的潜水表市场，欧米茄海马不是最闪耀的一个。讲历史的话，我们会兴致勃勃地说起登月的超霸，但他家的潜水？就以当年那个方壳marine为例，2007年出过一版复刻，知道的人也不多。

造成这一现象的原因，不是因为他家的潜水表发力不够，而是因为他用力太猛了，1957年就一口气推了三个：铁霸、海马、超霸。

从当年的广告图上你能看出来，欧米茄这三个表面向当时社会上新出现的需求分别进行了技术攻关，铁霸是针对电气环境日益普及而做了防磁；海马是因为当时日渐流行的探险运动做的防水；超霸是瞄着赛车运动去的计时表（**题外话，超霸那时是瞄着赛车去的，而daytona开始就叫cosmograph，虽然后面跟了个赛道名，其实奔着宇宙去的，结果一个表的命运啊，他俩最后成了彼此想成为的样**

子）.

1957年欧米茄出这三个表至今还为人津津乐道，2017出了60年复刻版，市场上一片叫好，叫好的原因不是其他，就是因为做得和1957特别像，特别喜欢的买一套，一般喜欢的也可以买一块来戴。

对于选一块日用的人来说，60年前面对这组表还要犹豫一下，特别是面对铁霸和海马二选一的时候，是选防磁还是选防水？都想要，但是鱼与熊掌，今天不必了，欧米茄从8500就开始换硅油丝防磁，到现在升级到至臻天文台，擒纵减震都换了防磁材料，宣称防磁标准是1万5千高斯，但实际上欧米茄在实验室里做了两次极限测试，一次8万一次16万，都通过了——要知道，当年用软铁壳做法拉第笼的防磁表，标准也就在1千高斯。也许你不知道手表防磁有啥用，举个常见的例子，打麻将的电动牌桌，里边的磁铁一般手表就受不了。所以从理论上讲，防磁的海马是水中搓麻将的不二选择——如果电动牌桌不漏电的话。

从这里你也能看出来，海马其实不是个性极端的“性能表”，它是个很大的门类，铁霸在当年的海报上与之并立，但在今天其实也是属于海马序列里的。相比同类竞品，海马有潜水表的素质，但更偏重日用，50年代人们让现代意义上的潜水表正式进入市场，本质上也不是给你戴了潜水的，更多是增加日常生活中的实用性——这有点像今天穿gore-tex外套的程序员，虽然是户外探险用的，但穿它的人绝大多数也不会上雪线，最严寒的应用地带恐怕就是路过超市冷柜区。

也正是因为这一点，欧米茄的老粉丝往往会喜欢超霸，原因是特别的功能、极端的素质和独一无二的历史情怀（**我自己对计时无感，还怕手动麻烦，要选也是lemania5100，omega用过这个机芯，叫cal1045**）；但是对于人数更多的普通粉丝来说，大家更倾向于选择海马。胡适喜欢说“功不唐捐”，其实很合适拿来形容海马——看起来1932年那个marine潜水表的方向没能继承下来，看起来1957年石破天惊的防磁、防水、计时一窝蜂都没有在后来的细分市场中占据龙头，但其实这些努力都没有白费，它们被分散并储存起来，渗透进更多的产品里，提升着整个品牌的产品素质。最能代表着这精神的就是海马。

还记得一开头说的那个划分吗？对于品牌来说，需要设定极端的市场细分，需要泰山北海的两级表款来代表它的领土疆域，但对于欧米茄这样在市场上举足轻重的品牌来说，更需要将更多极端探索得来的尖端的性能运用于日常，运用在我们日常生活中脚下这片小小的范围里——它有文质彬彬的蝶飞，甚至就在海马自己这一支里也有ploprof 1120这样的专业深潜表，但在更广大更多数的消费者心中，它最有代表性的作品就是那些最常见的星座与海马。

在过去漫长的岁月里，我们都把300视为海马的代表，把海马视为运动表的代表，用开头的那个比喻来说，便是蝶飞星座主文，海马超霸主武，**（虽然在爱好者群体里“武”的运动表热了十几年，但在我国消费市场上，还是“文”表销量更好）**，这么看既对也不对，特别是欧米茄用一代又一代的同轴机芯开始取代上一代1120的时候，继续这样看待海马，就已经不太合适了。

海马一开始就不仅仅是一支纯粹的运动表，海马就是海马，它是介于星座和超霸之间的文武双全——从90年代中期海马成为007的手表时，这个定位得到了精准的定义，也许在近百年的手表广告史上都不会再有比这更成功的广告形象了——不劳你来和我科普007最早是戴的什么品牌，但是请注意你说的是哪个007，肖恩·康纳利对于2017年的已步入中年的消费者来说，第一印象都是《勇闯夺命岛》里的老头子梅森，而不是什么007了，在我们这代人的印象里，007就是皮尔斯·布鲁斯南，007的手表就是欧米茄的海马。

讲绝对值的话，布鲁斯南身高183，要比188的肖恩·康纳利矮一点，但说到优雅和风度，布鲁斯南不会输。讲得粗俗一点，有哪个女人会嫌弃皮尔斯·布鲁斯南呢？**（这里不是针对丹尼尔克雷格，他只有178。）**

题外话，我当年喜欢买衣服，有次买了双库存的church’s皮鞋，别说和它自己家今天的产品比，论做工的话，实在不输给今天一票一流品牌，楦型更有年代韵味，唯一的问题就是有些年头了，用一位法国朋友的话说，感觉这鞋是在肖恩·康纳利还能泡妞的时候做的。后来我没忍住，试着穿了两次，这老鞋果然就断线掉底了。

广告在筛选消费者的同时，消费者也在选择广告本身，为什么布鲁斯南和海马如此成功？就是因为产品的形象和代言人的形象完美重合了，是优雅的绅士，也是夺命的杀手，dressed to kill. 今天女人们对自己说希望你有跑鞋又有高跟鞋，其实是一个意思，007不需要高跟鞋和跑鞋，他只需要一个海马。

我们认同皮尔斯 · 布鲁斯南的007和他的海马，从那一个时代的海马开始，它的形象就是007，优雅而又致命，站在西装酒会和极限运动之间，没有任何的撕裂感，也没有任何的力有不逮——相比之下，后世的伯恩质朴笨拙却谈不上优雅，好像刚从二战虎式坦克的炮口下仓皇捡回一条命；而《特工学院》挂在嘴上急于向观众们贩卖的方式又太多，特工讲究说学逗唱，几乎可以去德云社卖嘴皮子。

正因为成长在伟大的90年代和新世纪之初，审美奠基于斯，我们才对1120时代的海马抱有深厚的感情。那个时代的海马，那个时代的007，就是吾辈的青春岁月，就是吾辈的梦想，记录了一个懵懂的土锤少年开始向美好的、未知的、凶险的世界的最初几步探索。在所有故事开启伊始，面对这一切，我们还没有知识没有力量没有经验的时候，皮尔斯 · 布鲁斯南扮演的邦德和他的海马一起，用玩世不恭又游刃有余的微笑，带给我们安慰与希望。

讲起来有点可笑，但实际情况就是这样，每当背景音乐响起，邦德只告诉了我们他是谁，但却给我们带来无限的信心与力量。就像小李飞刀，它的出现本身就宣告了黑暗终将过去，光明和正义即将来临。人在少时总希望将精神的力量寄托于一件具体的物质至上，以便在惶惑时触碰一二，即可获得告解和慰藉，而邦德和他的海马做到了。所谓爱表，所谓恋物，这也算是始因之一吧。

我们后来也会去看肖恩 · 康纳利，也会觉得他那个时代更加old school，衣服和汽车也有味道，但那又怎么样呢？我们也会看到更酷的战士买更贵的表，但在21世纪之初的那几年里，带给我们快乐和慰藉、雄心与梦想的，不是别人，只是皮尔斯 · 布鲁斯南那个007和他的海马。

人们老说腕表记录岁月，讲来讲去无非就是买表的故事和表壳子上的几道划痕的来历，其实是有些狭隘了，你戴个手串或者金镯子也能有一样的效果。作为爱表之人，表款本身探索和实验的过程，也在记录着你的时光。

从2002年开始，欧米茄推出新海马Aqua Terra（**这表去掉了潜水圈，和同在**

海马序列里的铁霸很像了，身处星座和超霸之间的海马，可以通过诸多元素搭配推出不同表款，自由选择在这根“文武style轴”上的位置，毫无疑问，Aqua Terra相比300是向文那一端靠近了的），我们熟悉的那个世界也在慢慢发生变化，以同轴擒纵和硅游丝为代表的精密元件和先进技术越来越多，让手表和汽车一样，维修和保养变得越来越苛刻，几乎只能回原厂解决了，并非欧米茄一家，各大钟表品牌都开始了类似的进程，新材料新技术的推广应用，变化的不仅仅是消费者手腕上的方寸之物，整个行业的模式都在发生着转变。

你以为只是手表？

伯恩和丹尼尔·克雷格的出现，即是对皮尔斯·布鲁斯南的反叛，而《特工学院》的出现，又是对反叛的反叛，江湖早已不再是那个江湖，世界也早已不再是那个世界——2010年，摩萨德在迪拜刺杀哈马斯领导人马巴胡赫，被遍布机场、酒店、出租车上的摄像头拍下了大量镜头，事后甄别出十一个人全部曝光，局长梅尔达甘下台，宣告那个古典007时代的彻底结束。

老粉丝也许会感到不习惯，会感到疑惑，但他们不会害怕。

皮尔斯·布鲁斯南可以老，但敌人不会老，007也不会老，战斗还将继续，一如我们的生活。二十年前，我们可以就阔剑针、空心针、表盘小小的变化讨论不休乐在其中，但今天不行了，唯有不断尝试新的技术、新的工具，用十年二十年走过比此前半个世纪更远的路，才能在更好地生存下去。

布鲁斯南终将老去，邦德新一任的继任者都打了好几集了，我们也早已不再是那个需要007鼓励的中二少年，再去影院里捧场，再路过表店柜台徜徉，无非是还想看看心中的那个老朋友和当年的自己。不同的是，当年看到的那份自信与力量，此刻已然默默扎根于身上，唯有这样，才能不负当初那个看邦德电影的少年对未来的野心和向往。

老朋友，祝你文武双全，英勇善战。

我们所钟爱的超霸

二战后几十年里世界经济发展最快，是众所周知的“黄金时代”；不常被人们提起的是，那也是资本回报率最低、劳动回报率最高的时代，贫富差距空前缩小，一个男人可以靠着自己的努力工作劳动买房买车，让一家四五口人过上衣食无忧的生活，这才是“美国梦”的缘起，这才是Paul Krugman所说的“我们所热爱的美国”。

并且，这还不是全部。

说起当年的科技发展，今天人们就记得军备竞赛核战阴云，却常常忽视今天我们所用的多数核心科技都是在那个年代被创造出来——Peter Thiel说，我们想要会飞的汽车，但却只有140个字（的社交媒体），如果说今天是社交媒体时代，那么当初就是发明会飞的汽车的时代。

欧米茄的超霸（Speedmaster）就诞生在那个时代。

1960年代初，肯尼迪对全美人民立了一个大胆而冒险的flag，他说：“我坚信我们的国家将在60年代结束之前完成一个目标，即让人类实现登月梦想并安全重返地球。”

（omega曾将这句话用作广告，1962年，肯尼迪在德州莱斯大学的演讲，原句是：“We choose to go to the Moon in this decade and do the other things, not because they are easy, but because they are hard！”）

我是在欧米茄请乔治·克鲁尼做的广告活动里看到这一段的，肯尼迪说这段话的那一年里他刚刚出生，8年以后，他和父亲在后院里亲眼见证了这一刻，“感到与英雄之间的奇特联系，仿佛自己正和他们一起跨出迈向新世界的第一步”。他访谈中提到了那个时代航天员对他少年时代的影响，还说自己在度假中专程驾车路过阿姆斯特朗的家乡……没必要怀疑这些，因为这就是当年千千万万美国青少年真实的心路历程，只是如今他们中的多数身陷庸常的生活，苦恼于房贷、医保和延迟退休，忘记了少时那个抬头仰望月空雄心勃勃的自己，只有极少数幸运儿如乔治·克鲁尼，有机会讲出那一代人的共同心路历程而已。

几十年后出生在中国的我们，也曾受惠并继承了那个时代的大量遗产——如果说《星球大战》尚有些遥远，那么80年代几乎就是成长在“科学的春天”里了，那也是中美两国外交的蜜月期，黑鹰随便买，眼看大力神都能进口了。从科学普及到流行文化，一代人的成长轨迹中被默默打下无数那个时代的烙印：我们都曾经挂着钥匙回家，在等待双职工父母的时候自己照顾自己，在作业的间隙翻看订阅的科幻杂志，男生和男生讨论美国的直升机日本的坦克，当然也有阿波罗、联盟号、阿里亚娜和长征二号，我们在这相似的背景下成长而来。若干位同辈在世纪之交前后留学海外，懵懂走向熟悉而又陌生的外部世界时，买下第一块表都是超霸——他们并不知道是什么原因，往往归于“眼缘”，但这世上哪来无缘无故的爱，这只是太空时代和科学的春天，两个国家两个伟大的时代，在他们成长的岁月里默默敲打的边鼓开出的一朵小花。

对这一代人来说，超霸就是太空，就是登月，就是那个人们蓬勃向上、科技飞速发展的时代，就是我们的童年。之后看更多的资料，进一步了解当年的细节，知道了苏联人更早上天，知道了同时期美国宇航员手上还有其他品牌手表，但都不能改变这一最初的印象。

在手表的世界里，有许多煊赫一时的设计，今天我们可以看到许多品牌突然复刻了历史上经典款式，但像超霸这样数十年来一直没断过的并不多，成系列成经典的一代代推出，积累大量消费者的同时，也锻造了更多的情感联系和凝聚力。

一块表戴在手上，被人认出并赞叹，有时候是因为品牌“啊，你戴了一块XX表”；有时候是因为功能“啊，你戴了一块潜水表/万年历”；也有像超霸这样的，仅仅因为它本身：“这是一块超霸！”从最开始第一个把测速计刻上外圈，到后来换上黑色的铝片，再到陶瓷表圈甚至陶瓷表壳；从阔剑针到剑针，再到棒针；从手动到自动；六十年里超霸永远看起来只若初见，但就像忒修斯之船一样，除了那熟悉的表盘布局，里外早已换了个干净。但是消费者却很难有选择上的恐惧，因为这些变化都被漫长的时间拉平——你未必从一开始就熟悉它，也未必要去尝试那些公认“经典”的型号，漫长的六十年里，一个完整的康德拉捷夫周期，两代人的人生悲欢起伏都在里面了，总有那么一两款和你因缘际会，那么它便是你的超霸。有表友提议，欧米茄应该出个超霸的高端版，铂金表壳加上最早的cal.321机芯，凑一个顶级组合，对于当代绝大多数中国消费者的生活经验而言，铂金没问题，而cal.321，虽然漂亮且经典，但时间上总是远了一点。凡事之间，“最”固然好，但和生活相关则要比“最”更好一点。如果让我提意见，大多数中国消费者接触超霸的那个版本，即2000年前后的主力型号3570.50.00反而更加有意义。

所以说，普通人不必在意超霸的代际变化，实际上就连资深表迷在梳理完这一代代的款型变迁之后，给大家提出的建议也是“你应该拥有一块超霸”，而很少强调特定的型号。这一方面说明超霸每一代都很经典，没有失水准之作，另一方面也说明这是块浸入生活非常深的表，你应该用它记录使用相伴的岁月，而非仅仅欣赏物品本身。

钟表交流网站“Hodinkee”的创始人Benjamin Clymer讲过一个故事，他当年第一次与一位藏品价值千万美元的表坛大佬见面时非常紧张，猜测着对方会戴着一块什么样的顶级复杂表见他。但当走入房间，却发现是对方戴的是一块超霸，接下来的问题顺理成章，为什么拥有那么多顶级货却戴这款，对方的回答是“因为超霸是最好的”。

我们不谈登月传奇，不谈什么lemania一二三，不去做过多的解读，事情就是这样，超霸是将艺术、设计、实用和历史融于一体的巅峰之作。你当然可以认为这是大佬故作高深随口一说，甚至可以怀疑这是Benjamin Clymer在讲故事，但我们也可以试试，换一个品牌换一个型号填进上面那段话里，看看能找到几个答案能让你相信逻辑自洽，并不违和？

超霸不是一块特别贵的表，但谁也不能否认，它是一块特别厉害的表。

之所以造成我们不相信这一说法的原因，是这些年里伴随着成长和老去，我们被日益增长的焦虑折磨，今天的我们习惯性地认为贵即是好，总想赚得更多——那些买超霸作为第一块表的朋友，也纷纷换上了更贵的品牌更贵的型号，朗格、百达翡丽，三问、万年历，还有新晋的RM之类的贵得令人咂舌——一切看起来都是那么合理，但我们好像忘了，在故事一开始，在三十多年前的少时，我们并不是这样的，那时的我们想当科学家，想当宇航员，想当一个厉害的人，而现在，我们只想当一个有钱人。

今天说起太空，我们讲Elon Musk，为创业者的激情感慨万千，但放在童年的价值体系里，27个发动机并联，算是算法和结构的胜利，算是工程学上的杰作，但也大概就是苏联用不锈钢造米格25那个感觉——了不起，但毕竟不如土星五号那般伟大——打个不恰当的比方，从北京开车到上海，不眠不休大概需要十二个小时，假如无人驾驶投入使用，还是需要这么多时间。所以承认吧，朋友，大多数人欢呼Musk只是因为世俗上的成功，而不是因为飞向了太空。如果不服，请回顾上面的一道选择题，你想当一个厉害的人，还是一个有钱人？

我还是想当有钱人，并且不敢奢望同时成为一个厉害的人，因为我知道，那太苦，也太难了。我只希望有一块超霸这样的手表告诉自己，小弟当初也是想成为一个厉害的人的。

最后聊一个梗，狗年伊始看见若干表友晒照片，一个比较迂回的套路是晒K金表壳上的圣伯纳狗头印，但其实还有一个可晒的是超霸的史努比。

“银史努比奖”是NASA的一个小项目，50年里发了一万几千人了，比很多欧米茄所有的史努比限量表加起来都多，不算稀奇。1970年发给欧米茄的超霸是因为阿波罗13号在登月途中发生爆炸，三位宇航员遭遇特情返航，用超霸计算了关键的14秒发动机点火时间，过程挺惊险的，好在最后平安返回地球，成为航天界“一次成功的失败”（还被拍成了电影）。

就我所知，这个梗被欧米茄在超霸上用过三次，第一次是1995年，出了款apollo 13，限量999，那次没往上印小狗，9点小表盘印了个apollo13的logo；到了2003年就在9点小表盘换成史努比了，限量5441，当初在杂志封底见过它；最近的一次是2015年，史努比做得更精致，小表盘夜光加银背雕，限量1970。

2015年这款现在已经不容易买到了，不知道哪些朋友买下了它。阿波罗探月那个时代离我们越来越远，而今剩下一点联系，恐怕更多是源自童趣。

那个年代已经过去了，我很怀念它。狗年里，不敢祝大家变得厉害，就祝大家戴着超霸，变得有钱。

几度秋凉

整整20年前，一本书被翻译引进国内，足足支撑了此后十多年里中文世界时尚炮文理论引用的半壁江山，这就是伟大的保罗·福塞尔及他的《格调》。

福塞尔本人于2012年去世，作为一个时代终结的象征，旧有的炮文风格逐渐淡去，微信写作的时代里，多数福塞尔的二传手历经一个完整的康德拉捷夫波峰，已经圆满退休了，留下我等少数几条漏网之鱼，在此向年轻的读者唠叨天宝旧事。

“大体上，一个人穿的衣服层越多，他或她的社会地位就越高”——这句话其实是福塞尔引用的，出处已经不重要了，当年福塞尔阐释背后逻辑的时候简单说了两条，一个是展示丰富的衣橱库存，一个是降低取暖能耗——如果假设这条理论在今天的中国依然成立，那么仅靠上述两条论据是支撑不住的。今天我们在穿着方面现实环境是：道德风险几近于零（极端情况下皮草和特殊社会身份会有一点麻烦，多数人可以忽略），电商带来的货品（含山寨，丰俭由人）充裕及物流顺畅，还有移动互联网提供理论学习渠道，让装备的比拼更多成了意识和技术的比拼。

昂贵是一种天赋，而多层是一种选择，优等生总希望考试里多几道附加题。

福塞尔说多层有利于展示衣柜的丰沛，但以小弟有限的经验来看，爱买衣服的人在这一问题上往往苦恼于如何消耗和处理以往积攒的过多的衣物——他们考虑的通常不是如何利用一件“重器”去提升全身质感，反而是用若干件好的单品搭配，来弥补一件不那么满意的却又不愿意丢弃的单品带来的遗憾。

为什么不喜欢，却又不丢掉，不丢掉就算了，还要想办法穿在身上给自己制造难题？

首先，恋物之人往往惜物，具体到每个人心里，丢不丢那个界限模糊而又游移，就像日常琐屑的生活一样，总有一大堆东西在灰色界限里沉浮，若非人生经历重大变故，决心总是很难下的；另一方面，生活多辛苦，这种即时又无害，能让人把注意力放在自己身上乐几分钟的小挑战又还剩多少，为什么要扔掉？

搭配是十分个人化的事情，有优劣无标答——很多时候，评审的口味也并非不可置疑的。审美和眼界多依赖于地域风格和成长经历，福塞尔在书里崇尚有机排斥化纤，自有他那一代的经验逻辑，照搬之余，如果能找到新的逻辑支撑，进而改良，那就再好不过了。

新人最喜欢的重器乃是皮鞋套装（现在还要加上手表一劳永逸啥的），但是这个偏偏是搭配上花头最少的，如果你经验不足蹦出来说不啊，我可以穿马甲三件套，西装外面还能穿大衣啊，对手往往会微笑颔首，心里呵呵呵——这是个陷阱。

搭配这个事重在自成体系、内外自洽——造车可以用模块化平台增增减减，核心目的却是节省成本，如果穿衣的目的仅仅是御寒和满足最低礼仪等级需要那么这样做是没问题的，但你要好看，这样肯定不行。

所以要玩搭配，首先避免工作风格的衬衫和套装，更不要奢望拆开衣服和裤子当个便裤和blazer搭，穿衣是个小游戏，比的是境界不是小聪明，牌桌上的玩家都把造航天飞机的心思集中在方圆半个平方米的范围里研究，所有的捷径都是弯路。

单件外套，你叫它jacket也好blazer也好，都是秋天很常用的——唯一的问题是很多城市秋天太短，限制了诸位优等生的发挥。参考前面说的，既然分开了，就在面料的花色、原料、厚度和质感上尽量不同于套装，更重要的——裁剪和板型也要变，如果你讲究到这一步的话。

旧时代的炮文吹捧英国savile row裁缝店，说把你的纸板子留在店里，骗人有一种画成画像和西洋历史名人做邻居的虚妄又诡异的满足感，可你被小弟这一路忽悠下来就应该知道，做套装和做单件，甚至不同材料的套装和不同材料的单件，裁剪板子都要是变的啊！就算共平台开发也是有个界限的，你不能把MPV和跑车共用一个平台吧。

裁剪变当然不光是外观上的需求，首先是里面穿的不再是通勤级的衬衫了，可能是高领套衫，可能是厚料衬衫，还有可能是衬衫加个针织背心或者开襟毛衣——这时候就请不要心心念念着如何通用如何百搭了，多种搭配不是不可能，但那要求你在庞大的储备里能找到恰如其分的单品，如果你不愿降低要求，那么相信我，这绝不意味着省事，而是成本几倍地上升。

福塞尔那个时代的一些美国人特别崇英，但放在今天就不合适了，电商时代什么花色元素都很容易被做烂掉——想起来说这个的原因就是提醒大家注意一个陷阱：风衣和大衣。

旧时代人们穿衣服很重，而且要求穿套装的场合特别多，纺织技术导致毛料粗厚，又没有大鹅和始祖鸟，所以才开发出了在厚料套装外面穿厚料大衣或防水风衣的穿衣体系，我们从历史镜头和画片里可以看到这些，但不能忽视身边的环境已经在渐渐发生着变化——不信你去burberry官网看看图片，还有几件风衣是穿在外套外面的？

这并不是说大衣什么的不能穿，而是提醒你在裁剪和设计思路里，今天的多数风衣/大衣就是给你直接当外套穿的，里面不用穿西装外套。

上身讲完，剩下的大到裤子鞋子，小到皮带手套，也是差不多的道理，不必赘言了。

此外，秋天里另一个值得一提的英国元素是Fair Isle毛衫，英国自产的这些年有些式微，并由于选择较少，搭配起来并不一定能特别符合你生活的环境气候，意大利厂商用羊绒做的类似风格毛衫，更容易符合一般穿着习惯，在这点上胜过原版。

有些热爱工装的朋友分不清这些花花绿绿的毛衫图样，把这个和印第安风格毛衫弄混，其实不是大问题。穿衣服不是考古，某种文明的生活和审美习惯，背后自有其成长的地理气候和历史发展特点，喜欢一种风格，又要这特定的环境下成长起来的历史风格适合你的身体特点及社会/地理环境，实在是难上加难，毕竟区域文明不是衣柜，你没法买上几柜子回来慢慢研究搭配。如果一定醉心不同色相，唯一的出路，大概只有修成小无相功，去催动个同武功典籍。

毕竟人生苦短，穿衣看季以年为轮，不过也就二三十次的试错机会。

一线生机
（节选）

0号患者

稍显陈旧的酒店走廊。

南亚人忍受着身后妻子的抱怨，笨拙地寻找房间。

两个年轻的推销员在远处的楼梯间等电梯，笑意外溢地瞟向这边，充满对已婚者的怜悯。

电梯来了，推销员消失。他们没有注意到一件事：走廊上方的摄像机刚好被一个小小的氢气球遮住了。

南亚夫妇轻轻松了一口气，丈夫从旅行包里掏出了电子开锁设备，妻子握住了一支五寸刃长的短刀。

门被打开，最便宜的俱乐部房已经比其他酒店同类房间都大，不过里面空无一人。

墙角的吊灯阴影里，一个隐藏的微型摄像头拍下了南亚夫妻破门而入的行动。

妻子拿出了一个小小的探测器，仅用了几秒钟，就找到了摄像头。

丈夫掏出简易的对讲机嘀咕了几句。

妻子观察小小的无线摄像头。

镜头的视野被女人的拇指挡住了。

监控视频的另一端，是同一栋楼下一层的一间客房。钱哥（法语：Chien，狗）合上了笔记本，挎上行李包匆匆逃走。

在酒店办理check in之后，他去预订房间走了一圈悄悄设置好摄像头之后，立刻致电客房部换房到了楼下一层，然后通过酒店无线网络入侵进订房系统删除了这次换房记录，并将自己真正居住的这一间房设置为“预定中”的不可入住状态。

这样就当追踪他的人来到酒店时，就会闯入错误的房间，并且被他发现。

这是他多年来的习惯。

钱哥就职的ST网络安全公司在全世界有5个24小时安全实验室，交叉跨越几大时区，无时间死角，不间断地接受世界范围内的计算机病毒警报并及时展开分析。每当有重大感染报告出现时，第一时间接警的实验室未能在值班时间内及时分析完成，可以将分析过程转发给下一时区的实验室继续跟进，实现无缝衔接。

两年前，钱哥在34岁时掌管了位于爱尔兰的24小时安全实验室，负责欧洲区网络安全的半壁江山。

这个瘦瘦的程序员看起来特别年轻，金边眼镜下的蓝眼睛在安全业界很有名，以低调和谦逊著称，在这个喜欢通过炫技而出名的行业里，不乏有个性高手，但缺乏有本事的好人，钱哥因此很受大家的尊重。

但是没人知道他的另外一个名字，黑潮。

在地下世界声名显赫的黑客领袖黑潮，还能活十五分钟。

他是在楼梯间被人放倒的，没来得及注意身后的酒店清洁工，就被电击器击中了脖子，如果不是因为紧张，他本应预见这次危险，因为这名清洁工也是南亚人。这座城市的外劳以二战结束后作为劳动力补充的土耳其人居多，即使是亚裔群体，也主要由越战后拥入的越南难民为主，并且这里的英语并没有那么普及，所以相比其他富庶的城市，这里的马来人并不特别密集，在这种敏感的时刻连续遇到两个，实在是过于巧合。

在地下世界，黑潮有一句名言。

“我们这一行没有巧合，如果有，就是危险。”

黑潮说到没有做到，他只失败了这一次。

于是曼尼得到了他。

伏击他的南亚人叫曼尼，四肢粗壮，是一个优秀的老雇佣兵。在他的行业里，优秀和老都是评价性的形容词，当这两个词同时出现的时候，未必代表“精密”和“善战”，但一定代表“狡猾”和“残忍”。

曼尼把黑潮和行李放在小推车上，重新回到了房间。

很快，他的伙伴也跟了进来。

房间里三个站立的人默契地用窄头巾遮住了半张脸：

“妻子”在床头架好了一个手机，打开了视频直播，手机那头明亮而模糊。

丈夫脱光了黑潮的衣服，搜了一遍口袋，留下手机放在床上，然后打开黑潮的行李，开始简单翻检——纸质记事本、钱包、移动硬盘、U盘、屏幕摔坏的笔记本电脑，连同行李包本身，用探测器检查了一遍发射源，然后装进了一个布袋。

黑潮被扒得就剩短裤靠床坐在地上，双手被绑在身后，曼尼从床上拿起手机，抓起黑潮右手拇指解锁，试了几次都失败了。

黑潮的意识渐渐恢复，模糊中听见曼尼的声音。

曼尼：“密码？”

黑潮反应迟滞，轻轻摇头。

一阵剧痛，曼尼掰断了黑潮的拇指。

黑潮惊叫着醒来，汗如雨下。

曼尼抓起黑潮的食指："密码？"

黑潮摇头。

曼尼再次掰断黑潮的食指，然后攥住了剩下的三根指头。

黑潮盯着曼尼，摇头缓慢而坚定。

曼尼缓缓加力。

黑潮咬牙仰头，喉结急速翕动。

曼尼猛然惊醒，扔下残破不堪的手去捏黑潮的嘴巴，黑潮牙关紧咬，用咬合肌对抗着曼尼短粗有力的手指。

曼尼左手勾拳打在黑潮下巴上，黑潮的头向一个皮球一样转动，曼尼抓住黑潮的头发让他仰面向下。

黑潮吐出一口血水和碎牙。

丈夫端来一壶水，曼尼野蛮地给黑潮催吐。

丈夫从曼尼的清扫车里掏出了一包急救品，妻子在黑潮的胳膊上建立静脉通道，用立式台灯做支架挂药物输液。

丈夫递给曼尼一支注射器，曼尼从黑潮的颈动脉注射了进去。

黑潮出现背景嘈杂的幻视和幻听，逐渐进入被催眠状态。

嘈杂的背景音中，曼尼的声音仿佛在漂浮。

曼尼（一字一顿）："手机密码是什么？"

黑潮："Mo Cuishle"

手机解锁，屏保是一个参加击剑比赛的小女孩获奖照片，曼尼把手机联通到笔记本电脑，数据开始被传输。

曼尼："你制造了因果业力（Karma）？"

黑潮："不，不是我一个人，数字时代千万沉默的反抗者，编制了史上最庞大的数字武器库，这才是因果业力（Karma），它可以颠覆现有秩序，夺回我们的尊严、自由和对公正的追求——清月被乌云遮面，潜行者已现光明；苍风割扫无露荒原，世间散落多少刚毅之花。”

黑潮呼吸逐渐困难起来，曼尼拿出一支肾上腺素插入黑潮心脏心内注射，黑潮瞪大眼睛，呼吸急促，心脏狂跳。

曼尼：“由谁操纵因果业力（Karma）？”

黑潮：“柯尔珀斯（Cerberus）.”

曼尼：“谁？”

黑潮：“地狱守卫犬，守卫冥府和人间的大门……”

妻子用电脑搜索“Cerberus”,出现三头的地狱守卫犬形象，展示给曼尼。

曼尼拍打黑潮。

曼尼：“三个狗头，意思是有三个人吗？”

黑潮：“数字世界的三巨头，斯泰拉夫人、尤里、艾隆，每人知道武器库的三分之一……”

黑潮声音弱了下去。

曼尼：“如何控制和使用因果业力（Karma）？”

曼尼：“如何使用？”

黑潮：“龙尾……”

黑潮昏迷，曼尼摸颈动脉，已经没心跳了。

曼尼起身，拿起黑潮手机翻到天气一栏，依次查看上面记录的城市：

——伦敦、圣彼得堡、特拉维夫、班加罗尔、澳门——

曼尼和丈夫把黑潮尸体折叠，塞进推车里。

三人在房间内收拾停当，准备出门，曼尼趴在门口，听了一下走廊上的声音。

走廊外空无一人，楼梯间的摄像头依旧被氢气球挡住。

这是位于德国慕尼黑的大威斯汀酒店（**Westin Grand Munich**），20世纪60年代为1972年慕尼黑奥运而建，一座冷战时期的巨大古董，外墙除混凝土外没有任何装饰，像一座冷酷而森严的纪念碑，是半个世纪以前盛行于西方的粗野主义（**Burtaslim**）的非知名典型代表，这幢老旧而森严的建筑与另一栋堪称兄弟之作的喜来登酒店隔着窄窄的小路而立。在四十多年前的那场奥运会里，仅它俩就为来客提供了上千套客房——但如果不是因为出现在挥金如土的慕尼黑，那么只是两幢朴实老旧的迎宾馆而已。

大约五六公里外，隔着窄窄的伊萨尔河（**Isar**）,一间闻名于世的真正豪华酒店文华东方坐落于此，它只有六十多套客房，是大威斯汀体量的十分之一。

和它陆续新开的亚洲后辈相比，这处MO酒店稍显老旧，但风致犹存，在雅致的七层楼顶，有一家观景绝佳的亚洲风味餐厅The Terrace，从这里俯瞰的慕尼黑市区，几乎是另一个世界。

现在并不是就餐时间，即使有人想进入这里，也会在入口处遭到保镖礼貌而坚定的拒绝。

一位美国女士仪态优雅而富有进攻性，留着魅力十足的金色短发，正独享着楼顶的风景，她面前摆着简单的寿司，桌面被粗暴地清空，塞进了一台精致的笔记本，摄像头上贴着一片薄薄的塑料书签，屏幕上正在直播五公里之外残忍的一幕。

她轻轻合上了笔记本。

Karma病毒的0号传染者去世了。

全球市值最高的高科技企业FANG的CEO是一位女性，伊丽莎白。

2位女士

如果抹去现代军事科技强加于此的种种虚拟信标，这就是一片普通的热带海域，时值深夜，没有任何适宜游人的风情。

如果把视界拉宽，将数百年里人类漫长的航海史中无数关于这片海域的场景叠加起来，就能看见这里曾有一条忙碌的航道，因为地球洋流的变化，地理发现以及城邦兴衰，已经被今天的人遗忘了。

一艘潜艇在此无声地漂浮，鱼雷管打开了。

两名蛙人从鱼雷管先后出舱，深海里潜水灯昏暗，两人辨识方向，拍水而去。

他们用潜水电脑计算路程，来到一处古代沉船遗址，相互配合在沉船中穿行搜寻。

前方突然出现灯光，另一名孤身蛙人的身影出现。

两名结伴蛙人之一迅速拿出水下手枪，并拍同伴提示，同伴也掏出水下手枪。

孤身蛙人手上握着潜水刀。

三人悬浮在水下，遥相对峙。

透过面镜能看见两名结伴蛙人的脸，一男一女。

如果在一些国家的军事情报库里进行人脸识别，能很容易地辨识出男人的身份——一名中国陆军上尉连长，作为解放军特种部队成员中的精英代表，他曾数次赴欧洲、中亚和南美集训，在这些国家的海关和情报部门留下记录，并作为非重点敏感信息与军事盟国进行了分享。

但要在相同的数据库里试图对女人进行比对，则得不到任何结果。她是前者的下属，解放军驻澳门部队特种连女兵的阿蓝。因为所有的训练成绩都不出色，她从来没有机会参加任何一次国际军事交流，自然也没有在国际情报网络里留下任何资料。

唯一的一次最接近外方情报搜集触手边缘的时机，出现在澳门回归十五周年的庆典活动。那一次，她曾经为出席庆典的领导演练了城市反恐作战演习，在国家通讯社随后播发的一张新闻图片中，领导曾经与她握手交谈。

在那次的演习里，阿蓝和他的战友们没有像20世纪90年代美国特种部队那样在脸上涂抹迷彩伪装；也没有像欧洲特种兵流行的那样戴上nomex防火面罩；国家通讯社在发布照片时也没有像他们的俄罗斯同行那样给熟练地给特殊军事人员脸上打上厚重的马赛克……

但还是出了点特殊的状况。

起因是为了那次汇报演出，阿蓝和她的部队经历了三个星期的事前排练，在反复多次的室内突入行动中，阿蓝被震撼弹的碎片意外割伤了下颌——严格追溯责任的话，九响震撼弹的延时不灵和阿蓝本人的进攻节奏不准确各占一半原因，但是连长并不打算换下她，而是决定采取一个稳妥的措施，预防意外再次发生在其他队员身上。传统的防火面罩和防破片眼镜都无法防护全脸，连长用了一个晚上的思考，最终决定买一批民间生存（**wargame**）游戏使用的钢丝面罩来解决这一问题。

这种面罩被老百姓称为“苍蝇面”，普通人会觉得它富有科幻色彩没准有点酷，但公正地讲，身处纪律严明的中国军队士兵戴着它并不严肃，甚至有点滑稽。

唯一的理由，是它足够有效。

当演出完毕，领导和战士们握手时，军官试图让士兵们摘下面罩与领导合影，被领导挥手制止了。此前他有一点好奇，直到现在才有了近距离观察这种古怪的面罩的机会，一开始他感到有点惊讶，但迅速理解了用途，流露出了奇妙的微笑。

国家通讯社的摄影记者准确地捕捉到了这一刻，但他的镜头对漆黑的钢丝网罩无能为力。

世界上少数几个情报机关具有足够的技术能力，只要他们愿意，可以用计算机从苍蝇面后还原出足够的面部特征，辅以演习短视频中抓取的体态特征识别，得到足量信息用以标记出阿蓝，实际上在五年后，他们的确这么做了。

但是在当时，没人有耗费这么多资源去侦察一个士兵。

哪怕是一个特种兵。

但是截至大海深处的这一刻，阿蓝仍然是个不为人知的nobody——没人注意到她，并且不可能注意到她。

近百米深的水下，仍是当前人类技术侦察的禁区，世界上没有任何一个镜头一台天线，可以捕捉这里信息。

阿蓝和连长静静地在水下预定地点漂浮着，而对面持刀蛙人仍是一个黑影。

2位女士

电动裁判器发明以前，一场重剑比赛需要五名裁判。

为了高效而广泛地推广这项运动，而不是提升参与者剑艺本身，从20世纪30年代开始，组织者陆续在3个剑种里先后引入了裁判器，并多次修改规则。

80年过去了，这项运动发生了很大的改变。

匈牙利SYMA体育中心曾经举办过2013年的击剑世锦赛，一场小规模的俱乐部联赛正在最小的C厅举行。

在击剑传统强国匈牙利，民间俱乐部依然保留了大量非竞技性的传统打法，不强调身体素质和进攻爆发力，而重点发展技术动作、控制节奏和战术意图——武器之于人类本身，原本就是一件抹消身体条件差异的平衡器。

一场15分制的重剑比赛被中止了。

这是一场不分性别的比赛——一名高大健壮的男选手对一名矫健敏捷的女选手，后者交叉使用防守反击和第二意图，死死遏制住了前者，在强壮的对手恼怒而又恐惧导致精力涣散的时候，她又连续打出了两个抢攻。

而且是刺中的位置不是相对容易得手的手和脚，而是充满了羞辱意味的头颈部。

如果是一场拳击比赛，裁判已经可以直接宣布女选手优势胜出了。

就在高大的对手准备再一次恶狠狠地扑上来时，裁判叫停了比赛。

原因不是选手，而是两名大腹便便的中年人来到了裁判席边，他们都穿着深色的夹克，脸上露出“公事公办”的气息。

其中一人拉开衣服，展示了手枪和警徽。

另一人掏出了智能手机，向裁判展示上面一个年轻女孩的相片。

裁判看了一眼，呼唤女剑手伊娃下台。

女剑手摘下头盔，头发蓬乱，她疑惑地来到裁判席前。

警察看了看手机上的照片，核对无误，然后滑动了屏幕。

这是一张手机翻拍的照片，上面是黑潮毫无血色的脸。

伊娃惊叫一声，警察面无表情，再次滑动屏幕。

黑潮赤裸的尸体在垃圾堆里被人发现。

伊娃手里的重剑掉落在地上。

离别

女兵的手上满是血迹和烟尘，颤抖着引燃发烟信号弹。

敌人的叫喊声、无线电杂音、直升机轰鸣由远而近。

山顶开阔地上，解放军女兵阿蓝拖拽着受伤的战友，战友胸肺中弹，神情恍惚，呼吸困难。

阿蓝从战友腰间拽下止血带，手忙脚乱要动手包扎，战友艰难地摇头，告诉她不是这个。

阿蓝如梦方醒，撕开急救包，在散落的零碎间找到急救胸贴，颤抖地打开，在战友不断的安慰下勉强贴上了。

战友的气胸得到稍许缓解，呼吸不再急促。

阿蓝满脸通红，气息也随之放松了下来。

负责拾回的陆航直升机远远飞来，机上接应的解放军特种兵安排顺序，准备绳降增援。

山间树丛中，一个南亚模样的武装分子举起火箭筒瞄准直升机，扳机扣动，火箭弹拖着长尾射出。

阿蓝绝望地大叫："不！"

直升机上的解放军战士惊恐而绝望地看着火箭弹飞向自己，从舱门钻进来。

阿蓝头盔上的特战摄像头记录下这一幕：

火箭弹钻进机舱，直升机在空中发生爆炸，跌落山坡，一路爆炸燃烧。

南亚武装分子散开压上，阿蓝拖着战友退向悬崖边。

真实的枪战比你在电影中看到的险恶千倍，如果你通过电视来感受，则要再加上一个零。

绝大多数城市枪击发生距离不超过4米，如此近的距离留给你的反应时间少得可怜；如果是在野外使用步枪接敌，这个距离会远一些，如果不是视野特别好的荒漠，那么致命的子弹常常来自你的视线之外。

不管是为了逃还是为了追，跑动几乎是不可避免的，和跑动一样免不了的是喊叫——当你已经有理由相信敌人就要开枪了，你必须竭尽所能用高分贝大喊一声，然后使出吃奶的劲儿握住自己的枪；同时你得拿出天性里面最柔韧的一面，现实中你很可能会在一个你最不习惯的姿势下才能开枪……以上这些状况可能在光线不好或者干脆是什么也看不见的地方发生，黑暗是敌人最好的朋友，比黑暗更糟糕的是在明暗交错的丛林，当光影从你眼前掠过，你站在几支正在射击的枪前面或者旁边时，一颗子弹嗖嗖嗖地经过身旁而你察觉到一瞬间的麻木感——来源是你的敌人开枪时枪管周围很小的一个范围里爆炸出的震荡感——这是一种很奇特的感觉。

另一件难以置信的事情是，虽然现代步枪子弹的致死率很高，但有赖于当代多依赖密集火力的战法，在被那颗特定的子弹致死之前，受害者往往会受到预告——要么饱受折磨然后漫长地死去，要么干脆被数颗非致命的子弹击中，饱受伤痛以及惊吓。

眼下的阿蓝就处在这一状况：战友右肩中弹，步枪丢失；去捡的念头刚在阿蓝脑中一闪，就被一颗跳蛋打在她的芳纶盔上带来的震动敲得粉碎。

阿蓝拖着战友连滚带爬跑到山崖边——这是一个未出现在撤退计划里，但在研究地形时她默默记下的一个撤退方案，可行性是有的，但一般出现在影视作品中，正统训练的特战训练一般都告诉战士，避开这种高难度高风险的路径。

——KISS原则, keep it simple,stupid!

但阿蓝把这条撤退路径记在了脑子里，从小到大她换过无数座右铭，第一个母语座右铭是“笨鸟先飞”，第一个英文座右铭就是“think more”；来部队后的座右铭以强调牺牲奉献为主，最近几年在特战单位才学的这些原则理念太多也太晚，对价值观和日常行为的影响总体不如童年记忆深刻。

阿蓝布置下降绳索，让战友背靠一棵树。

一个武装分子谨慎地跪在大树旁隐蔽，举起突击步枪瞄准二人。

阿蓝布置好下降器——法国petzl的grigri 2。

她所在的这个战区从90年代开始筹建特战单位，最开始是从“一根绳子一把刀”的侦察兵里抽调，刀指野外生存和捕捉俘虏，绳子的意思就是攀爬技术。

最开始是用手撸绳子，然后开始戴手套，再然后用上了滑轮八字环等等，世纪之交那几年开始频繁国际交流，于是和世界先进水平接轨，用上了登山运动的国际品牌和前沿装备。

但没有一劳永逸。

她手里的grigri就召回过，在其他地区的使用中发现问题，厂方召回修改版本，然后换装。

有战友表示不理解，不是世界先进水平吗，怎么也搞这个事情？还能不能相信了？

指导员告诉大家，我们还在幼儿园的时候，来个小学生就能教育我们，说点什么都是我们不知道的，想错也难；可等我们都是大学生了，能教我们的人就不多了，还有很多人不喜欢我们，那时候我们就是前沿，我们就是探索，再想往前走一步，难度就比小时候大很多。

你们想在幼儿园还是大学？指导员最后问。

战友们都说大学，还有喊要当博士的。

阿蓝心里却闪过一个小小的念头，其实幼儿园也不错，反正战友都比我强。

阿蓝梳理好绳索，笨拙地背起战友固定鞍座。

子弹飞了过来。

第一发打高了，打在二人头顶树上，阿蓝下意识低头，继续固定战友。

第二发直接射中战友的额角，一个小小的血洞，战友瞬间瘫软从阿蓝身上倒下。

阿蓝大喊：“不！”

回应她的一颗手榴弹。

阿蓝被巨大的冲击波炸飞掉落山崖，仓促间只抓住尼龙绳，手套在尼龙绳上擦烂，双手满是鲜血，阿蓝龇牙咧嘴，速度越来越快，终于再也抓不住绳子，从倾斜的山坡滚落，一路不停地撞在石头、树木上。

阿蓝一路跌落山崖，随身装备、头盔、步枪都丢了，靠身体摩擦减速，直到脑袋在一块石头上重重地撞了一下，停了下来，她艰难地站起来，头晕耳鸣。

前方草丛中突然站起一个身披伪装衣的敌人向她走过来，阿蓝踉跄着去掏手枪，被对方抢先一步紧紧压住手，按在枪套里拔不出来。

阿蓝两只手都上了也挣不过对方壮汉一只单手，情急之下，弯腰用头一顶，头盔砸在对方鼻子上，鼻子马上就破了。

对手大怒，双手抓住她的头盔一搡。

阿蓝仰面朝天跌倒在地，再次昏了过去。

演习官兵一拥而上，围着阿蓝，拍打，按压，凉水当头浇下。

阿蓝突然咳嗽，转醒。

连长的脑袋挤在最前面，这会儿兴奋又懊恼，狠抽了她一个耳光。

阿蓝：“连长！”

连长：“为什么不投降？这是演习！”

阿蓝坚决地摇头。

连长：“直升机被击毁那一刻，演习就结束了。你搞这么多不是坚强，是不肯面对失败，你被淘汰了！”

以鼻子见血的壮汉为代表，众武装分子身上的装备七零八落，脸上的油彩也花了，一个个狼狈不堪，低头躲避，没精打采地收拾战场，都不愿意看阿蓝。

阿蓝的泪水弥散，强忍着不落下。

直升机早已远去，只剩一个远远的影子，但直升机“坠毁”的视频在军用笔记本电脑上反复播放，技术人员修改视频效果。

之前“牺牲”的战友被担架抬过，背后的发烟罐依然在冒烟。技术人员给他戴上VR模拟器，视野里交替出现现实中被激光击中发烟罐冒烟场景和模拟效果被子弹击中头部的场景，当事人感到震撼。

连长给众人做总结：“……科技会议的一类安保目标中，已经有一人遇害，英国本土高级别警戒下，遇自锻破片炸弹和自动武器枪手袭击，大概率和我们这次会议有关，警方调高了恐袭风险，我们将修改预案，随时待命，在必要时支援……

“下午海上跳伞结束后，我们将连夜修改预案开始演练。阿蓝会离开我们连，她的位置会空出来，谁来顶，明早的作战会议讨论。”

战士们小声议论。

连长：“阿蓝，走之前有什么要求？”

阿蓝摇头，连长宣布解散，转身离去。

阿蓝感到悲伤，闭上了眼睛。

眼看着连长转身要走，阿蓝突然开口了：“连长，我想参加下午的海上跳伞。”

正要解散的战士们停下看着阿蓝，连长也站住，但没有回头，闭上了眼。

连长背对阿蓝，好像被灰尘迷了眼睛，仰着头语气夸张。

连长：“海上跳伞？可以啊，让你上飞机，但是没有伞包。回头你可以告诉大家，不是你不敢跳，不是你跳不好，是我不让你跳，不给你机会。如果你找不到一个离开的借口，我不介意当这个坏人。”

阿蓝平静地点了点头：“是！”

伤痕

驻澳部队营区的黎明，和中国人民解放军千百座营区看起来并无不同。

战友们还在熟睡，阿蓝起床，第一件事情是小心地用弹力绷带绑好一层层护腰、护腿，不发出一点声音。

然后开始清扫营区。

虽然已经做了简单的拉伸，但是重复的机械性劳动对已经严重磨损的身体还是个挺大的负担——艰难地提水，刷洗，汗水从额头低落，她早已习惯。

值班的战士升旗，阿蓝在风卷旗帜下，恋恋不舍地看着营区。

清晨的军歌响起。

远处，连长和女军医在办公室窗口前远远看着阿蓝。

女军医抽出X光片：“她的腰膝多处关节严重劳损，是长时间大重量的训练劳作，加上缺乏休息造成的，不能再参加任何体能和战术的训练。”

连长：“特种兵有伤很常见，她有多严重？”

女军医感到愤怒：“我不是没见过特种兵！但我没见过像她这么不要命的！二十岁的人，多次骨折造成永久形变，关节磨损像六十岁。她第一次拿片子来找我，我以为她拿错片子了！从X光片看，这个人根本不应该能站起来，她能站着的每一分钟都是在对抗现代医学和物理规律！”

连长惊讶。

女军医转身离去，走到门口站住了："她练这么狠，是训练尖子吗？"

连长摇头："她身体素质不算好，一直靠意志力撑，人是有极限的，这一年里几次考核都很难通过……"

女军医的语气缓和了一些："不管是医学还是人道，你都不能再留下她了。"

连长点头："我会尽快让她离开。"

女军医默默点头，想了想，又补充了一句："注意点方法，别让她伤心。"

连长点头，又摇了摇头，又点了点头。

FANG的大玩具

美国的私人企业大都股权分散，即使一开头创始人独大上市后也会稀释——这样做的好处是所有权经营权分开，雇佣优秀管理者来经营，运气好可以保证好几代人都兴旺发达。

唯一的问题就是——股东如何约束企业家的道德风险。无论是外部风暴还是内部危机，经营天才必然想尽办法让企业不倒，企业家的收益就是股价上涨和期权份额的提升。

股票涨高管薪酬就涨，为了推高股价，必须获取超额利润——冒险、创新加上杠杆融资，一直到道德风险积累到顶峰，然后一次危机崩盘把坏账和风险撇清。

然后游戏继续。

股市喜欢追捧一流的企业家，只会经营不行，还得会表演，人格魅力能抵百万雄兵——一流的企业家一定是个超一流的舞台设计师，每隔一段时间，就要在资本市场面前奉献一场大秀。

停泊在南海水域的豪华游轮“拉马努金号”上的这场酒会，就代表了此类大秀的顶尖水平。这艘船是全球市值最高的科技公司FANG的最新大玩具。

就像武侠小说里最大的武林豪杰发起的一次英雄会，在“拉马努金号”的夹板上能看到各家高科技公司展示新成果：

裸眼3D：一条巨大的鲨鱼从甲板中央跃起，又落下，溅起一片水花，围观人群惊叹。

“杀人蜂”微型无人机动画演示：通过面部识别捕捉目标然后撞击，微量火药推动弹头射入目标；演示者掏出一个网球，在摄像头前修改面部识别目标，然后抛出网球，一架“杀人蜂”撞上去爆掉网球，主持人强调“系统会自动探测目标生物信号，今天的展示会设定禁止攻击有体温和皮下血流的目标，系统无法被攻入，因而对观众绝对安全”。

但是每一个人都知道，真正的主角尚未出场。

所以，甲板上错落有序的人群依然无形地簇拥着两大中心：科技巨头尤里和此间的主人伊丽莎白。

但也有心不在焉的人：混血女生伊娃在人群中追踪保安主管打扮的曼尼。

老练的曼尼和一名船上保安耳语，保安奉命截停伊娃，伊娃出示科技记者的通行证。

保安面无表情，掏出随身的终端机刷RFID芯片验证，却出现故障，伊娃面露焦急，想在人群中寻找曼尼，对方却已经消失了。

此时终端验证终于通过，保安退还证件告辞离去，伊娃却僵住了，只能在人群中茫然地搜寻。

侍者端着鸡尾酒路过，眼神询问地看着伊娃，伊娃急得口干舌燥，拿起酒正准备喝，突然想起来什么，临时换了一杯一饮而尽。

侍者略感惊讶，在伊娃准备递回酒杯时在其胳膊上轻轻扎了一下。

伊娃大为震惊，伸手去抓侍者，对方却训练有素，用极小的动作抵挡了两下，就脱身而去了。

留下伊娃心跳加剧，汗如雨下。

这是地下世界里惯用的一种高端暗杀毒剂，常见于国家级情报机构的手笔——左旋芬太尼，中毒症状：昏迷、呼吸抑制、惊厥、牙关紧闭、角弓反张。

伊娃天旋地转，惊惶间，一只小小的手扶住了她——路过的澳门本地小女孩何婉淇，这次聚会并没有像一些严肃音乐会一样拒绝儿童，也许是哪家公司邀请了她的父母。

伊娃不愿意小女孩受到惊吓，冲她艰难地一笑，摸了摸何婉淇的脸，轻轻扔掉酒杯，踉跄着穿过人群。

穿过酒会主人伊丽莎白的科技秀场。

命悬一线之际，伊娃依旧能听见伊丽莎白在人群簇拥中侃侃而谈。

“……我的老师，受人尊敬的斯泰拉夫人在上周遇害，很多人认为我继承了她在科技界的影响力，以及暗杀风险……”

伊丽莎白的声音职业干练又富有激情，经历过昂贵的美式演讲训练：

“今天的甲板上汇集了科技界近几年内最酷的展示，很多人问，全球市值最高的科技公司FANG拿出了什么？作为CEO，我骄傲地回答，我们的作品并不在同业这些杰作之上，而是之下——”

伊丽莎白指向大家的脚下。

“就是大家脚下的这艘船‘拉马努金号’。‘FANG’尝试着把整个计算中心搬到海上，用核能供电，用海水冷却……人们的第一个问题是：这条方舟需要拖着一根通往大陆的光缆吗？在上古时代，人们用磁盘记录数据，写入1M需要一分钟；今天使用专网写入速度比那时提升了六万倍，但当你要传输1EB的数据，还是需要26年，所以我们用亚历山大用剑解开绳结……”

医务室

伊娃踉跄着来到医务室，打开急救药箱。

她先用一根止血带扎住胳膊，此时汗如雨下，她直接撕开胸口的衣服，挣扎着向心肌注射阿托品，然后踉跄着来到洗手池边，一遍一遍用洗手液洗胃。

剧烈的呕吐间隙，伊娃用手指翻检药箱中的解毒剂，不知道该用那个。

阿托品和洗胃只是稍许缓解了中毒症状，随着时间的推移，情况越来越严重，伊娃感到幻听，心跳开始迟缓下来，胸口发闷。

伊娃挣扎着去拿心脏除颤器，却摔倒在地，她在地上爬着伸手去够。

医务室门开了，伊娃扭曲的视角看见了最不想看见的人——投毒的侍者进来了，他恶意地微笑，用脚把除颤器挪开。

伊娃第一次感到绝望。

有人敲门。

侍者启动除颤器，拿在手上，藏在身后，小心地开门。

伊娃已经顾不上为来者担心了。

侍者正准备开门，门被来人一脚踢开。

侍者的手指在门上被撞伤，扔掉除颤器摔倒，没来得及挣扎就被来者制服。

救下伊娃的人是华裔男子无常。

无常拽下侍者的皮带从背后捆他的大臂，侍者奋力挣扎，劣质的皮带直接从带头连接处断开了；无常去抽侍者鞋带，发现侍者穿了个一脚蹬。

他有些无奈，试着去砍侍者后脖子，侍者梗着脖子抵抗并且低声怒骂不止；无常只好把侍者翻过来，对鼻子打了几拳，这才老实了。

伊娃已经昏迷，无常电击伊娃，做心脏复苏，伊娃睁眼。

无常一边检查伊娃颈动脉，一边翻检解毒剂。

伊娃只有眼皮能动，她用男女间一种古老的信息传递方式——眼神——示意无常去问侍者。

侍者看见这一切，扭过头去表示并不打算合作。

无常给侍者搜身，发现一个暗杀用注射器，反手在他脖子上扎了一针。

侍者瞳孔放大，一个咕噜翻身，趴在地上颤抖的手指认了纳洛酮和纳洛芬。

危机

无常用望远镜在高处观察。

无常："七个人！大小姐！他们有七个人！你光顾着报仇，有没有把我的安全问题考虑在内？"

伊娃精力虚弱但意志坚定："他们杀了我哥哥！"

无常："尤里能看得见的保镖就有五个；伊丽莎白成了地狱犬的新一头，保镖少说塞两台GMC，算十个；再加上艾隆，艾隆？"

无常找了一会儿没找到。

"艾隆没看到，但他身边总跟两个退伍特种兵，加一起这二十个人专精要人保护，打起来实力算一流半；会议组雇一百个安保，邮轮常设保卫人员二十，算三流；如果给他们自动武器，强攻需要一个特种兵中队；就算只给棍子、辣椒水和电击器，控制全船也得30个人。我们就两个，什么概念？中国有句话，浑身是铁，你能碾几根钉？”

伊娃：“他们还有援兵？”

无常：“目前还没看到，但……”

头顶出现噪音。

无常停下了，抬头看天，天上出现一架直升机。

伊丽莎白指向天空，观众们的眼光追随着她的手指。

“我们不用光缆传输数据，在庞大的数据面前这样太慢了，以搬运1EB数据为例，我们使用运输直升机运载存储硬件需要6个月，而专网写入需要26年……”

米-26直升机在上方悬停，众人惊叹。

“截至目前，地球上只有两种运输直升机可以满足这种量级的运输要求，我们买了其中较大的那一种……”

无常的望远镜锁定着伊丽莎白，自言自语：“要减掉一半保镖的战斗力了。”

伊娃接过望远镜，说出了自己的判断：“头发，伊丽莎白的头发状态不自然，那不是真的伊丽莎白。”

半空中的枪声打断二人。

一个武装恐怖分子从米-26上游绳而下，在半空中开枪恐吓。

无常一缩脖子，带伊娃向船舱里逃跑，更多人还以为是表演，诧异地在原地看着伊丽莎白和米-26直升机。

伊丽莎白依旧在侃侃而谈，直到仪器被骚乱的人群踢倒，伊丽莎白横了过来，闪了两下，消失了。

演讲的伊丽莎白居然是个裸眼3D，现场秩序大乱。

蒙面恐怖分子依次落地，手持短突击步枪，胳膊上带着荧光臂套，冷静地扫视甲板，偶尔对天开枪驱赶人群。

尤里和保镖慌乱地逃走，一队船上武装安保人员冲了出来，尤里向安保人员求助，潜藏在保安中的曼尼拔出手枪向他射击。

尤里中弹，踉跄着后退，掉下船落水。

伊娃惊讶极了，没想到能和伊丽莎白抗衡的一方枭雄就这么死了。

无常看都不看尤里，一把按住伊娃的头：“先逃命，靠边走但是别贴钢板，离开一米就能躲开跳弹，我们找艾隆！”

看对手没有停手的意思，尤里的保镖和安保人员为了活命继续射击，和恐怖分子混战。

开枪的曼尼和恐怖分子会合，迅速戴上了荧光臂套。

他的同伙老练地扔出烟雾弹，安保人员和保镖视野受阻，被训练有素的恐怖分子迅速击倒清理。

曼尼招呼一个蒙面同伙来到船边，因为角度看不到落海尸体，蒙面恐怖分子悬绳把自己吊出去，在半空中用手机拍摄照片。

尸体头部特征照片不清楚，蒙面恐怖分子撤回船上，重新组织搜索，驱赶人质。

戴荧光袖章的曼尼踉跄着跑向船长室，船长和大副正在发出求救信号——“邮轮被恐怖分子劫持，多人伤亡。”

曼尼掏出了枪，船长震惊。

大副身高体壮反应极快，推了一把曼尼夺门而逃，曼尼举枪追出，大副依然逃掉。

曼尼回到船长室，搜出数字钥匙，劫持船长。

曼尼的同伙赶来，接收了船长，和众多人质一起控制押送。

曼尼进入通信室，利用船长的数字钥匙进入监控系统查看录像。

曼尼用无线电联络同伙：“已取得权限，正在视频资料里搜寻艾隆……”

人类数百年积攒而来航运网络通讯系统启动了：

南海附近海域船只、船级社、码头同时收到了“拉马努金号”的求救信号；

澳门警方得到多方报告；

澳门治安警察局特警队（红色贝雷帽）特别行动组接到命令集结；

澳门政府部门得到一份报告：特别行动组不具备在目标海域实施登舰作战能力；

澳门政府决定向中央政府和驻军求助。

雇佣兵

动力室一片黑暗，摄像头已被破坏。

两名蒙面恐怖分子扔出荧光棒，持突击步枪搜索，无线电出现杂音。

恐怖分子测试无线电，失灵。

一名年轻黑人从舱室顶部的管道上跳下，连踢带砸，撞倒两名恐怖分子。

黑人杀掉其中一人后夺枪，此时另一名恐怖分子捡起了枪，黑人熟练地二次上膛开火，扣了两下扳机，却是一发臭弹，黑人再次上膛来不及开枪，恐怖分子的枪响了，黑人慌忙躲闪。

恐怖分子停火搜寻，脖子被一支飞来的大号螺丝刀刺中，动脉喷溅，挣扎着倒地。

黑人举枪搜寻。

无常站了出来，展开双手示意没有敌意。

伊娃跟在身后，也挥手示意。

黑人稍感放松。

无常："艾隆？"

黑人："阿迪，艾隆是我老板，你们是什么人？"

伊娃插嘴："我们是黑潮。"

阿迪重新举枪瞄准无常。

犹太中年人艾隆从阿迪身后走了出来。

艾隆："你不是黑潮。"

无常："黑潮是我老板。"

艾隆："中国人？"

无常点头。

艾隆示意阿迪放下枪。

阿迪："你们怎么找到这里？"

伊娃挥舞着手机："你们屏蔽了无线信号，所以反而成了一个空白的热点。"

阿迪从腰上摘下屏蔽器，踩碎。

无常："Shayetet 13？（以色列海军特种部队）"

阿迪摇头："Kidon.(摩萨德刺刀小组)"

伊娃抗议："你们说啥？"

阿迪笑了，不说话。

无常解释："我问他是不是以色列的海豹突击队，他说不是，是以色列的

CIA的SAD（Special Activities Division，中情局特种作战单位）……”

伊娃看向阿迪：“那你是肯尼亚人？南非人？聘你很贵吗？”

阿迪原本以为伊娃只是个普通的小女孩，听她这么问，反而严肃起来——当伊娃明白一个黑人作为特种部队成员为以色列效力时，提出了一个敏感的问题并提出了两个专业的选项——在非洲大陆上，肯尼亚作为基督教国家和以色列秘密联系较多；而南非历来和以色列友好，历史上曾有大量白人开办的雇佣军公司。

阿迪严肃地摇摇头：“我不为钱，我是法拉沙。”

伊娃毕竟是个年轻的女孩，她并不了解埃塞俄比亚犹太人的历史，正要追问，被无常打断了。

“停！你不能再雇别人了。”

无常转向艾隆和阿迪：“尤里死了。”

艾隆和阿迪对视，但很快就从震惊中恢复过来，艾隆用手机照明，阿迪和无常捡起两名恐怖分子的短突击步枪，收拾子弹。

伊娃揉搓着自己的手。

尸体上的无线电响了，南亚口音的英文询问：“情况如何？”

无常犹豫了一下，捡起无线电。

无常：“NAD，NAD”（no abnormality detecte，无异常发现）

无线电那边沉默了一下，问：“密码？”

无常扔下了无线电：“暴露了。”

一行四人从动力室出来，在船上匆匆转移，伊娃抬头看见船上多处安防摄像头，又看看手掌，虎口处皮下一个红点在闪光。

空降任务

阿蓝没有背伞包，替战友一一检查装备。

世界上刚开始有空降兵的时候，大家的降落伞都是专职人员叠，好处是熟练又迅速，坏处就是数量一多，就可能出纰漏，出纰漏的结果就是伞兵在天上开伞失败被摔死。

后来就修改了流程，自己的伞自己叠，自己对自己的性命负责。

一直到现在都是这样，只是在有些时候，出舱前老兵会负责替大家从外观上检查一遍。

准备工作完成，战友们互相聊天说话，阿蓝退回机舱一个小角落。

机上红灯亮起，播报高度和海面情况。

战友们纷纷起身列队，依次和阿蓝拥抱告别。

刚开始阿蓝感到惊讶，随即感动，眼眶湿润地和战友们依次拥抱告别。

排在第一个的战士正是演习时阿蓝奋力抢救的战友，他倒退着走到机舱口，面向阿蓝敬礼，背对蓝天大海跳下。

第二个、第三个都是这样做。

阿蓝泪流满面，向机舱口面对着她敬礼的、散落在蓝天大海之间的伞兵们回敬军礼。

就在伞兵出舱的同一时刻，解放军的信息传递系统也在有序地运行：

中央接到澳门政府求援；

驻澳部队接到求援信息，向战区汇报；

战区向上级汇报同时开始组织搜集情报，准备预案；

北斗卫星变轨，对目标区域开始侦察；

大型无人机飞向“拉马努金号”上空，开始高空摄影；

南部战区指挥室，一名少将指挥官负责的紧急状况临时指挥部已经开始运作了；

操作员接到中央军委授权，解决轮船劫持事件；

驻澳部队、南部战区的军用数据链联通；

无人机航拍照片、科技峰会预展及“拉马努金号”邮轮情况简报等相关情报信息陆续出现在了战区大屏幕上；

“海军调集附近舰艇，全速赶往事发海域，需2小时以上抵达”；

“驻澳部队所辖特种连一支作战小队正在目标区域附近进行海上跳伞训练”；

“连长正在海上，对伞降人员进行拾回！”

临时指挥部里一派繁忙。

南海水面的军用保障小艇上，连长同时接到命令。

——停止跳伞。

连长：“我部一支特种作战小队正在附近海域进行海上跳伞训练，预计三十分钟内抵达事发邮轮附近，但伞降训练已经开始几小时，已跳伞人员无法及时拾回并再次投送，能投送参加战斗的只有尚未跳伞的人员，可能人数不足以组成足够的战斗单元。”

指挥室，连长的通话视频出现在大屏幕上。

连长：“跳伞进度由前方特战小队根据天气情况自行掌握，目前尚不清楚还有几人未出舱。”

指挥官：“伞训特战小队是否携带武器弹药？”

操作员：“全装实弹武器，训练机上有备用的远程高空渗透伞具及水下渗透装备。”

指挥官：“向前线核实，到底有几个人还没跳下去？”

南海上空军机。

阿蓝戴上通讯耳机："报告，目前机上战斗员仅一人未跳伞。"

连长愣了一下："阿蓝说清楚，是你一人，还是除你以外一人？"

阿蓝："报告连长，仅有我一人！"

通话器短暂地沉默，然后传来连长的声音。

连长："阿蓝，现在命令你检查机上装备，检查武器。任务科目可能包括以下三项，远程高空渗透，水下渗透，登舰战斗。"

阿蓝感到惊讶。

连长："阿蓝！"

阿蓝："是！"

阿蓝静静等待连长说话。

连长顿了顿："带实弹!"

阿蓝："是！"

阿蓝起身，迅速穿戴装备。

飞行员同时接到指令，军机转向，全速前进。

连长："阿蓝，我知道你不会放弃，但我还是要命令，量力而行，不然这次回来一定追究责任！"

阿蓝茫然又坚定："是！"

连长："取出飞机上的单兵数据链终端，接入网络。"

阿蓝取出飞机上的单兵数据链设备戴好，装好摄像头、通话器。

驻澳部队、战区两级指挥部相继接入，数据链联通。

阿蓝头盔上的摄像头拍摄的第一视角画面，出现在战区指挥部的大屏幕上，旁边是相关数据和阿蓝的照片。

阿蓝编号："050。"

连长："050，你还有半小时不到，立刻开始吸氧，准备远程高空渗透伞降，预计出舱高度7500米，开伞高度1500米。"

连长："050，这不是演习。"

连长："下面移交指挥权至战区，由他们发送任务。"

连长离线。

阿蓝所在军机迅速拉升起飞高度。

H. A. L. O. 光芒万丈

在美军军事手册里，军事自由落体跳伞是一种作战人员投送手段，包括且不限于渗透部队、机组人员、先遣开路人员、特战小组等。

其主要应用于地形交通限制、防空覆盖或政治敏感区域条件下执行秘密任务使用，作战人员在任务区外跳伞，使用滑翔伞空中机动进入目标任务区并降落。以规避防空火力打击及敏感空域申请。

军事自由落体跳伞分为High-Altitude Low-Opening（H. A. L. O.，即高跳低开）和High-Altitude High-Opening（H. A. H. O.，即高跳高开）两种，前者在中文曾被译作代号"光晕"，也有人称之为："光芒万丈"。

2018年，汤姆·克鲁斯第一次在电影屏幕上以实拍展示H.A.L.O.这一技术。

阿蓝层层打包，隔热服，氧气瓶，跳伞包，潜水装备，作战装备累计重达数十斤，一一归位，然后身上捆紧，再捆紧，紧到不像是在执行21世纪最前沿最高难度的军事任务，更像是一百年前的一个士兵用一条条绑带把沉重的装备捆在身上以应付长途行军。

阿蓝开始用飞机上的接口吸入纯氧，冲淡血液中的氮气，以降低跳伞时减压症反应；

同时在数据链终端平板电脑上接到战区指挥部发送任务信息：

高跳低开，海上跳伞接战斗潜水，登舰侦察，搜集帮助落单人质，隐蔽行动，保持通联，等待配合救援行动……

计划A，计划B……

船上重要目标人物照片：伊丽莎白、尤里、艾隆……

阿蓝在平板电脑上一个环节一个环节地背诵刚刚做出的作战计划；

战区指挥室里推出了两块大白板，上面写着几句中国古诗：

计划A“林暗/草惊风/将军/夜引弓/平明/寻白羽/没在/石棱中”；

计划B“葡萄/美酒/夜光杯/欲饮/琵琶/马上催/醉卧/沙场/君莫笑/古来/征战/几人回”。

每个词组后面跟着一个空格，代表着将任务拆分成不同阶段；

阿蓝时而默念，时而睁眼，脑海中的词组和邮轮图纸幻化组合，词组飞到了一个个关键节点上，勾画船上的地形和行动路线；

指挥部：“050，还有什么疑问？”

阿蓝使用喉部送话器回应：“交战规则？”

指挥部：“避免主动开火，不具有战术优势的情况下爆发失控枪战可能会造成人质大量伤亡，仅在本人和人质生命受到威胁情况下可以开火还击。”

阿蓝确认：“避免主动开火，仅在本人和人质生命受到威胁情况下可以开火还击。”

阿蓝背上最后的大包，突然感到膝盖一软，跪在地上，又迅速站了起来。

阿蓝用两条弹力止血绷带把膝盖绑住增加支撑。

战区指挥室里，指挥官看见这一幕，脸上阴晴不定：“调050病历！”

阿蓝腰部和腿部的医学照片出现在屏幕一角，然后被放到最大：

伤痕累累的膝关节，带着长钢钉的腰椎骨赫然在目。

操作员：“她目前身体条件太弱，海上自由落体跳伞、战斗潜水，还有登舰搜索战斗，每一个都太难，加一起，她没办法做到的！”

指挥官沉默了几秒钟，语气坚定：“面对风浪，个人可以㞞，解放军不能缩，所以才叫定海神针，我相信她。”

军机已然在“拉马努金号”附近空域就位，机舱红灯闪烁。

那个被相信的人身负重装，把氧气接口换成自己的气瓶，蹒跚着站起。

机舱的密闭阀打开，开舱，寒风涌入，噪音轰鸣，阿蓝走到舱门前。

云层下，一片平静；云层上，如低温轰鸣如地狱般紧张。

阿蓝跳下，自由落体下降，飞速穿越云层。

预定开伞高度，阿蓝成功开伞，第一视角旋转的蓝天大海出现在指挥部屏幕上。

一名负责白板的操作员在“林暗”这个词组后面画了个圈，表示顺利完成。

清扫

水面之下，阿蓝拉着一个推进器在海水中潜行。

阿蓝眼前的船体越来越近，她关闭了推进器，用蛙掌打水游了最后几百米，绕着船体寻找登舰位置；

阿蓝悄然浮出水面，测试通信设备；

阿蓝："测试、测试，050准备等舰……"

无线电一片寂静，阿蓝正焦急，突然出声音了："通信受到干扰，中断七分钟。"

阿蓝下意识检查了一下潜水电脑，发现恢复了正常。

无线电："空中侦察发现，船上已出现交火，并有人员伤亡。三十秒后，无人机将对目标区域范围进行通讯阻隔，你和指挥中心的联络不会受到干扰。"

阿蓝："明白！"

阿蓝用电磁铁攀登工具开始攀爬登舰。

天空中，大型无人机打开通讯阻隔，将"拉马努金号"罩在一个无形的碗里。

战区指挥部的大屏幕上出现阿蓝头盔摄像头的场景：攀上船体，踏上甲板。

白板前的操作员长出一口气，在"草惊风"后面画上一个圈表示完成。

邮轮图纸传来，抬头是澳门警方的标记，指挥室操作人员扫描输入；

大型无人机传来合成孔径雷达和热成像图像；

阿蓝的单兵数据链终端传来实时画面和方位；

若干组数据在显示屏上重叠在一起；

船上人员的活动犹如透明一般显示在指挥室的大屏幕上。

另一扇屏幕上，游轮通信室里，曼尼像是在玩一场电脑游戏，他的任务是在视频里追踪无常艾隆等四人，然后用无线电联络同伙堵截；

在一个角落的屏幕上，曼尼意外发现一个小小的影子登舰。

曼尼惊讶地放大画面，试图辨认来者身份，只看到一个模糊的人脸，胸前的红旗标志若隐若现。

曼尼拿起无线电联络同伙，发现被杂音阻断。

曼尼抄起备用的对讲机，还是无法使用；他起身去走廊上捡了一个乘客遗落在地上的手机，发现信号、网络、蓝牙都丢失了。

曼尼慌乱地掏出卫星电话，来到露天甲板上寻找信号，发现卫星电话也挂了，他仿佛意识到了什么，抬头看天，试图找到是什么东西阻断了他的通讯。

曼尼抬头的一刹那，正面照片被大型无人机和北斗卫星同时拍摄下来，立刻就出现在了战区指挥部的大屏幕上。

人脸识别系统启动了，飞快地过滤识别。

曼尼立刻意识到了自己的失误，骂了一句脏话，迅速低头逃回通信室，在图纸上找到逃生小艇的位置，然后一秒钟也不耽搁开始逃跑。

曼尼开始了目标明确地逃走，看见同伙就招呼同行，他们放下了救生小艇，启动了发动机，离开了大船。

甲板上剩下的恐怖分子毫不知情，发现无线电和备用对讲机无法使用之后，茫然而又无奈，有的呵斥人质，有的继续搜索。

操作员通过无线电指挥阿蓝在船上的行动，阿蓝在其帮助下能精妙地移动，避开恐怖分子，有如神助。

她的任务很简单：搜集落单人质，按照后方提示把他们分散隐蔽——如果不出现交火的话。

战区指挥部，白板上“将军”“夜引弓”等几个词后面被画上了圈，表示任务推进顺利。

阿蓝数次和恐怖分子在拐角处即将碰上，总能提前被预警，惊险地提前绕开。直到这一次，她身后的人质不小心弄出声音，一名恐怖分子突然转向，眼看就要到达拐角，发现阿蓝及人质，而阿蓝和人质身后是死胡同，无路可退。

阿蓝在后方指挥的帮助下，抓准节奏扑向恐怖分子，将其步枪击落，双方陷入近身格斗。

恐怖分子把阿蓝摔向地面，阿蓝膝盖撞到钢铁甲板上疼痛难忍，恐怖分子趁机拔出手枪，阿蓝飞扑上去拽住恐怖分子，用身体的惯性旋转着把对方摔倒，紧紧趴在对方的背上，连持枪手带脖子一起锁住。

恐怖分子背靠船体站起身，一次次用身体把阿蓝撞向金属船体，阿蓝头部被撞，眼底出血，手上却不停加力，恐怖分子脸色涨红几乎昏迷，他努力转动枪口向阿蓝开火，枪口逐渐转向阿蓝的头部。

阿蓝背水一战，红着一只眼睛继续加力，恐怖分子昏了过去；

手枪摔落在金属甲板上，走火了。

战区指挥部通过摄像头看着整个过程，从少将到操作员长出一口气。操作员来到另一块白板前，在跳过“葡萄”“美酒”，直接在“夜光杯”这一栏后面画了个圈。

筋疲力尽的阿蓝查看了一下人质并未被走火手枪射中，用尼龙手铐去绑被压在身下的恐怖分子，恐怖分子醒来，试图挣扎，被阿蓝抓住头发在甲板上撞了一鼻子血，老实了。

这个被阿蓝制服的恐怖分子反剪双手脸在甲板上摩擦，原本很丧气但他突然笑了。

从他的角度正好能看见，阿蓝身后很远的地方，他的一名同伙探出半个身子，远远地瞄准阿蓝，他的距离如此之远，以至于战区指挥室的大屏幕上不认为这个人员对阿蓝构成威胁。

战区指挥室，操作员发现四个武装人员正向阿蓝靠近。

指挥员：“050，注意十二点钟方向威胁，四人，三秒之后尖兵出现。”

阿蓝举起枪，紧盯前方拐角。

无常来到拐角，低姿滑倒，举枪开火。

阿蓝看见有人向自己开火，毫不犹豫准备还击，食指压下去一半，突然停住了——阿蓝被眼前出现的人震惊了。

阿迪听见枪响迅速上前增援，对阿蓝毫不犹豫连开三枪。

千钧一发，无常躺在地上把阿迪的枪踢歪。

三颗子弹打到走廊天花板上，跳弹四溅，大家狼狈躲避。

阿蓝明白过来，回头看见一个刚才瞄准自己的恐怖分子连人带武器从船舷掉落海里。

无常扔下了枪，一手握紧阿迪的枪口。

无常摇摇头。

阿迪缓缓放下枪。

阿蓝枪口指着二人，警惕地缴了他们的步枪，扔下海。

无常刚想说话，阿蓝扔出两根尼龙扎带。

阿蓝用枪指着二人：“别说话，自己捆上。”

无常无奈，和阿迪捆双手。

阿蓝用摄像头扫过四人，伊娃对着镜头摆剪刀手。

战区指挥室大屏幕，对四人正面清晰照片开始识别。

阿蓝向无常指了指剩下三人以及之前的人质：“你带他们隐蔽，不用我教吧。”

无常无奈点头。

阿蓝通过无线电汇报："继续搜索。"

战区指挥部，操作员在"欲饮"后面画了圈。

透过高空侦察，指挥部的大屏幕上显示船上一片骚动，除了逃亡的曼尼，剩下的恐怖分子正在驱赶人质集中。

远程狙击

指挥部里，操作员的手指不断地调音，声音被一再放大，过滤掉噪音，传来模糊的恐怖分子声音，讨论驱赶人质下海的计划，背景是人质的低声哭泣。

船上恐怖分子控制人质的赌厅，一墙之隔的医务室。

阿蓝拿着一个听诊器，和耳机凑在一起，隔着舱壁监听恐怖分子。

操作员在电脑上走了一遍模拟阿蓝隔墙射击恐怖分子的过程，向指挥官汇报：

"突袭方案无法通过，她没有办法同时射击三个目标！"

一名通讯员大喊："海军就位！可以锁定，可以锁定！"

一公里外，海面军舰甲板上四名海军狙击手在甲板上临时架设狙击阵地，使用大口径高精狙，用伪装网遮阳。

瞄准镜开始锁定千米外"拉马努金号"邮轮舷窗中若隐若现的恐怖分子人头。

狙击手头戴耳机和送话器："已锁定两名目标，其中一人始终未出现在视野内。"

指挥部内一片忙乱，指挥员忙着将多组数据重叠，更改设置。

恐怖分子和人质藏身的舱室在屏幕上被放大，立体化，像一个透明的盒子悬浮在屏幕中间，人质和恐怖分子用不同颜色标示。

阿蓝打开步枪上的激光指示器，在舱壁上投影出半米见方的环状准星。

战区指挥部大屏幕上出现实时画面，分屏上出现合成孔径雷达和热成像图像，以及船身的三维立体图。

整体合成图片上，人在透明的空间移动，物理上的隔板变成了线条。

指挥员指挥阿蓝调整枪口角度："左移动两个单位，向上三个单位，等等，目标在移动，往右五个单位……"

阿蓝沉着地调整着枪口，激光指示器投影的准星，在空白的墙壁上一点点移动。

海军狙击手锁定目标。

战区指挥部大屏幕模拟海军狙击手射击延长线，指示阿蓝避开射击线，阿蓝改为跪姿射击，手中的步枪依然平稳地锁定目标。

战区指挥部确认三名目标均已被锁定，少将下令开枪。

四名海军狙击手同时开枪；

枪响后，子弹呼啸而出。

指挥部以数十分之一秒的精度计算时间，然后命令阿蓝开枪。

阿蓝扣动扳机。

第一颗子弹击碎舷窗玻璃，擦着恐怖分子头皮飞过，目标来不及惊讶，被第二颗子弹击中面部致命T区；

另一名恐怖分子被两颗子弹同时击中T区；

最后一名恐怖分子从后方被阿蓝击中脑干；

三名目标同时倒地。

意外

游轮甲板上，阿蓝在高处警戒，海军的直升机和小艇远远地开了过来。

船上的工作人员重新组织起来，船长带头，指挥大家撤离。阿蓝在人群中搜寻无常，感到有人在拉自己，澳门小女孩何婉淇正拉着她的衣襟，表情害怕又惊讶，阿蓝微笑鼓励。

小女孩："你好厉害。"

小女孩鼓起勇气，摸了摸阿蓝的手上的血痕。

小女孩："可是，你是个女孩啊？"

阿蓝笑了，小女孩的笑容让人温暖，她弯腰抱了抱小女孩。

小女孩得到鼓励，露出笑容。

阿蓝起身，做了一个"嘘"的手语，何婉淇做"OK"表示收到。

阿蓝用手语指挥何婉淇进入疏散的队伍，惊魂未定的人群向船尾疏散，海军的舰艇越来越近。

刚刚被恐怖分子扔到水里的人质被捞出来，海军开始登舰。

天上，大型无人机关闭了通讯阻隔，飞走了。

人们的手机恢复通信，铃声和通话声不断。

阿蓝在人群中找到了无常，阿蓝追了上去。

越来越近了，阿蓝伸手去拍无常，手指微微颤抖。

一声枪响，疏散人群中，正在指挥的船长倒下，头部血肉模糊——一架"杀人蜂"无人机刚刚撞向了他的脑袋。另一架"杀人蜂"还在空中盘旋，似乎在搜索下一个目标。

人群惊恐，又开始慌乱奔逃。

阿蓝第一时间卧倒，看清情况后起身，让慌乱的人群陆续躲在自己身后。

登舰的解放军战士站在了人群前面，组成人墙。

小女孩何婉淇紧紧地拽住阿蓝的衣角。

战区指挥室，操作员通过阿蓝的摄像头看见现场，无人机被识别，背景信息出现在大屏幕上。

操作员语气急促："050，'杀人蜂'无人机用面部识别锁定目标，携带有致命的火药发射弹头，估算最大飞行速度15米每秒。"

阿蓝示意大家隐蔽，顺手摘下头盔，扣在何婉淇头上，举起手枪瞄准"杀人蜂"。

"杀人蜂"迅速向多个方向随机飞行，动作敏捷，在半空凶狠而挑衅似的盘旋，几次冲向阿蓝又撤回。

阿蓝面无惧色，迎着"杀人蜂"开枪，连续几枪都打空，"杀人蜂"四轴旋翼有一个被打坏，似乎并不影响行动。

阿蓝子弹打光，换弹匣时，"杀人蜂"猛然改变方向，冲向何婉淇。

阿蓝大喊一声"不"，飞身扑向"杀人蜂"，因为距离太远，阿蓝把打空手枪当石头扔向"杀人蜂"，杀人蜂突然减速让过，然后再次加速，继续瞄准何婉淇撞去，何婉淇已吓呆，人群惊叫，而此时阿蓝尚在空中失去平衡。

无常从何婉淇身后敏捷而矫健地冲了出来，踢出了一个巨大的弓步，双腿几乎劈开一个竖叉，尽力伸长胳膊，用手指的末端勉强接触到了何婉淇的头盔，手指擦着头盔推过。

何婉淇的头盔在"杀人蜂"即将撞上的一刹那向下挪动了一点点，本该沿着头盔下沿命中眉心的"杀人蜂"的子弹在头盔边沿爆炸了，巨大的冲击力让小女孩颈椎向后一折，昏倒在地上。

阿蓝重重摔在地上，看着何婉淇鼻孔中流出的鲜血，不知所措。

阿蓝眼前一黑，昏迷，最后看见的画面是无常失去平衡落在地上，以及随后赶来的解放军战士的军靴。

因果业力

科技公司的背后生存逻辑是股票市值，可当它足够大时，就不止关乎股票了。

全球浩如烟海的科技公司中，有少数几家的位置就如同皇冠上的宝石，它们是所在国家通过技术对全球投放灯塔信仰的管道。

技术和观念领先的产品，很容易就能在世界人民脑中建立理所当然的国家等级差异，可以方便地输出价值观操纵人心牟取利益。身边随处可见却又有一定消费门槛的产品是它的母国最好的形象代言人——在历史上，它曾经是丝绸、瓷器，也曾经是可乐和牛仔裤，一度还是坦克与战斗机，而到了今天，它们只能是高科技公司生产的智能手机和新能源汽车。

时代在变，玩法不变。

今天的科技公司最重要的是让人觉得酷，和股票市场的演出一样，科技公司背负国家使命的逻辑，也依然是要保持酷的形象。在极端的情况下，这个时代的高科技公司可以让人觉得疯狂乃至是邪恶，但是绝不能让人认为它们无能。

顶级的计算机病毒是新时代的核武器，它能摧毁一个庞大的项目，一个全球性市场，也能让一家科技巨头损失惨重，万亿资金灰飞烟灭，但是更重要的是——他能摧毁其辛苦建立起来的，深深植根于百万人心中的信仰，让其所代表的国家安全受到不可弥补的伤害。

战区作战指挥部是一个真空泡，除了独立的通信网络，其他信号都被屏蔽，屏幕上闪现着动画和新闻资料：

“2006年，伊朗natanz核设施被‘奥林匹克行动’的袭击，内网被人植入stuxnet（震网）病毒，离心机失控超载报废，致使伊朗核计划进度整体后退两年。后来又出现了升级版火焰病毒，情报界普遍认为这两种病毒是具有国家背景的网络战武器……”

一个年轻的画外音在向一桌子军官介绍背景。

“各位，我是总部网络情报参谋任梁，这次的资料由我向大家汇报。这次威胁的核心是一种高成本大威力的网络病毒‘Karma’，中文叫作‘因果业力’，科技界确信它已经问世一年以上了。我们打个比方，500K的‘震网’是一个精确制导定时引爆的导弹，‘火焰’的体积是‘震网’的40倍，威力相当于一次完整的武装侦察和地空协同打击；而‘因果业力’数百倍于‘震网’，是人类所有数字武器的博物馆，它作用于脆弱的民用网络，近年无线网络和智能生活设备的大规模普及，导致了它的杀伤危害呈指数倍增长。‘拉马努金号’上发生的情况，是它的一个碎片分型。”

屏幕上重现了船上摄像头拍下的无人机杀人的画面。

任梁：“如果用核战争形容Karma的完整版本，那么船上出现的这次预演，只是一次使用石块的原始战争。出于安全考虑，电子战部门已经用电磁炸弹清理了现场。”

指挥官：“病毒的制造者是谁？目的是什么？”

任梁：“因果业力编制复杂成本高昂，大概相当于十万幅不同的清明上河图集中在一起，这不是个人可以完成的。情报界认为它代表一种思想和主张，由千万人去中心化编制，再以前所未有的形式被组织起来。我们无法追踪主导者黑潮的社会身份，他可能是无政府主义者，但对释放病毒，颠覆现有秩序又有所犹豫。”

“业界猜测，‘因果业力’由数以千计的数字侦察和攻击武器组成，以无限备份的形式沉睡在互联网冗余数据的海洋里，当钥匙出现他们就会被激活爆发，搜寻相应的武器攻击相应的目标。业界传言，黑潮向科技界的三巨头透露病毒武器库的关键信息，他们分别是：英国秘密情报局前高官斯泰拉夫人，俄罗斯安全软件巨头尤里，以色列网络战专家艾隆。黑潮认为他们各有立场，可以相互制衡。现在出现的情况是，有人有足够的把握，认定杀死或控制这三人，即可掌握‘因果业力’，并且已经开始行动。”

指挥官：“现在情况发展到了什么程度，澳门面对的安全威胁如何？”

任梁：“斯泰拉夫人遇刺，她的学生伊丽莎白继承了她的业界遗产；现场勘验表面，尤里并没有死在船上，死的那个是替身；还有艾隆被我们解救；这三个人将出席接下来要在澳门举办的科技峰会，科技界认定这个峰会是和‘因果业力’高度相关的，围绕它的争夺会给澳门带来极高的恐袭风险。”

指挥官沉默，看了看坐在末座的连长：“你有什么要问的吗？”

连长犹豫，但还是下定了决心：“‘杀人蜂’最后一刻攻击小女孩而非携带武装的050，是病毒自己的选择？”

“‘因果业力’具备深度自我学习功能，我们推测它可以自行判断遇害的船长以及头盔保护的目标具有更高价值，所以选择优先攻击。换句话说，是我军行动人员050的好意间接造成了小女孩的伤害，从现场经过来看，她不应为此承担责任。对了，小女孩没有死，一直在昏迷，医院在抢救。”

屏幕出现无常救小女孩的画面

“此外，”任梁补充道，“现场有一个华裔，他曾是我国派驻国际信息安全组织的观察员，一年前去向不明，身份待确定。”

瓷器

澳门文华东方酒店的大厅里陈列着一尊用银丝穿接明清碎瓷片而成的立体旗袍，宛如一个戴着头饰的中国古装仕女，线条优美，创意巧妙。

在这尊艺术品上空数十米高的空中泳池，伊娃满脸怅惘若失。

伊娃："我本以为泳池会更大，会在顶楼天台，并且没有玻璃围栏呢。"

无常："那样建造成本和安全风险都会提升很多倍，酒店太不划算了。"

伊娃噘起了嘴："但我就是喜欢啊，那样不是更美吗？"

无常："有一个办法可以帮你实现想法……"

伊娃好奇。

无常："喝点酒，喝多了你就会觉得楼层高了，泳池也变大了。"

伊娃嬉笑着："你喝酒了会想起船上那个女兵姐姐吧，你们认识？"

无常眯着眼睛，盯着伊娃不说话。

伊娃："以前有人告诉我，黑客这一行没有巧合，如果有，就是危险。"

无常起身从泳池站起，径自走向健身房，把伊娃抛在了身后，说话却没有回头。

无常："这不是巧合，伊娃。我出生在80年代的中国，三十年过去了，今天，我的同龄人正在为建设这个国家工作，正在背起步枪为这个国家站岗，当你踏入了中国的边界，在这里遇到他们，就是一种必然。"

无常突然扭过头来，走向伊娃，在泳池中蹲下，和伊娃脸对脸，鼻子几乎要碰上了。

无常："还有一部分我们，成了这个国家漂泊在世界的名片，和你的祖辈不同，你不用通过瓷器、丝绸和熊猫认识中国，你通过我，所以——我们的相逢也是一种必然。"

无常伸手抓住伊娃后颈的头发，伊娃闭上眼睛。

两人眼看就要吻在一起，无常用手机自拍，拍下了这暧昧的一幕。

伊娃略带失望地睁开眼睛，但随即露出顽皮的笑：“你还记得，我们刚到这里时，在酒店大厅里看见的那件塑像吗？”

“嗯？”

伊娃：“你记得她的名字吗？”

无常摇摇头。

伊娃狡黠：“它叫北京记忆——Beijing Memory，我想你一定也有许多关于这个国家的记忆。”

真实的谎言

单向玻璃隔离，阿蓝看不见问话者，孤身一人接受质询。

一个女兵进来，拿出测谎仪，给阿蓝戴上。

连长：“姓名，年龄，军衔。”

阿蓝：“阿蓝，29岁，三期士官。”

绿灯长亮。

连长：“这次船上的战斗，除了已经提交的记录之外，你有什么特别情况需要说明吗？”

阿蓝嗫嚅：“没有。”

红灯闪烁，报警。

连长：“继续。”

阿蓝不说话了。

连长：“你不说的话我帮你说，说得不对你随时打断。”

阿蓝惊讶。

连长：“在船上的行动中，你看见了一个你认识的人，无常。你们是中学同学，相处三年，关系亲密，高考前夕，无常消失……”

阿蓝："够了！"

连长："为什么隐瞒？"

阿蓝痛苦摇头。

任梁声音插入："你是不是还爱着他？"

阿蓝愤怒："你是谁？"

任梁："我是情报参谋任梁。"

连长："回答问题，阿蓝，你是不是还爱他？"

阿蓝："什么狗屁问题，和你们有什么关系！我不接受这种质询！"

任梁："无常现在的活动涉及国家安全，可能会和我们的工作形成交叉，我们要知道，你会不会因为个人情感影响行动！"

连长："回答问题！"

阿蓝愤怒："不！不会！没有！我不爱他！可以了吧！"

绿灯，一片平静。

任梁："你可以走了。"

阿蓝带有情绪，摘除测试设备，刚要出门，被叫住了。

连长："等等，我再问一个问题。"

阿蓝呆立在门口，眼中有泪痕，刹那间，十几年的青葱岁月从眼前飞快地滑过：

学生时代：

阿蓝一个人做题陷入困境，无常出现为她讲解，阿蓝不好意思地偷偷看他；

同学爬山，阿蓝和几个女生落后，无常折回来，伸手要背阿蓝的包，阿蓝不好意思，无常背起了几个女生的包，最后接过了阿蓝的包；

阿蓝被女生孤立，无常挺身而出挡在她前面，恶女们悻悻而散；

学校食堂，阿蓝吃得清汤寡水，无常坐了过来，若无其事地在阿蓝的餐盘上放了一个鸡蛋；

考试排名靠后，阿蓝被老师训话，压力极大，来到学校天台，无常跟上来劝慰她，真诚而笨拙的语言，说得阿蓝眼睛里渐渐出现了光芒；

夕阳的天台上，阿蓝憧憬地看着无常。

阿蓝：“大学你要去部队吗？”

无常看着晚霞，答非所问。

无常：“你知道人类的第一个战士是怎么出现的吗？”

阿蓝羞涩又懵懂，摇头。

无常：“当我们的祖先还生活在丛林里的时候，他们没有力量去对抗猛兽，一头熊，一头象，一头狮子老虎，都可以追赶着一群原始人奔逃，从容地吃掉体弱的落单者，这种捕猎在过去千百万年里发生了千百万次，人逃命的时候和动物没有区别，直到有一天，一个原始人停下了脚，可能是他觉得逃亡的群体里有人需要他保护，也可能只是他厌倦了这种没有尊严的逃亡本身，宁愿战死也不愿再忍受屈辱，不论如何，他停下了，他从地上捡起了木棍和石头，迎着恐惧与危险和多数人逆向而行，他选择战斗。”

无常从脖子上掏出一个红线坠着的军功章。

无常：“不是每一个人都有拿起剑的理由，但如果你感受到了这种天赋和使命的召唤，就一定不要辜负它。”

阿蓝的思绪停止了，她用手指抹了抹眼睛，重新坐下戴好测谎设备。

连长：“你还爱他吗？”

阿蓝语气平静：“不爱。”

红灯闪烁，报警。

老兵

阿蓝来到营区里那座她擦洗过千百次的旗杆边。

她的手上绑着纱布，放下水桶，用湿布擦拭旗杆护栏，简单地整理了一下军容，把国旗升了起来。

红旗在手中缓缓滑过，阿蓝闭上了眼睛，无数往昔的清晨画面闪回：

阿蓝入伍，和一群女兵一起学习话务技术、计算机技术，别人都走了，她还在练习；

阿蓝在部队一次次孤独地练习体能，障碍赛场，一次次跌倒又爬起；

大雨中的武装越野，阿蓝摔倒，战友们要上来帮她，被连长喝止。

连长："阿蓝，你想过没有？如果你拼尽全力还是达不到标准，可能是说明你不适合这儿？驻澳是精英，特战是尖刀，有人跑着进来，有人走着进来，还有人爬着进来，告诉我，爬，你能不能跟上？"

大雨中，阿蓝坚定地点头；

新兵入伍，阿蓝和一群稚嫩的女兵宣誓："我是中国人民解放军军人，我宣誓……"

阿蓝抛出红旗，将旗帜升起。

阿蓝的手指颤抖地敬礼。

阿蓝小声背诵入伍誓词，脑海中回想起当初稚嫩的女兵集体宣誓，声音渐渐重合在一起：

"我是中国人民解放军军人，我宣誓:服从中国共产党的领导，全心全意为人民服务，服从命令，严守纪律，英勇顽强，不怕牺牲，苦练杀敌本领，时刻准备战斗，绝不叛离军队，誓死保卫祖国。"

耳边还有旗帜飘扬的声音，阿蓝抬起头，旗杆却空荡荡。

不远处，营房的屋檐下，真正的旗兵才刚刚迈着正步走出来。

清晨的营区，官兵们各司其职，开始一天的工作。

阿蓝带着行李，等待着运送新鲜蔬菜的卡车。

连长向她敬礼送行。

阿蓝回礼，默默无语。

卡车启动，驶出营区，在澳门穿街过巷。

窗外是澳门街景，阿蓝耳边回响着和连长的对话。

连长："船上行动的立功报告已经交了，可能要等整件事彻底结束以后才会批下来；你的身体状况，战区都调阅了你的病历，不能再装没事人了；还有你和无常的敏感关系，他的活动又和澳门安全有关，部队建议你调岗到机关，放假休息一阵，身份和荣誉都保留……"

阿蓝微笑着摇头，表情居然很坚强。

阿蓝："连长，军人的尊严是战斗本身，如果成了被人照顾的那一个，我希望提前退伍。"

卡车通过关口，进入珠海。

一个女人在检查站朝阿蓝拼命挥手。

刺杀

一个老外从专用电梯里出来，用手帕擦手，看也不看电梯口的两名保镖，钻进了一台豪华轿车离去。

轿车出车库的时候，和另一台保姆车擦身而过，这台保姆车开到电梯旁停了下，一个厨师被从车上驱赶下来，有点无所适从，电梯前的保镖和司机说了几句俄语，让厨师在电梯前和摄像头确认。

控制室审核摄像头，打开电梯。

电梯门开了。

厨师进电梯。

电梯门即将关上的一刹那，无常猫腰借着车的掩护，用一次性相机改装的电击器电击保镖的脖子，把两人干翻。

无常按住电梯，门停住了，厨师吓坏了。

车库一角，一台货车已经被改装，伊娃操纵电脑，进入监控系统，用厨师的画面替换掉了实时画面。

伊娃："画面解决。"

无常一把拽出厨师，拿了他的帽子和袍子，进了电梯。

电梯升向顶楼。

电梯门打开，无常穿着厨师的衣服，帽子挡住半张脸往里走。

走廊一侧是保安室，无常试图混过去。

保安没说话，无常加快脚步。

一个俄语声音："我在这儿！"

无常一扭头，尤里穿着高领套头衫坐在保安室里，前面的桌上放着酒和短冲锋枪。

尤里端起酒（**英语**）："中国人，龙尾！"

无常成了俘虏，尤里挎着枪拎起酒瓶，漫不经心地走上前来，拍着无常的背，推开了公寓走廊尽头豪华套间的门。

尤里放下枪，倒酒递给无常，然后开始摆弄桌上的国际象棋棋子。

尤里用口音浓重的英语唠叨了起来："90年代要在莫斯科活下来秘诀有三点：脑快、手快、胆子小，所以敌人很难抓到我。"

无常："替身的办法很老，但是挺有用。"

尤里："1984年，卡斯帕罗夫从卡尔波夫手里夺取世界棋王宝座，前后用了8个月下了72局，还不算中间休息的6个月。所以你看，顶级的诡计也需要时间，而时间并不站在我这一边。"

无常："既然嗅到了危险，为什么不离开澳门？"

尤里苦笑，举起棋子："大家以为我是皇后，有一阵连我自己都忘了，我是小兵啊。他们搞定了莫斯科的大人物，无论我怎么躲，都是个死人了。"

无常："他们想要Karma，我能做些什么？"

尤里醉酒，有些狂躁："做什么？做不了什么。黑潮给我指出了一条路径，实现它需要巨大的算力，我们拿不出来，哦，不，我们曾经能拿出来，那时候我们有国防军事委员会，有九个国防部委，还有数百个相关专业数千个配套厂家，那时候我们能拿出来，但现在没有了，我们拿不出来，现在只有凶手能拿出来。"

无常："凶手是谁？"

尤里："是谁？太多了，他们是硅谷和华尔街，是CIA和NSA，是NASA和DARPA，是SBIRS和STSS，是屋大维和恺撒，是罗马和利维坦，是黑洞，是秘密，是判决……"

尤里摔了象棋，抓起瓶子大口喝酒，试图起身，却一屁股坐在地上，疲惫地拉开衣服的下摆。

肚子上是触目惊心的伤口，保鲜膜裹着，但肠子还是流了出来。

尤里专心致志地把肠子往回塞，嘴里还在喃喃自语。

无常这才注意到，尤里的深色裤子早已被血浸透。

尤里满手是血的手抚摸无常的脸。

尤里："我告诉你一个秘密。"

尤里揽住无常耳语。

尤里："三十年了，只有他们的世界好枯燥，希望你能制衡他们，让这个游戏重新变得刺激……"

尤里声音越来越小，动作越来越慢，不动了。

无常伸手去摸尤里颈动脉，已经救不了了。

十分钟以前。

尤里给客人倒酒。

客人拿出手机，接通视频放桌子上开始给人直播。

老外从身后勒住尤里的脖子，想割喉，却发现尤里穿的高领套头衫割不动，捅了一下肚子居然也捅不透。

尤里穿着一种高分子材料编织而成的防刺服。

老外想徒手裸绞，尤里伸进一只手破坏裸绞，老外只好把尤里摔倒，掀起衣服捅了两刀，反手一刀开膛。

尤里粗重地喘息，老外拿了瓶酒给他灌下，擦着手起身离去。

大门关上，传来一声枪响，走廊里的保安被解决了。

尤里挣扎着爬起来，用保鲜膜把自己缠上，又去摸冲锋枪。

尤里看见了桌上的视频手机。

尤里盯着摄像头，举起冲锋枪，一颗子弹把手机打烂。

门铃响了，画面里一个厨师站在电梯口。

尤里晃晃悠悠地走到门口，在走廊保安室看见了保安中枪的尸体。

尤里看见画面电梯监控画面闪烁了一下，居然笑了。

尤里按钮，放电梯上来。

无常钻进电梯。

图书在版编目（C I P）数据

春天来人：武汉文学院作家年度（2018）作品选 / 李蓉主编. -- 武汉 : 长江文艺出版社，2019.5
ISBN 978-7-5354-9129-9

Ⅰ. ①春… Ⅱ. ①李… Ⅲ. ①中国文学－当代文学—作品综合集 Ⅳ. ①I217.1

中国版本图书馆CIP数据核字(2019)第051488号

责任编辑：谈　骁　　　　责任校对：毛　娟
封面设计：祁泽娟　　　　责任印制：邱　莉　　王光兴

出版：
地址：武汉市雄楚大街268号　　　　邮编：430070
发行：长江文艺出版社
http://www.cjlap.com
印刷：武汉精一佳印刷有限公司

开本：720毫米×1020毫米　　1/16　　印张：20.25
版次：2019年5月第1版　　　　2019年5月第1次印刷
字数：282千字

定价：36.00元
